Alone
Together

ALONE TOGETHER
by Takayoshi Honda

Copyright ⓒ2000 by Takayoshi Honda
All right reserved.
First published in Japan in 2000 by Futabasha Publishers Co.,Ltd.,Tokyo
Korean translation rights arranged with Futabasha Publishers Co.,Ltd.
through Gaon Agency, Seoul.
Korean translation copyright ⓒ2009 by Sodam&Tae-il Publishing House

Alone Together 얼론 투게더

펴낸날 | 2010년 2월 10일 초판 1쇄

지은이 | 혼다 다카요시
옮긴이 | 이수미
펴낸이 | 이태권
펴낸곳 | (주)태일소담
　　　　서울시 성북구 성북동 178-2 (우)136-020
　　　　전화 | 745-8566~7 팩스 | 747-3238
　　　　e-mail | sodam@dreamsodam.co.kr
　　　　등록번호 | 제2-42호(1979년 11월 14일)
　　　　홈페이지 | www.dreamsodam.co.kr

ISBN 978-89-7381-567-8 03830

● 책 가격은 뒤표지에 있습니다.
● 잘못된 책은 구입하신 곳에서 교환해드립니다.

Alone Together

얼론 투게더

혼다 다카요시 지음 / 이수미 옮김

소담출판사

인간이라면 누구나 가슴속에 무언가를 품고 살아.

세상 사람 모두가 자신의 생각을 일일이 입 밖에 내기 시작하면,

우리 사회는 순조롭게 흘러갈 수 없을 거야.

밖으로 털어놓지 못한 생각은 응어리로 남지.

그래서 사람들은 항상 그 응어리를 토해낼 구멍을 찾고 있어.

1

　바람의 방향이 바뀌었다. 치자향을 담뿍 머금은 축축한 바람이 볼을 스치고 지나간다. 나는 활짝 열어젖힌 유리문 밖으로 이어진 정원을 바라보았다. 물푸레나무, 동백나무, 치자나무, 백일홍……. 자그마한 정원 곳곳에서 나무들은 다소곳하게 제자리를 지키고 있었다. 검은색 책상을 사이에 두고 좁은 다다미 방 안에 앉아 있는 교수와 나도 흐트러짐 없는 단정한 자세였다. 양쪽 발끝의 감각은 없어진 지 오래였고, 책상 위에 놓인 두 개의 찻잔은 싸늘하게 식어갔다. 교수는 그것이 존재한다는 사실조차 잊은 듯했고, 나는 그것에 입을 댈 기회를 좀처럼 얻지 못하고 있었다. 무엇이 그리도 조급한 걸까? 먼 곳을 달리는 간선도로에서 자동차 경적 소리가 유난히 길게 이어졌다.

"부탁이……."

교수는 경적의 여운이 완전히 사라지기를 기다렸다가 가까스로 입을 열었다. 나는 교수에게로 시선을 돌렸다.

"부탁이 있습니다."

"네."

이어질 다음 말을 기다리면서, 나는 교수의 얼굴을 가만히 들여다보았다. 공백 기간이 불과 3년이라는 사실이 믿기지 않을 정도로 늙어버린 교수의 얼굴은 '변화'라는 말보다 '상실'이라는 말을 먼저 떠오르게 했다. 노화를 억제하던 무언가가 교수에게서 사라져버린 것일까? 이를테면 '의지'라고 표현할만한 그 무언가가…….

나는 3년 전, 그때 교수의 얼굴을 떠올렸다. 그는 그 당시에도 교수였고, 나는 의대 1학년생이었다. 80여 명의 신입생이 가득 들어찬 강의실 안. 교단에 선 교수에게서는 카리스마 넘치는 위엄이 뿜어져 나왔다. 뇌신경학의 권위자. 학교안에서는 가장 유력한 차기 학장 후보였고, 학교 밖에서도 정부 자문기관을 비롯한 여러 조직에서 중요한 임무를 맡고 있었다. 그러므로 그는 기본적인 의학 지식도 제대로 갖추지 못한 1학년생 강의를 담당할 인물은 아니었다. 하지만 근래 들어 의사의 자질이 저하되는 것을 심각하게 우려해, 본인이 굳이 나서서 그 강좌를 맡겠다고 희망했다는 말을 들었다. 계단식 강의실의 교단에 서서 학생들을 휙 둘러볼 때의 그는, 그 작은 체구에서 넘쳐흐르는 에너지만으로 80여 명의 젊은이들을 거뜬히 압도하고도 남았다.

"의아하다는 생각은 안 듭니까?"

그 목소리가 3년 전 교수의 모습을 내 머릿속에서 앗아가고 말았다. 그곳에 있는 사람은 초로를 맞은 한낱 중년 남자에 불과했다.

"의아하다니요? 무엇이……."

나는 되물었다.

"우리가 생면부지의 관계는 아니라 해도, 거기에 한없이 가까운 관계란 건 부인할 수 없는 사실이지요. 내 수업을 몇 번 들었습니까? 다섯 번? 여섯 번?"

"여섯 번 들었습니다."

"내게 당신은 해마다 수십 명씩 들어오는 신입생 중 한 명이었을 뿐입니다. 게다가 이제는 내 제자라고 할 수도 없지요. 그런 당신을 왜 만나자고 했는지, 의아하단 생각이 들지 않았습니까?"

"의아하다기보다는 놀랐습니다. 여름방학이 되기도 전에 자퇴한 학생을 어떻게 기억하셨을까, 하고……."

교수는 가볍게 고개를 끄덕이며 말했다.

"예, 학교를 그만뒀다는 얘기는 들었습니다. 유감스럽긴 했지만, 솔직히 말해 크게 신경 쓰진 않았습니다. 그런데 한 달쯤 전에 어떤 신문기사를 보았어요. 학교에 다니지 않는 초·중학생을 가르치는 학원이 있다고요. 그 학원에 관한 탐방기사였습니다. 수업 광경을 찍은 사진 한구석에 당신 모습이 있더군요."

교수는 가벼운 미소를 지으며 말을 이었다.

"그만둔 지 3년도 더 된 옛 제자의 얼굴을 어떻게 알아봤는지, 나 자신조차 신기했어요. 참 이상하죠. 이유가 뭘까요?"

마지막 질문은 스스로에게 던진 것 같았다. 그때의 일을 떠올리기라도 하는 것처럼 교수는 내 어깨 너머의 허공을 응시했다. 교수와 내가 유일하게 대화를 나눴던 바로 그때를.

그때 교수는 뇌에 관한 강의를 했다. 그 정밀한 구조에 관해. 그리고 아직도 해명되지 않은 많은 것들에 관해.

질문은?

수업의 끝을 알리는 벨이 울리자, 교수는 웅성거리기 시작하는 학생들을 향해 형식적인 멘트를 던졌다. 나는 손을 들었다. 교수는 내게 눈길을 주며 가볍게 고개를 끄덕였다. 급한 약속이라도 있는지, 수업이 아주 조금 연장됐을 뿐인데도 곳곳에서 짜증 섞인 한숨소리가 새어나왔다. 나는 그 소리들을 무시하고 일어섰다.

"아직 해명되지 않은 부분이 많다고 하셨는데요."

교수는 고개를 크게 끄덕였다.

"그렇다면, 거기에……."

나는 말을 잇기가 망설여졌지만, 어쨌거나 용기를 냈다.

"그렇다면 거기에, 저주가 들어갈 여지가 있다고 생각하십니까?"

교수는 안경의 코다리 부분에 손가락을 대면서 눈을 가늘게 떴다.

"다시 한 번 말해주겠나? 뭐가 들어갈 여지?"

"저주, 말입니다. 커어스(curse). 누군가가 불행해지길 비는 것이요."

"그것이 뇌에 들어간다는 말은?"

"타인의 의사에 따라 무의식의 영역에 정보로 입력되어, 그 뇌를 지닌 개체를 조종하게 될 가능성 말입니다."

어이, 무슨 뜬금없는 소리야?

누군가가 익살스러운 목소리를 높였고, 학생들은 폭소를 터뜨렸다. 하지만 나는 웃지 않았다. 교수도 웃지 않았다.

"저주에 관해서는……."

교수는 웃음소리를 나무라듯 위엄 있는 표정으로 설명을 시작했다.

"저주에 관해서는 나도 잘 모르겠군. 앞서 말한 대로 뇌의 작용이 모두 해명된 게 아니기 때문이야. 또 앞으로 아무리 많은 시간이 흐른다 해도, 100퍼센트 해명되는 일은 없을 거야. 절대로 해명될 수 없는 그 영역 속에 신이나 악마가 들어앉아 기원과 저주를 관리하는지도 모르지. 그러니 가능성으로 따지자면 전혀 부정할 수만은 없다고밖에 대답할 수 없겠네. 이런 대답으로는 납득하기 어렵겠지만, 그 이상은 내 능력 밖이라 어쩔 수 없군."

강의실이 쥐 죽은 듯 조용해졌다. 먼저 찾아든 침묵은 교수의 위엄 있는 목소리의 효과였을 테고, 계속 이어지는 침묵은 교수의 어이없는 대답에 학생들이 멍해진 탓이었겠지.

신과 악마. 기원과 저주.

의대 교수가 신입생을 상대로 이야기하기에는 너무나도 대담한 단어들이었다. 그토록 무거운 침묵에도 전혀 주저함 없이 교수는 강의실 전체를 둘러보며 말을 이었다.

"신입생 여러분에게 이번 기회를 통해 꼭 말해두고 싶은 게 있어요. 의술은 성직이다, 이것만큼은 꼭 가슴에 새겨두도록 하십시오. 의사는 성직자입니다. 신과 악마의 존재를 무시하는 사람은 의사라는 직분을 감당할 수 없습니다. 기원과 저주를 비웃는 사람도 마찬가지예요. 인간이 자기 안의 정열을 모조리 불태우고, 단 하나뿐인 생명을 다 써버린 그다음 순간에

신과 악마가 존재하는 겁니다. 기원과 저주가 존재하는 거예요. 다시 한 번 말할게요. 의사는 성직자입니다. 여러분은 병아리 성직자이고요. 그것만은 잊지 말아주십시오."

어안이 벙벙해진 학생들을 남겨두고 차분하게 강의실을 빠져나가던 교수의 뒷모습이 아직도 눈앞에 아른거리는 듯했다.

"그 질문은……."

교수는 그때를 회상하며 가벼운 미소를 지었다.

"교수생활을 하면서 받았던 질문 중 가장 독특하고 흥미로운 질문이었어요. 그래요, 그 때문인지도 모르겠군요. 획일적인 지식은 획일적인 호기심밖에 낳지 못하지요. 당신은 그 틀 밖에 있었던 겁니다. 난 여태껏 그런 사람을 만난 적이 없어요."

교수는 홀로 고개를 끄덕이며 찻잔으로 손을 뻗었다. 나도 따라 찻잔을 들어 올렸다.

"그 학원에는 오래 있었습니까?"

교수는 이미 싸늘하게 식어버린 차를 시원스레 들이킨 후 물었다.

"학교를 그만두고 잠시 쉬었다가 시작했습니다. 2년 조금 넘었네요."

"괜찮다면 가르쳐주지 않겠습니까? 왜죠? 왜 학교를 그만둔 겁니까? 우리 대학에 들어오는 것이 결코 쉬운 일은 아니었을 텐데요. 피나는 노력도 했을 테고, 또 등록금도 만만치 않았을 텐데 말이에요."

"그랬죠. 남들만큼 노력도 했고, 돈도 많이 들었습니다."

나는 긍정했다.

"그럼 왜? 왜 자퇴한 겁니까?"

"그 대학에 간 것은 정말로 알고 싶은 것이 있어서였습니다. 그런데 교수님께서는 모른다고 하셨습니다. 그때 이 방법으로는 안 되겠구나, 하고 깨달았죠. 교수님이 걸어오신 길을 내가 다시 걸어가더라도 결과는 마찬가지 아닐까요? 그래서 그만둔 겁니다."

"저주에 대해?"

"예."

내 얼굴을 가만히 바라보던 교수는 마침내 싱긋 웃었다.

"그것에 대해서는 그다지 이야기하고 싶지 않은 것 같군요."

"이야기하고 싶지 않다기보다……."

나는 적절한 말을 찾으려 애썼다.

"이해하실 수 있게끔 설명할 자신이 없습니다. 너무나 어처구니없는 이야기이니까요."

"어처구니없는 이야기? 나 역시 그런 이야기를 싫어하지는 않는데요."

교수의 대답에 내가 말했다.

"언젠가는 이야기할 수 있는 날이 올 거라 믿습니다. 지금은 아직……."

"그렇군요."

교수는 고개를 한 번 끄덕이고는 시선을 돌렸다. 또다시 찻잔으로 손을 뻗긴 했지만 들어 올리지는 않고, 세밀하게 돌출된 찻잔의 무늬에 무슨 중요한 메시지라도 담긴 것처럼 엄지손가락으로 찻잔의 표면을 부지런히 쓰다듬었다. 나는 잠자코 교수의 다음 말을 기다렸다.

내가 일하는 학원에 교수의 편지가 도착한 것은 이틀 전 일이었다. 교수는 갑작스러운 편지에 대한 무례함을 정중하게 사과한 후, 빠른 시일 내에 꼭 만나고 싶다는 의사를 전해왔다. 그 일이 있기 2주 전쯤, 신문에서 교수의 사건을 다룬 기사를 읽은 적이 있었다. 왠지 거절할 수 없어, 편지에 첨부된 지도를 들고 이렇게 교수의 집을 방문한 것이다.

"편지에 부탁이 있다고 적었죠."

교수는 찻잔을 끈기 있게 쓰다듬으며, 마치 그 무늬에서 해독한 메시지를 전달하려는 것처럼 말을 꺼냈다.

"예."

"한 여자를 지켜주십시오."

"한 여자……요?"

교수의 부인이 오래전에 세상을 떠났다는 이야기는 재학

중에 들은 기억이 있었다. 그렇다면 진지하게 사귀는 여자가 있다 해도 전혀 이상할 게 없었고, 지금 교수가 처한 상황을 생각한다면 그 여자가 상당한 고뇌에 빠져 있으리라는 것도 쉽게 예상할 수 있었다. 이런 상황에서 교수가 그토록 염려하는 그 여자에 대해, 나는 은근히 흥미를 느꼈다.

내 생각을 읽은 걸까? 찻잔에서 흘끗 눈길을 들어 올린 교수는 내 표정을 살피며 쓴웃음을 지었다.

"그런 관계는 아닙니다. 여자라고는 했지만, 그 아이는 이제 겨우 열네 살입니다."

"아, 열네 살이요? 따님이라고 하기엔 좀 어린가요? 그럼 손녀?"

나도 쓴웃음으로 대답했다.

"아뇨. 딸입니다, 내가 죽인 여인의."

죽였다는 말 한마디가 우리 두 사람 사이에 또 한 번 깊은 침묵을 낳았다.

그것이 의료행위로서 정당한 것이었나? 그럴 필요가 있었나? 가족의 동의 아래 이루어진 일인가? 안락사 혹은 존엄사로 정의할 수 있는 행위였나?

교수의 명성도 있고 하니, 그 뉴스는 톱기사로 각 신문 지상을 떠들썩하게 장식했다. 처음 뉴스가 보도되고 2주 정도가 지나자 사태는 어느 정도 진정되는 양상을 보였지만, 교수의 주변 상황이 정리되려면 아직 기나긴 시간이 필요할 터였다. 교수의 집으로 오는 도중에 기자로 보이는 사람들을 몇 명이나 만났다는 사실과, 방구석에 놓인 전화기의 코드가 빠져 있는 것만 봐도 가히 짐작할 수 있었다.

"체포되시는 겁니까?"

내 질문에 교수는 마치 남의 일인 양 담담하게 대답했다.

"곧 기소되겠지요. 그리고 아마도 오랜 재판이 이어질 겁니다."

내가 묻고 싶은 질문은 얼마든지 있었다.

왜 그 사람을 죽이신 겁니까? 다른 방법은 없었습니까? 그 때문에 잃게 될 많은 것들이 아깝지 않으셨습니까? 지금, 후회하십니까?

그리고 내가 가장 묻고 싶은 것.

왜 그 일에 관해 침묵하고 계십니까?

그 뉴스가 보도되었을 때, 나는 애타는 마음으로 교수의 변명을 기다렸다. 그가 세상 사람들의 의문을 풀어줄 답변을 당연히 준비해두었으리라 믿었다. 세상을 향해 자신의 생각을 분명하게 밝히리라. 비록 위선으로 받아들여지더라도, 핑계라고 치부되더라도, 반드시 그렇게 할 것이라 믿었다. 그러나 아니었다. 그는 침묵을 지켰다. 영웅주의에 빠진 할리우드 영화의 주인공처럼……. 의사는 성직자. 그가 한 말이다. 그리고 성직자는 영웅이 될 수 없다. 되어서는 안 된다. 세상이 업신여기더라도 혹은 세상으로부터 소외당하더라도 성직자는 자신이 믿는 바를 밝혀야 하고, 스스로 풀지 못한 의문을 사회를 향해 제기해야 한다. 그런데 왜?

"의사는 성직자라고 말씀하셨죠?"

교수는 고개를 끄덕였다.

"그 생각은 지금도 변함없으십니까?"

교수는 내 질문을 듣고 눈을 감았다. 조금의 의심도 없는 유일무이한 대답을 내뱉기 전, 그것을 입에 담을 자격이 있는지 스스로에게 물어보려는 듯…….

"예."

교수는 눈을 떴다. 순간, 교수의 얼굴에 계단식 강의실에서 학생들을 압도하던 그때의 얼굴이 겹쳐졌다.

"변함없습니다."

"그렇습니까?"

재차 확인한 나는 다시 본론으로 돌아갔다.

"지켜달라고 하셨죠? 그 아이에게 무슨 위험이라도 있습니까?"

"아뇨, 그런 건 아닙니다."

교수는 자신의 감정에 어떤 단어를 부여해야 할지 고민하는 듯 한참을 생각하다가 입을 열었다.

"죄의식이라고 해야 할까요? 나는 그 아이에게서 엄마를 빼앗았습니다. 아직 보호자가 필요한 나이인데 말입니다. 내가 지켜주고 싶지만, 내게는 그럴 만한 자격이 없습니다. 어쩌면 체포될지도 모르니까요. 그때 그 신문기사가 떠오르더군요. 당신이라면……, 하고, 좀 이기적일지도 모르지만 그런 생각이 들었어요."

"아버지는……?"

"있습니다. 있긴 한데……."

교수는 말끝을 흐렸다. 나도 더는 묻지 않았다.

"솔직히 말씀드려서……."

나는 이 말을 꼭 해둬야만 할 것 같았다.

"그런 학원에서 일한다고 해서 학생들을 특별한 방법으로 가르칠 수 있다고 생각하신다면 큰 오산입니다. 전 그 아이의 보호자가 될 순 없습니다."

"하지만 친구가 될 수는 있겠죠."

"예, 그 아이와 제가 기적적으로 궁합이 맞는다면요."

"기적적일지는 모르겠지만…… 두 사람은 분명 궁합이 잘 맞을 겁니다."

그렇게 말하며 교수는 활짝 웃었다.

나도 거절하고 싶지 않았다.

"해보죠. 제가 할 수 있는 범위 내에서요."

"고맙습니다."

교수는 책상에 양손을 짚고 깊이 머리를 숙였다.

과연 잘한 일일까?

집으로 돌아가는 전철 안에서, 그 생각이 자꾸만 나를 괴롭혔다. 일요일 저녁이라 그런지 차내는 한산했다. 전철 안의 몇 안 되는 사람들은 저마다 만화, 소설, 음악 등으로 자신만의 세계에 몰입해 있었다. 아니면 꿈나라를 헤매고 있는지…….

"일단 다른 사람과 관계를 맺게 되면……."

나는 전철의 단조로운 흔들림에 몸을 맡긴 채 아버지의 말을 아련히 떠올렸다.

"일단 다른 사람과 관계를 맺게 되면, 때로는 상대방에게 상처를 주기도 하고, 때로는 자신이 상처를 입기도 하지. 그건 누구라도 마찬가지야. 하지만 우리는, 너와 나는, 그것만으로 끝나지 않을 것 같구나. 때로는 상대방을 잃기도 하고, 또 때로는 스스로를 망쳐버리기도 할 거야."

아버지의 주장이 타당하다는 것은 나도 잘 알았다. 처음부터, 엄마를 잃은 열네 살 여자아이에게 내가 어떤 도움을 줄 수 있으리라고는 생각지 않았다. 하지만 아무리 생각하고 또 생각해봐도 그 상황에서 교수의 부탁을 거절하는 내 모습은 상상할 수 없었다.

역에서부터 이어지는 오르막길이 그날따라 유난히도 길게 느껴졌다. 세 평짜리 원룸에 들어선 나는 손에 든 집 열쇠를 책상 위로 미끄러뜨리고는 한숨을 길게 내쉬었다. 세수라도 할까 싶어 재킷을 벗으려는 순간, 문득 시야 한구석에서 뭔가가 움직이는 것이 느껴졌다. 방구석에 놓인 거울에 현관문이 비쳤다. 그리고 그 앞에 선 낯선 남자도……. 소스라치게 놀란 나는 반사적으로 뒤를 돌아보았다. 그곳에는 회색 양복으로 장신의 거구를 빈틈없이 감싼 한 남자가 우두커니 서 있었다. 언제 따라 들어왔을까. 평소대로라면 현관문이 크게 삐걱거렸을텐데, 열리는 소리조차 듣지 못했다.

"야나세 씨?"

순간적으로 할 말을 잃은 나에게, 남자가 먼저 말을 걸어왔다. 우아하다고 표현할 수도 있을 법한 미소가 얼굴에 떠올랐다. 뭔가를 팔려고 온 세일즈맨 같기도 했다. 그러나 그의 두 눈에는 왠지 무료함의 그늘이 드리워져 있었다.

"그런데요……, 무슨 일입니까?"

나는 이렇게 말하며 재킷을 다시 어깨에 걸치고 남자 앞으로 걸어갔다.

"잠시 이야기 좀 나누고 싶은데요."

나는 이게 무슨 짓이냐며 따져 물으려 했다. 하지만 내가 입을 열기도 전에 남자는 양복 안주머니에서 명함을 꺼내 눈

앞으로 내밀었다.

직업은 자유기고가. 주소도 전화번호도 없었다. 단지 직업과 이름만이 인쇄되어 있었다.

"자유기고가?"

나는 남자에게 물었다.

"예."

남자는 고개를 끄덕였다.

하지만 내 눈에는 전혀 그렇게 보이지 않았다. 그 직업에서 상상할 수 있는 집요한 호기심이나 고상한 사명감, 심지어는 어떤 종류의 에너지도, 그 남자에게서는 느껴지지 않았다. 먼 옛날부터 도예가를 꿈꿨으나 좌절하고, 우연히 다른 분야에서 생각지도 못한 성공을 거둔 팝 뮤지션이라고 한다면 차라리 받아들이기 쉬울 것 같았다. 남자는 현재 자신의 모습이 마음에 들지 않는 듯했고, 현재의 그 모습 역시 남자를 바보 취급하는 듯 보였다.

"무슨 이야기죠?"

"어느 대학병원에서 발생한 살인사건에 대해, 라고 말씀드리면 아실 것 같은데요."

"가사이 교수님?"

"예, 가사이 씨."

"제법 수완이 좋군요. 대체 누구한테 들은 겁니까?"

나는 어처구니없다는 듯 물었다.

"누구한테 들은 게 아닙니다. 가사이 씨 집에서부터 뒤를 밟았습니다."

그는 여전히 우아한 미소와 무료한 눈빛으로 말했다.

"뒤를 밟았다고요?"

나는 아연실색할 수밖에 없었다.

"예. 실례라고는 생각했지만……."

남자는 들어오라는 말을 기대하는 듯 내 어깨 너머로 집 안을 둘러보았다. 나는 그 시선을 느끼지 못한 척 아무 말도 하지 않았다.

"유감스럽게도 제가 할 수 있는 이야기는 아무것도 없습니다."

남자는 나의 거절이 자못 의외라는 듯한 표정이었다.

"교수님 댁에 간 건 개인적인 용무 때문이었습니다. 그것에 대해 당신에게 이야기할 생각도 없을뿐더러, 전 그 사건에 대해 신문에 보도된 내용 외에는 아는 것이 없습니다."

"그래요?"

남자는 대단하다는 듯, 아니 깔보는 듯한 억양으로 이렇게 중얼거리고는 잠깐 생각에 잠긴 표정을 지었다.

"그렇다면……."

남자는 내 머리 위의 허공을 바라보며 말을 이었다.

"그렇다면 소감이라도 한마디 들려주시지요."

"소감?"

"예. 개인적인 친분이 있는 한 사람으로서, 당신은, 그러니까 야나세 씨는 그 사건에 대해 어떻게 생각하는지, 그 소감 말입니다."

"유감이지만……."

나는 받은 명함을 남자에게 되돌려주며 말했다.

"그것 역시 당신에게 이야기할 이유가 전혀 없습니다."

"사건이 발생한 것은 두 달 전."

남자는 내가 건넨 명함을 받지 않았다. 그 동작조차 무시한 채 가슴 언저리에서 두 손을 교차시켜 팔짱을 끼더니, 마치 오래된 기억을 더듬는 듯 눈동자만을 위로 추켜올렸다.

"목을 매 자살을 시도한 여성이 한밤중에 구급차로 실려온 데에서 시작됩니다. 구급차는 가사이가 근무하는 대학병원으로 환자를 옮겼죠. 이 시점에 환자의 심장은 멈춰 있었습니다. 어떻게든 심장을 소생시키고자 여러 가지 방법을 시도했지만, 대뇌 기능은 절망적이었죠. 의식이 돌아올 가능성은 거의 없었습니다."

남자는 줄곧 시선을 보내던 허공을 향해 오른손을 쫙 편 채 내밀었다가 다시 주먹을 불끈 쥐었다. 날아다니는 모기라도 잡으려는 듯한 동작이었지만, 내 눈에는 아무것도 보이지 않왔다. 남자는 불끈 쥔 오른손을 펴고 안을 확인한 다음, 조금 불만스러운 얼굴로 양 손바닥을 비벼댔다.

"자율신경을 조절하는 뇌간이 살아 있다 해도 그건 식물인 간에 불과하죠. 그것마저 죽어버린다면 심장이 멈추는 건 시간문제였습니다. 자발호흡도 불가능해, 인공호흡기로 생명을 유지하는 상태였고요."

"저도 신문 정도는 읽습니다."

남자의 장황한 설명에 진절머리가 나 맞받아쳤다. 그런데도 남자는 전혀 상관하지 않고 이야기를 계속했다.

"일본의 병원에는 엄격한 계급제도가 존재합니다. 피라미드의 정점에 있는 건 대학병원, 그리고 그 대학병원 안에서도 한층 더 높은 곳에 속해 있는 것이 교수들이죠. 본래 가사이쯤 되는 의사는 환자를 직접 담당하는 경우가 거의 없습니다. 실제로 그 여성 역시 다른 의사 담당이었죠. 아직 20대인, 햇병아리 의사였습니다."

남자의 말은 사실이었다. 가사이 교수가 교수라는 자리를 지키고 싶었다면, 그 환자와 관련된 일에는 일절 손을 대지 않았을 것이다. 하지만 그는 교수이기 이전에 한 사람의 의사로 남고자 했다. 내가 학교에 다닐 때도, 그의 회진은 다른 의사에 비해 유난히 긴 것으로 유명했다. 환자 한 사람 한 사람을 정성껏 진찰하면서 담당의사에게 아주 세세한 사항까지 지시

했고, 병간호에 지친 가족들을 위로하며 그들의 하소연을 들어주었다. 아마 대학에 있는 시간보다 대학병원에 있는 시간이 훨씬 길었을 것이다. 그런 사람이었기 때문에 이런 사건이 일어날 수 있었던 것이다.

"인공호흡기를 중단시킨 것이 담당의사였다면 사태가 이렇게까지 확대되진 않았겠지요. 어떠한 수단과 방법을 동원해봐도 의식이 회복될 가망은 전혀 없었고, 뇌사조차 시간문제로 받아들였으니까요. 어차피 죽을 목숨, 며칠 더 연장시키는 것 외엔 아무런 의미가 없는 그런 환자를 진심으로 돌보는 의사가 세상에 어디 있겠습니까? 아마 거의 없을 겁니다. 그러니 애초에 이런 일은 사건으로 불거지기 전에 병원 내부에서 쉬쉬하며 덮어버리는 것이 일반적이지요. 그런데 문제는 인공호흡기를 중단시킨 사람이 담당의사가 아니라 가사이였다는 점입니다. 실려온 날에서 3일째가 되던 날 늦은 밤, 가사이는 아무런 통보도 없이 자기 마음대로 인공호흡기를 꺼버렸어요. 직접적으로 아무런 관계도 없는 가사이가 말입니다. 게다가 심야에, 아무도 몰래……. 당연히 담당의사도 납득할 리 없겠지요. 그 병아리 의사는 비록 자신의 경력에 흠이 된다 해도 모든 것을 내던질 각오로 그 사실을 신문사에 고발했습니다. 가사이는 지명도가 높아 사태가 이렇게까지 커지게 되었지만 말입니다."

남자가 나를 보았다. 여전히 무료한 눈빛이었다. 자신이 느끼는 무료함이 다 내 책임이라고 말하는 듯한 표정이었다.

"하실 말씀이 있으십니까?"

남자가 물었다.

"네, 한 가지."

"기꺼이."

나는 남자 옆으로 팔을 뻗어 문을 힘껏 밀어젖혔다.

"용무가 끝났다면, 이제 그만 돌아가시지요."

남자는 나를 가만히 쳐다보았다. 유난히도 추적추적하고 불쾌한 습기를 잔뜩 머금은 시선이었다. 어떻게 시비를 걸어 올 작정인지 걱정스러워진 나는 마음속으로 방어할 태세를 갖췄지만 의외로 남자는 쉽게 포기한 듯 시선을 돌렸다.

"그래요?"

그는 한발 뒤로 물러서더니 정중하게 머리를 숙였다.

"그럼 다음 기회에 다시 이야기하도록 하죠. 명함은 두고 가겠습니다. 그럼 실례."

예상치 못한 싱거운 결말에 내가 어리둥절해 있는 동안, 남자는 집 밖으로 사라져버렸다. 나는 문을 닫고 방으로 돌아와 남자의 명함을 구겨서 쓰레기통 속으로 집어던졌다. 그 남자는 교수를 둘러싼 몇 겹의 소용돌이 중 지극히 일부분에 지나지 않았다. 매스컴뿐만이 아니었다. 학교 일도 있었다. 과연 사직할 것인가? 친한 친구에게는 어떤 식으로 이야기했을까? 친척에게는? 자신을 따르고 존경하는 제자들에게는? 그들에게도 침묵하고 있을까?

불과 한 시간 전에 함께 있었던 교수의 존재가 유난히 멀게 느껴졌다. 교수는 지금 무엇을 할까? 무슨 생각을 할까? 앞으로 어떻게 할 작정일까?

머릿속을 뱅글뱅글 도는 의혹은 결국 출발점으로 돌아오고 말았다.

도대체 왜, 교수는 그 사람을 죽인 걸까?

나는 교수에게 건네받은 메모를 지갑에서 꺼내 들었다.

다치바나 사쿠라. 사립 미도리카와 여자학원중학교(중·고교 구분 없이 같은 재단 학교에서 모든 교과과정을 맡는 기독교 계열의 중고일 관교. 설치자는 학교법인 여자학원─옮긴이) 2학년.

주소도 전화번호도 정확하게 적혀 있었지만, 갑자기 만나러 갈 수도 없는 노릇이었다.

안녕. 난 네 엄마의 인공호흡기를 중단시킨 의사의 부탁을 받고 이렇게 찾아왔단다. 뭔가 힘든 일이 생기면, 언제라도 좋으니 날 찾아오너라.

바보 같았다.

나는 교수의 이야기를 들을 때부터 머릿속을 맴돌던 한 명의 여자아이를 생각했다. 결국 그녀의 손을 빌릴 수밖에 없을

것 같았다. 정말 바쁜 아이, 아마 그 아이에게 연락이 닿을 때
까지 꽤 오랜 시간이 걸리겠지. 그런 생각을 하며 나는 수화
기를 들었다.

2

"전달 사항 있습니까?"

와타리 원장은 이렇게 운을 떼면서, 자신의 책상 앞에 나란히 선 다섯 명의 강사들을 둘러보았다. 그중 두 사람이 대학생이었고, 초등학교 교감을 지내다가 정년퇴직한 분이 한 분, 그리고 주부가 한 사람, 그다음이 나. 이렇게 구성된 다섯 명의 강사에 와타리 원장을 포함한 총 여섯 명이 어피니티 학원을 운영하고 있었다. 학생 두 명과 전 교감 선생이 초등부를 담당했고, 나와 주부, 그리고 와타리 원장이 중등부를 담당했다. 와타리 원장은 날마다 학원에 나오지만 다른 사람들은 일주일에 3, 4일만 나오면 되는 아르바이트다. 여섯 명이 한자리에 모이는 월요일 아침에는 간단한 회의가 열린다.

뭔가 하고 싶은 말이 있는 게 표정으로 드러났는지, 와타리 원장은 내 옆에 선 대학생 중 한 명에게 시선을 고정시켰다.

"사카이 선생님, 뭐 하실 말씀이라도……?"

"저……, 사실은 지난주 금요일에 어떤 학생과 이야기를 하게 됐습니다. 초등부 학생이었는데, 유이라는 여자아이였어요. 아, 5학년이고, 머리가 이만큼 어깨까지 내려오고……."

아르바이트를 시작한 지 아직 2주밖에 지나지 않은 그 도쿄대생은 우물우물 희미한 목소리로 말을 꺼냈다. 와타리 원장은 손가락의 둘째 관절로 책상을 톡톡 두드렸다.

"네네, 알아요. 5학년의 기시다 유이, 빨간 머리띠를 하고 다니는 그 아이 말이군요. 지난주 금요일에는 파란 체크무늬 치마에 하얀색 블라우스를 입고 왔죠. 그 아이가 왜요?"

50명이 넘는 학생들의 복장까지 외우는 와타리 원장의 기억력과 거침없는 말투에 도쿄대생의 목소리는 한층 더 사그라졌다.

"아뇨. 저기, 그냥, 일상적인 이야기를 나눴을 뿐이라……, 그래서 자세히는 모르겠지만……."

"예."

와타리 원장의 손가락 리듬이 서서히 빨라졌다. 근속 연수가 가장 오래된 전 교감이 두 사람을 번갈아 보며 히죽히죽 웃었다. 그는 나와 눈이 마주치자 얼굴에 미소를 띤 채 어깨를 으쓱해 보였다.

"그게 말입니다, 지난주 금요일에 잠시 이야기를 나눴는데, 아, 그러니까, 점심시간 때였어요."

"사카이 선생님의 성실함은 어느 누구보다 잘 압니다. 그래서 지난주 금요일 점심시간에 유이가 당신에게 무슨 말을 했다는 거죠?"

손가락 리듬이 멈췄다. 더 이상 우물쭈물 갈피를 잡지 못하다간 어떤 변을 당할지 모른다. 그것은 와타리 원장을 알게 된 지 얼마 되지 않는 사카이 선생도 어느 정도 파악했을 터였다. 당황한 사카이 선생은 조금 빠른 속도로 말을 이어갔다.

"저, 집에서, 폭력을 당하는 것 같습니다. 그것도 아버지와 어머니가 번갈아가며 그런답니다. 예, 두 분 다 그만둘 것 같지도 않고, 이제, 죽을 수밖에 없다며, 정말이지 혼자서 끙끙 앓는 모습이 애처로워서……."

결국 전 교감이 참다 못해 웃음보를 터뜨렸다. 와타리 원장은 그쪽을 한 차례 쏘아본 뒤 천천히 입을 열었다.

"유이가 그렇게 말했습니까?"

전 교감은 여전히 낄낄대고 있었다. 그 모습을 의아한 표정으로 보던 사카이 선생은 원장에게 질문을 받자 그쪽으로 몸을 홱 돌렸다.

"예."

"알았습니다. 됐습니다. 다른 분은 없습니까?"

와타리 원장이 태연하게 말하며 다른 강사들을 둘러보았다. 그러자 사카이 선생은 한순간 멍한 표정을 짓더니, 이내 사납게 대들었다.

"됐다뇨?"

목소리가 갈라져 나온 탓에, 사카이 선생은 처음부터 다시 말하기 시작했다.

"됐다니, 그게 무슨 말씀이십니까? 그 아이는 가정에서 폭력을 당하고 있습니다. 무슨 조치를 취해야 하는 것 아닙니까? 여기는 학원일 뿐이니 가정 문제는 간섭하지 않겠다는 규칙이라도 세워놓으신 겁니까? 학원은 학원이지만 여기는 학교에 나가지 않는 아이들을 모아 가르치는 특수한 학원이잖아요? 문제가 있다면, 게다가 그 원인을 알고 있다면 어떻게든 도와줄 의무가 있는 것 아닙니까?"

와타리 원장은 책상에 손을 짚고 몸을 앞으로 기울이는 사카이 선생을 냉정한 눈빛으로 보았다.

"기시다 유이에게 문제가 있다는 것은 잘 압니다. 하지만 그 원인을 모르겠습니다."

"모르다뇨? 아니, 그럼……."

와타리 원장은 붉으락푸르락하며 열변을 토하는 사카이 선생을 애써 제지했다.

"부모에게 폭력을 당한다. 그 아이는 반년 전에도, 3개월 전에도, 그렇게 말했습니다. 하지만 다 거짓이었습니다."

"거짓? 거짓이라고요? 아니, 왜?"

사카이 선생은 갑자기 맥이 풀린 듯 힘없는 목소리로 중얼거렸다.

"구도 선생님."

와타리 원장은 전 교감을 쳐다보며 설명을 부탁했다.

"이봐, 젊은이."

구도 선생은 사카이 선생의 어깨에 손을 올렸다. 자칭 유도 5단이라는 말이 정말인지 아닌지는 모르지만, 어깨를 감싸는 손에 그 나이로는 상상할 수 없을 정도의 엄청난 힘이 실려 있었다.

"우리를 뭘로 보나? 일주일에 몇 번씩 학생들 구경이나 하러 오는 줄 아나? 우리도 어떻게든 도와주고 싶어. 그렇게 생각하니까, 쥐꼬리만 한 월급으로도 참고 성심성의껏 일하는 거야. 안 그런가?"

구도 선생이 옆에 있던 구마가야를 힐끗 쳐다보았다. 유명 여대에서 아동심리학을 전공하는 스무 살 여대생은 싱긋 웃으며 고개를 끄덕였다.

"저도 그 점은 고맙게 생각합니다."

와타리 원장이 쓴웃음을 지으며 맞장구쳤다.

"그 아이는 이 학원에 오자마자 그런 말을 했어. 그게 아마 반년 전이었지? 매일 밤 하루도 거르지 않고 폭력을 당한다, 이제 그만 죽고 싶다……. 자네가 속은 것도 충분히 이해해. 여기 있는 사람들도 다 속았거든. 거짓이라고 생각할 수 없을 만큼 완벽한 연기였어. 원장님은 당연히 그 아이의 부모를 학원으로 불렀지. 당장 폭력을 그만두지 않으면 우리로서는 경찰에 신고할 수밖에 없다고 말이야. 그때 그 부모의 표정이 어땠는지 아나? 마치 여우에게 홀린 듯한 얼굴이었어."

"아니, 그렇지만."

사카이 선생은 구도 선생의 팔을 자신의 어깨에서 내려놓으며 말을 이었다.

"그 부모가 거짓말을 하는 게 아닐까요? 그런 말을 듣고, 예, 잘못했습니다, 라고 순순히 인정하는 부모가 어디 있겠습니까?"

구도 선생은 쯧쯧 혀를 차며 입꼬리를 올렸다.

"자네 눈에는 우리가 정말 바보로 보이나?"

"그런 식으로 말씀하지 마십시오."

뜻밖에도 사카이 선생은 의연하게 목소리를 높였다. 이에 구도 선생은 또 한 번 쓴웃음을 지었다.

"미안하네. 내가 학벌이 시원찮아서 말이지. 콤플렉스가 있어서 그래. 용서하게나."

구도 선생이 순순히 사과하자, 사카이 선생은 겸연쩍은 듯 고개를 숙였다.

"처음엔 우리도 누구 말을 믿어야 할지 모르겠더란 말이지. 그래서 그 집에서 하룻밤을 지낸 적도 있어. 유이에겐 비밀로 하고 말이네. 유이가 깊이 잠든 것을 확인한 다음, 부모님이 우리를 살짝 집 안으로 불러들였지. 야나세 선생하고 나하고 둘을 말이야. 다음 날 아침에 유이가 일어나기 직전까지 우린 그 집에 있었어. 그렇지 않은가?"

구도 선생이 나에게 동의를 구해와 나는 고개를 끄덕였다.

"그날 학원에 온 유이에게 물어봤어. 어젯밤에도 부모님에게 맞았느냐고. 그때 그 아이가 어떻게 했는지 정말 보여주고 싶군. 보통 아이가 아니야. 눈물을 뚝뚝 흘리면서 뭐랬는지 아나? 선생님이 우리 부모님한테 말했죠? 일러바친 벌이라면서, 저, 밤새도록 맞았어요. 죄송합니다, 잘못했습니다, 아무리 빌어도 소용없었어요. 저녁부터 아침까지, 저, 쉴 새 없이 맞았다니까요. 정말 너무해요, 선생님."

구도 선생은 유이의 목소리까지 흉내 내며 어깨를 으쓱해 보였다.

"그렇게 된 거야. 야나세 선생과 나는 눈이 휘둥그레져서 서로 쳐다보기만 했다네. 혹시 우리 눈을 피해 부모 중 한 사람이 몰래 유이 방에 숨어들어가 정말로 유이를 때린 게 아닐까? 순간적으로 그렇게 믿었을 만큼 박진감 넘치는 연기였어."

"그럴 가능성도……."

사카이 선생은 이렇게 말했다가 힘없이 고개를 저었다.

"없겠지요."

"없어. 부모 침실에서는 거실을 통해야만 유이 방으로 갈 수 있도록 되어 있고, 우리가 바로 그 거실에 있었거든. 우리 둘 다 밤새도록 깨어 있었다네. 그날 밤에 한해서라면, 유이가 부모한테 폭행을 당했다는 건 절대 있을 수 없는 일이야."

구도 선생이 말을 마치자 이번에는 와타리 원장이 나섰다.

"그로부터 3개월 후에도 유이 양은 똑같은 거짓말을 했습니다. 물론 무조건 거짓이라고 단정 지은 건 아닙니다. 이번에는 정말일지도 모른다, 전에는 거짓이었다 해도 이번에는 혹시, 하고 말이죠. 그래서 구도 선생님과 야나세 선생님이 유이의 집에서 하룻밤 더 수고해주셨습니다."

"이번에는 유이에게 휴대전화를 쥐여주면서, 구마가야 선생의 휴대전화였는데, 만일 부모님이 폭력을 휘두를 것 같으면 바로 나한테 전화하라고 했어. 반드시 널 구하러 가겠다고 말이야. 그날도 마찬가지로 유이가 잠든 다음에 그 집에 몰래 들어갔어. 또 거실에서 밤을 새웠지."

"전화가 울리지 않았습니까?"

"울리지 않았다면 다행이었겠지만……."

구도 선생은 넌더리가 난다는 표정으로 이렇게 말하며 나를 바라보았다. 사카이 선생도 그 시선을 따라 나에게로 눈길을 돌렸다.

"벨이 울렸어, 공교롭게도……."

"벨이 울렸다고요?"

"어떻게 그런 일이 있으리라고 생각했겠나? 그 아이 부모는 틀림없이 이쪽 침실에서 자고 있었어. 유이의 방에는 절대로 가지 않았단 말이네. 그런데 전화를 받아보니 겁에 질린 유이의 목소리가 들리는 거야. 도와달라고. 그러고는 비명소리만 들렸어. 퍽, 퍽 하면서 맞는 소리도 나고 말이야. 야나세 선생과 나는 깜짝 놀라서 유이의 방으로 뛰어 들어갔지."

"그래서요?"

"침대 위에 두 다리를 뻗고 앉아서, 목소리가 새어 나가면 안 되니까 머리 위로 이불을 뒤집어쓰고 비명을 지르고 있더군. 이불을 뒤집어썼으니 우리가 방에 들어온 것도 몰랐겠지. 자기 주먹으로 자기 다리를 힘껏 때리면서, 어떻게 하면 효과적으로 전달될까 이리저리 전화기 각도를 바꿔보기도 하고, 때리는 부위를 바꾸기도 하면서, 열심히 연구하고 있더라고."

"세상에, 어떻게 그런 일이……."

사카이 선생은 멍한 얼굴로 고개를 숙였다. 하지만 사카이 선생은 모를 것이다. 구도 선생과 내가 충격을 받은 것은 그 때문만이 아니었다. 그날 밤, 도대체 무슨 일인지 떨리는 마음으로 유이의 방문을 열었을 때.

유이.

구도 선생이 불렀다. 유이가 이불 사이로 얼굴을 내밀었다. 그리고 문 앞에 서 있는 우리를 보았다. 그리고 유이는…….

웃었다.

그 웃음이 우리의 기력을 앗아가버렸다. 야단칠 마음도, 나무랄 힘도 생기지 않았다. 이유를 묻는 것조차 우리는 할 수가 없었다.

아아……, 라는 구도 선생의 목소리가 옆에서 들렸다. 그게 한숨소리인지 신음소리인지 그 당시 나는 구분할 수 없었다. 우리는 그 웃는 얼굴을 본 순간 깨달았다. 그 아이는 우리가 이해할 수 있는 범주를 넘어선 곳에 존재하는 생물이라는 것을…….

바로 그다음 날도, 유이는 아무렇지 않다는 얼굴로 학원에 나왔다. 물론 그 이후에도 유이와 우리 사이에 그 사건이 언급된 적은 없었다.

"자네만 몰랐군그래. 그래서 이번엔 자네가 표적이 된 거야. 다른 선생님한테는 말하지 말라고 했을 텐데?"

구도 선생은 위로하듯 사카이 선생의 어깨를 가볍게 안으며 말했다.

"아, 예. 그랬습니다. 그래도 전 가만히 있을 수 없다고 생각해서 그만…….."

"그렇지. 그런 말을 듣고 어떻게 가만히 있을 수 있겠나? 그래도 가만히 있었던 걸로 하게. 자넨 아무한테도 말하지 않은 거야. 그렇게 하게. 알았나?"

구도 선생이 몇 번이고 다짐을 하고 나서야 사카이 선생은 마치 로봇처럼 고개를 끄덕였다.

"그게 거짓말이었다고 해서, 아무런 문제가 없다고 생각하는 건 아닙니다."

와타리 원장이 조용하게 말했다. 사카이 선생에게 알린다기보다 자기 자신을 납득시키려는 어조였다.

"문제가 없다면 거짓말을 할 필요도 없겠지요. 유이 양의 경우는 부모의 폭력과 같은 단순한 문제가 아닙니다. 조금 더 시간을 두고 지켜볼 생각입니다. 그러면 되겠지요?"

사카이 선생이 한 번 더 고개를 끄덕였다. 와타리 원장 역시 가벼운 고갯짓으로 응답한 후, 손목시계로 시선을 주며 밝은 목소리로 마무리했다.

"자, 그럼 다른 하실 말씀이 없으시다면 이걸로 마치도록 하겠습니다. 오늘 하루도 잘 부탁드립니다."

강사들은 뿔뿔이 흩어져 자신의 책상으로 돌아갔다. 9시 30분. 수업이 시작되기 전까지 아직 30분 정도 남아 있었다.

"혼자만 속은 것도 아닌데 뭘 그래?"

옆 책상에서 어깨를 축 늘어뜨리고 있는 사카이 선생에게 내가 위로의 말을 건넸다.

"그렇게 연기를 잘하는데, 누가 속지 않을 수 있겠어?"

"야나세 선생님만 빼고."

반대편 옆자리에서 구마가야가 끼어들었다. 사카이 선생이 얼굴을 찡그렸다.

"야나세 선생님은 안 속았어요?"

"응."

구마가야가 나를 곁눈질로 보며 말했다.

"맨 처음에 유이가 그렇게 말했을 때도 야나세 선생님만 안 속았어."

"쓸데없는 말은 그만둬."

내 말에도 구마가야는 물러서지 않았다.

"정말이잖아? 맨 처음 유이의 고백을 들었을 때, 원장님이 모두를 불러 의견을 물었어. 다들 분노했지. 당연히 유이의 말을 그대로 믿었으니까. 거짓말이라는 생각은 요만큼도 못했어. 정말 나쁜 부모다, 경찰에 알려야 한다, 모두들 그렇게 말했지. 그런데 야나세 선생님만 의견이 달랐어. 그때 야나세 선생님은 이렇게 턱에 손을 올리고, 조용히 말하는 거야. 정말 알 수 없군요……. 원장님이 뭐가 알 수 없단 말입니까, 하고 묻자, 야나세 선생님은 왜 그런 거짓말을 하는 걸까요? 라는 거야. 그때 구도 선생님, 정말 불같이 화를 냈었지. 그 아이가 거짓말쟁이란 말인가? 그 아이가 흘리는 눈물을 보지 못했나?"

"자네, 그러고도 사람인가? 인간의 자식인가? 그런 말까지 하면서 마구 욕을 퍼부었지. 그때는 미안했네, 허허."

맞은편 책상에 앉아 있던 구도 선생이 웃으며 한마디 거들었다.

"뭐, 결국 자네 말이 옳았지. 그런데 자네는 어떻게 알았나? 수십 년간 초등학교 교단에 섰던 나 같은 사람도 속았는데 말이야. 아이들의 거짓말에 대해서라면, 자네보다 한 수 위일 텐데……. 그런데도 깜빡 속아 넘어갔어. 사실은 아직도 납득이 안 가. 한 사람도 빠짐없이 속았다면 그 아이의 연기력으로 돌려버리면 그만이지만, 자네는 속지 않았으니 말이야."

"감이었죠. 그냥 왠지 몰라도 그런 느낌이 들었습니다."

"감이라고 하기엔 전혀 의심할 여지가 없다는 듯한 말투였는데?"

구마가야의 말에 나는 씩 웃었다.

"정말 감이었어. 남자는 여자의 거짓말에 민감하거든."

"오호, 그런가요?"

구마가야는 어이없다는 듯 웃으며, 책상 위에 놓인 교재로 눈길을 돌렸다.

"감이라기보다 사랑이에요."

갑자기 들려온 마미야 선생의 목소리에 구도 선생이 얼굴을 찡그렸다. 구마가야는 못 들은 척했다.

"사랑……이요?"

그때 고지식하다 못해 우직하기까지 한 사카이 선생이 대꾸를 하고 말았다.

"예, 사랑이요."

말 상대가 생기자 마흔다섯의 주부 선생은 확신에 찬 얼굴로 고개를 끄덕였다.

"야나세 선생님은 유이를 사랑하는 거예요. 그래서 알 수 있었겠죠."

"그래요? 혹시 야나세 선생님……, 로리콘(어린 여자아이를 좋아하는 롤리타콤플렉스의 줄임말―옮긴이)이었어요?"

사카이 선생이 내 옆으로 바짝 다가와 목소리를 죽이며 말했다.

그러자 마미야 선생이 말을 받았다. 말수는 적지만, 한번 말하기 시작하면 끝이 없다.

"그런 것과는 조금 다르지요. 굳이 비유를 하자면, 부모의 사랑과 같다고 할까요? 제가 딸을 사랑하듯이 야나세 선생님은 유이 양을 사랑하는 거예요. 그래서 알 수 있었던 거죠. 제가 생각하기엔 유이 양의 부모에게도 문제가 있어요. 자기 딸이 무슨 거짓말을 하고 다니는지 모르는 부모라니, 그것만으로도 부모 자격이 없어요. 저는 딸이 하는 거짓말이라면, 어떤 것이라도 알아챌 자신이 있어요. 요전번에도……."

"아아, 저기, 마미야 선생님."

그 이야기는 얼마 안 있어 유이 이야기에서 벗어나 결국 마미야 선생의 딸 자랑으로 끝없이 흘러갈 터였다. 그러나 서서히 기세가 오르기 시작한 마미야 선생의 이야기는 구도 선생에 의해 그만 차단되고 말았다.

"도둑질한 친구를 감싸준 사건에 관한 거라면, 나중에 내가 모두에게 간략하게나마 이야기해줄 테니까."

"아뇨, 그 이야기가 아니라."

"선생의 편애 때문에 친구들한테 따돌림받은 아이를 도와줬다는 이야기?"

"아뇨, 그것도 아니에요."

"어쨌든 마미야 선생님의 따님은 참으로 훌륭한 학생이라, 스사노오노미코토(일본 신화에 등장하는 신령 중 하나―옮긴이) 못지않은 무용담이 많이 있지. 하나하나 듣다 보면, 『일본서기』보다 더 길어져서 말이야."

"그렇군요."

사카이 선생이 고개를 숙였다.

구마가야가 쓴웃음을 짓는 가운데 마미야 선생이 구도 선생에게 뭐라고 반론하려 했다. 그때 와타리 원장의 목소리가 들려왔다.

"무슨 일이니?"

모두들 와타리 원장의 눈길을 따라 강사실 입구로 시선을 집중했다. 그곳에 미카가 서 있었다. 아오이 미카. 중학교 2학년. 이 학원에 다니기 시작한 지 벌써 반년이 지났다. 범죄 경력 2회. 둘 다 학원에 다니기 전에 있었던 일이었다. 번화가에서 싸움을 벌여 경찰에게 걸렸다고 들었다. 상대는 두 번 다만취 상태의 회사원이었고, 병원에 실려 갔을 정도로 심한 상해를 입었다고 한다. 가방 안에 항상 카본제 특수 경찰봉을 숨기고 다닌다는 소문이 돌았지만, 직접 확인해본 적은 없었다.

미카는 뭔가 물어보고 싶은 듯한 얼굴로 나를 바라보았다.

"응?"

나는 의아한 표정으로 물었다.

미카가 얼굴을 찡그렸다. 자그마한 얼굴의 양 눈썹 사이에 주름이 모이자, 마치 재채기를 꾹 참는 스피츠(애완용 개의 한 품종―옮긴이) 같았다.

"할 얘기가 있다고 어젯밤에 전화한 사람, 선생님 아니었나?"

그랬다.

"아 참, 그렇지. 미안미안."

"정말 너무하네. 나는 기대에 부풀어서 새 팬티까지 입고 왔는데……. 한번 보여줄까나?"

미카는 그렇게 말하면서 아슬아슬하게 걸친 초미니스커트를 살짝 들어 올렸다. 그녀의 시선으로 봐서는, 그녀가 놀리는 상대는 내가 아니라 시야의 한구석에 포착된 사카이 선생인 것 같았다. 사카이 선생은 입을 떡 벌린 채 미카의 다리를 넋 놓고 바라보았다.

"그래, 미안하다니까."

나는 그렇게 말하고는 와타리 원장에게 눈짓으로 양해를 구한 다음 자리에서 일어났다.

나는 강사실을 나와 바로 앞 복도에 마련된 긴 의자에 앉았다. 미카도 내 옆에 털썩 주저앉았다. 잔뜩 찌푸린 하늘 때문에 형광등 아래 나란히 앉은 우리 두 사람의 모습이 복도 맞은편 창문에 또렷이 비쳤다. 몇 가닥만 하얗게 탈색한 머리와 핑크빛 립스틱, 그리고 선명하게 그려진 파란색 아이라인. 유리창에 비친 열네 살 여자아이가 스물한 살인 나보다 더 나이 들어 보였다.

"누굴 좀 연결해줬으면 하는데……. 중학교에 다니는 여자아이이고, 이름은 다치바나 사쿠라."

내가 미카를 바라보며 말하자 미카가 입속으로 중얼거렸다.

"다치바나 사쿠라? 무슨 중학교?"

"음⋯⋯."

나는 지갑에서 교수에게 받은 메모를 꺼냈다.

"미도리카와 여자학원. 들어본 적 있니? 요코하마에 있는 사립학교라는데, 그 학교 2학년이야."

"미도리카와라⋯⋯."

미카는 그렇게 말하며 잠시 허공을 주시했다. 그녀의 두뇌에 차곡차곡 쌓아놓은 방대한 '친구 명단'에서 관계자를 색출하는 것이리라. 이윽고 휴대전화를 꺼내 든 미카는 몇 개의 버튼을 누르더니 고개를 한 번 까닥했다.

"응, 미도리카와라면 두 명 정도 친구가 있으니까, 한번 물어보지 뭐."

휴대전화에 입력된 것을 꺼내봐야만 생각나는 사람은 친구라고 부르지 않는다, 또 친구라는 것은 '몇 명 정도'라는 말로 환산할 수 있는 부류의 관계가 아니다, 라고 말해선 안 된다. 나는 이곳에서 얻은 2년간의 경험을 통해 그 사실을 누구보다도 잘 알았다. 그녀들에게는 그녀들만의 세계가 있었고, 그곳에는 그곳에서만 통하는 논리와 규범이 있었다.

"그중 한 명이라도 좋으니 소개해주지 않겠어? 직접 만나서 이야기하고 싶은데⋯⋯."

미카는 왠지 수상하다는 듯한 표정으로 나를 쳐다보았다.

"좀 미묘한 문제라서⋯⋯."

"미묘한 문제?"

"은혜는 잊지 않으마."

"그걸로 끝?"

"밥 사줄게, 디저트도 함께."

"오케이."

미카는 이렇게 말하며 의자에서 일어났다. 바로 그 순간 손에 든 휴대전화가 울렸다.

"오늘 밤까지는 어떻게든 연락이 될 거예요."

미카가 그렇게 말한다면, 늦어도 오늘 밤까지는 이야기가 끝날 거라 믿어도 좋았다. 도쿄 근교에 사는 일부 중학생 사이에서 미카는 거의 전설적인 존재였다. 미카의 전화번호가 고가에 매매된다는데, 그 소문도 아주 거짓말만은 아닌 것 같았다.

뭔가 곤란한 일이 생기면 이 아이를 찾아라.

자신의 의사와는 관계없는 곳에서 자꾸자꾸 증식해가는 인맥을, 미카 본인도 어느 정도 즐기는 모양이었다. 돈이 필요한 아이에게 안전하면서 시급도 괜찮은 아르바이트를 소개해주기도 하고, 가출한 아이에게는 적당히 지낼 만한 곳을 찾아주기도 하며, 만일 패거리 사이에 갈등이 빚어지면 중재할 수 있을 만한 사람을 파견하기도 한다. 한 가지 문제를 해결하면 거기에서 새로운 인맥이 형성되고, 그 인맥이 또 다른 문제를 해결하는 데 도움을 주는 식이다. 그것으로 미카 자신이 어떠한 이익을 얻는 것도 아니다. 단지 믿을 만한 해결사로서, 쉴 새 없이 울리는 휴대전화를 손에 쥔 채 거리를 배회할 뿐이다. 왜 그런 역을 맡게 되었는지, 나는 알지 못한다. 어쩌면 본인도 모를 것이다. 중학교 2학년짜리 여자아이가 그런 생활을 하는 것에 대해, 건전하지 못하다며 눈살을 찌푸리는 어른도 있다. 자유분방하고 좋지 않냐며 비꼬는 어른도 있다. 하지만 나는 아니다. 단지 교실에서 미카의 잠든 얼굴을 볼 때마다 애처로운 마음이 생길 뿐……

"결정 나면, 그때 알려줄게요."

미카는 이렇게 말한 다음 걸려 온 전화에 응대하면서 교실 쪽으로 발걸음을 돌렸다.

최근 들어 갑자기 증가하기 시작한 이런 유의 학원 중에서도 어피니티 학원은 매우 특별한 위치에 있었다. 입이 조금 험한 사람들은 이곳을 '폐기물 처리장'이라 불렀다. 학교에서 버림받고 또 학원에서조차 적응하지 못한 아이들이 마지막으로 모여드는 종착역. 여기서마저 낙오자가 된다면 더는 갈 곳이 없는 아이들.

난 여기서 무엇을 하는 걸까?

이따금 생각한다.

어떻게든 도와주고 싶다고 구도 선생이 말했었다. 진심이겠지. 구도 선생은 정말로 그렇게 생각할 것이다. 구마가야도, 사카이 선생도, 마미야 선생도, 물론 와타리 원장도. 하지만 난?

낙오자. 물론 그들에게도 그렇게 될 수밖에 없었던 이유가 있을 것이다. 학교에서 당한 집단 괴롭힘, 부모의 불화, 혹은 부모와의 불화, 막연한 소외감, 사회에 대한 위화감, 돌파구가 없는 극심한 무기력증.

그런 아이들을 어떻게든 도와주겠다는 열의. 나는 그런 열의를 가진 적이 없다. 그 아이들 역시 나에게 뭔가를 바라지 않을 거라는 생각까지 든다. 내게는 그냥 단순한 아르바이트일 뿐이다. 시급 900엔. 교통비 없음. 이런 특수한 아르바이트가 아니라도 좋았다. 월세로 있는 아파트에서 가까우면서 최저 생계를 보장해줄 만한 일이라면 어떤 일이든 상관없었다.

아르바이트를 시작하고 얼마 지나지 않았을 때다. 나는 와타리 원장에게 내 생각을 솔직히 털어놓았다. 오랫동안 계속할 자신이 없다고.

"하지만 그만두는 건 더 힘들죠. 사랑이란 원래 그런 게 아닌가요?"

마흔을 목전에 둔 와타리 원장은 사랑이라는 단어를 입에 담으며 살짝 미소 지었다.

화장기 없는 얼굴. 대충 빗어서 질끈 묶어 올린 머리. 그녀에게선 여성성도, 심지어는 모성도 느껴지지 않았다. 내가 너희들에게 그런 걸 느끼게 할 성싶으냐, 라며 완강하게 버티는 것이란 생각마저 들었다.

"사랑은…… 아닐 겁니다, 아마도."

내 말에 와타리 원장이 단호하게 대꾸했다.

"사랑이에요, 틀림없이. 당신은 이 일을 좋아해요. 게다가 당신에게 딱 맞는 일이기도 하고요."

그럴까?

나는 교실을 둘러보며 멍하니 생각에 잠겼다. 계산상으로는 마흔 명 정도가 앉을 수 있는 교실에, 스물두 명의 중학생들이 서로 미묘한 거리를 두고 앉아 있다. 수업이라고 뻐길 만한 것도 못 된다. 거의가 자습이다. 10시부터 3시까지, 중간에 점심시간 한 시간만 빼고, 학생들은 각자 선택한 교재로 자유로이 공부를 한다. 사전을 뒤적거리며 영국 추리소설을 원서로 읽거나 이와나미 문고의 철학서를 읽는 아이도 있다. 헤드폰을 끼고 악보를 보면서 하드록을 듣는 아이는 그나마 나은 편이고, 낱말 퍼즐을 푸는 아이가 있는가 하면, 한 시간 내내 악력기를 들고 손힘을 단련하는 아이도 있다. 하지만 책상에 엎드려 자는 아이가 태반이다.

와타리 원장은 '연대감'이라고 말했다.

"일단은 학원에 오게 만드는 것, 그게 가장 중요합니다. 학원에 오고 교실에 들어와서 자신과 비슷한 아이들이 앉아 있는 걸 보면, 연대감은 저절로 생겨나리라 생각합니다. 그 연대감을 발판으로 조금씩 사회와 관계를 맺어가도록 돕는 것이 우리의 역할이지요."

와타리 원장이 자신의 생각에 얼마만큼 자신이 있는지는 모르겠다. 때때로 그녀의 생각은 고집으로 똘똘 뭉친 신념으로 들리기도 한다. 적어도 내 눈에는 그들 사이에 어떠한 종류의 연대감도 느껴지지 않는다. 같은 시간과 공간을 공유하면서도 그들은 서로 완전히 고립된 존재이다. 점심시간에도 대화가 없다. 수업이 끝난 후, 함께 나란히 집으로 돌아가는 아이도 없다. 하지만 여간해서는 학원을 쉬지 않는다. 아침 10시가 되면 마치 최면에라도 걸린 듯 그들은 이곳으로 모여든다. 그 이유가 무엇인지 미카에게 물어본 적이 있다. 이곳에서 보내는 시간을 결코 즐기는 것 같진 않은데, 너희들은 왜 이곳을 매일같이 찾아오는 거냐고.

"나 같은 경우는, 우선 첫째로…… 그러면 부모님이 안심하니까. 공연히 부모님한테 걱정 끼치고 싶진 않거든요. 내가 학원에 오는 것으로 부모님이 안심한다면, 뭐, 그걸로 됐다는 생각이 들죠."

"흐음, 그다음은?"

"아무도 즐기려고 하지 않으니까……일까?"

"응?"

"학교는 성가시잖아요. 단짝 친구가 생기면 화장실도 같이 가야 하고, 우정을 강요하거나 강요당하기도 하고. 그게 다 학교생활을 즐기려고 하니까 생기는 일 아니겠어요? 근데 여기는 모두들 그냥 내버려두니까. 어차피 즐겁지 않은 건 뻔한데, 억지로 즐기려는 게 더 이상한 거 아닌가요? 여기 오는 아이들은 그런 이치를 잘 알고 있죠. 놀 때는, 같이 놀고 싶은 사람들과 놀고 싶은 곳에서 놀면 되거든요."

"그러니까 결국 참고 있다는 뜻인가?"

미카는 어이없다는 듯 입술을 쑥 내밀고 나를 보았다.

"당연하죠. 달리 무슨 이유가 있겠어요?"

달리 무슨 이유가 있다고 생각한 걸까?

나는 그렇게 참고 있는 스물두 명의 중학생들을 다시 한 번 둘러보았다. 서로 사이를 둔 미묘한 거리에 야릇한 긴장감이 감돌았다. 그들은 더 가까이 가면 뭔가 좋지 않은 일이 생긴다고 생각하는 듯했다. 물론 내 생각도 크게 다르지 않았다.

와타리 원장은 책상 사이사이를 일정한 속도로 걸어 다니고 있었다.

모르는 것이 있으면 질문하도록!

수업 시작 전 와타리 원장은 반드시 그렇게 말하지만, 학생들이 질문하는 일은 거의 없었다. 적어도 나는 본 적이 없다. 그래도 와타리 원장은 수업 시간 내내 참을성 있게 책상 사이를 쉴 새 없이 돌아다녔다. 학생들은 그런 와타리 원장을 완전히 무시했다. 가장 뒷자리에 앉아 있는 마미야 선생도, 문 근처에서 벽에 몸을 기대고 있는 나도, 마찬가지로 무시를 당했다. 아니, 그런 표현조차 어색하다. 일부러 무시하는 것이 아니라, 그들은 그곳에 우리가 있다는 사실을 전혀 신경 쓰지 않았다. 우리 선생들만이 기를 쓰고 덤벼드는 인내심 겨루기가 오후 3시까지 계속될 뿐이었다.

3시가 되자 이와나미 문고를 읽던 남자아이가 탁 소리를 내며 책장을 덮었다. 그 소리가 정해진 신호였던 것처럼, 학생들은 일제히 가방을 싸고 집에 갈 준비를 시작했다. 책을 가방 속에 챙겨 넣은 그 남자아이는 말없이 의자에서 일어나 교실 밖으로 나갔다. 플랫폼 벤치에 앉아 있던 승객이 기다리던 전철이 역으로 들어오자 벌떡 일어나는 것 같은 모습이었다.

'나, 먼저 간다'도 '내일 보자'도 없다. 부끄러워서도 아니고, 무뚝뚝한 성격이라서도 아니다. 인사말을 건넬 필요조차 느끼지 못했기 때문이다. 전철을 기다리던 승객이 쓰레기통에 대고 인사할 필요가 없는 것처럼, 그는 나에게 아무런 인사도 없이 교실을 나가버렸다. 그리고 다른 학생들도. 나는 늦은 밤 막차를 배웅하는 쓸쓸한 역의 쓸쓸한 쓰레기통과도 같은 기분으로, 잇따라 교실을 빠져나가는 그들의 모습을 바라보았다.

"선생님, 안녕. 나중에 전화할게요."

오늘 나에게 인사를 하고 교실을 나간 아이는 미카뿐이었다. 와타리 원장은 흐뭇한 미소를 지으며 이쪽을 보았다.

"우리가 정해놓은 기준으로 그들을 평가해선 안 됩니다."

이건 와타리 원장이 입버릇처럼 하는 말이다.

와타리 원장은 이날도 어김없이 이 말을 꺼내면서 학생들이 앉았던 책상과 의자를 정리하기 시작했다. 마미야 선생과 나도 원장을 거들었다.

"조급해할 필요는 없습니다. 1, 2년 정도는 허비해도 됩니다. 아이들은 충분히 젊으니까요."

막대걸레로 대충 청소를 끝내고 나서 우리는 교실을 나왔다. L자형으로 생긴 복도 모퉁이를 돌아서기 직전, 문득 누군가가 이쪽을 쳐다보고 있는 것 같은 느낌이 들었다. 나는 막다른 곳에 난 창문 쪽을 바라보았다. 하지만 상가 건물 2층의 창문을 통해 안을 들여다보는 사람이 있을 리 없었다. 유리창은 단지 형광등 불빛을 받은 복도의 기다란 의자를 비출 뿐이었다. 나는 진저리를 쳤다. 그리고 모퉁이를 돌아 그곳에 놓인 의자를 매섭게 노려보았다. 남자가 앉아 있었다. 와타리 원장과 마미야 선생은 학생의 가족이라고 생각했는지 그 남자에게 아무런 관심도 기울이지 않은 채 그 앞을 그냥 지나쳐 강사실로 들어갔다. 나는 일순 발걸음을 멈추긴 했지만, 애써 무시하며 두 사람의 뒤를 따르려고 했다.

"아버님이⋯⋯."

내가 남자의 눈앞을 지나치는 바로 그 순간, 남자가 입을 열었다.

"참 딱하게 되셨더군요."

나는 뒤돌아보았다. 그는 내 시선을 느꼈으면서도 아무래도 좋다는 듯, 꼬고 앉은 다리의 발끝으로 손을 뻗어 먼지라도 털어내려는 것처럼 바지 자락을 톡톡 쳤다.

"뭐라고요?"

나는 흥분된 마음을 가라앉히려 애썼다.

"별다른 뜻은 없습니다. 단지 애도의 뜻을 표했을 뿐이에요. 참 안되셨어요."

남자는 나를 태연하게 바라보았다.

나는 남자의 이름을 생각해내려 했지만 무리였다. 다시 물어보고 싶은 마음도 들지 않았다.

하지만 나는 결국 남자의 말에 대꾸할 수밖에 없었다.

"당신, 내 아버지를 어떻게 아십니까?"

"유감스럽게도 직접 뵌 적은 없습니다. 아버님이 일으키신 사건은 취재하지 않았으니까요."

남자가 희미한 미소를 지었다.

휴우, 근데 놀랐어요.

머리 뒤로 두 손을 깍지 긴 채 혼잣말처럼 중얼거린 남자는 다시 조용히 말을 이어갔다.

"가사이의 집을 방문한 젊은이에 대해 조사를 좀 했죠. 그런데 그 젊은이는 5년 전 자신의 아내를 살해한 살인범의 아들이었습니다. 그는 어머니를 아버지에 의해 잃고 말았고, 게다가 그 아버지는 범행 직후 자살한 것으로 나오더군요. 이야, 정말 놀랐어요. 대체 뭐가 어떻게 된 건지⋯⋯."

"아버지 사건과 교수님 사건은 아무런 관계가 없습니다."

"그런가요?"

남자가 반문했다.

"물론이죠."

"그렇다면⋯⋯ 당신은 원래 살인범과 인연이 깊은 건지도 모르겠군요. 살인범이라니, 보통 사람들은 평생 한 사람도 만나기 힘든데 말이죠. 정말 부러워요. 아, 실례."

남자는 웃었다.

"우리 같은 사람은 가까이에 살인범이 한 사람이라도 있어준다면 차분하게 취재할 수 있으니 얼마나 좋을까, 이런 생각을 해버리니까⋯⋯."

"아까부터 자꾸 살인범, 살인범 하는데⋯⋯."

나는 가만히 듣고 있기가 거북했다.

"그래요, 아버지는 살인범입니다. 하지만 가사이 교수님은 살인범이 아닙니다. 비록 교수님이 한 사람을 죽음에 이르게 했다 해도, 그 사실만으로 살인범이라고 몰아세우는 일은 삼가야 하지 않을까요? 당신같이 말을 업으로 삼는 분이라면 더더욱……."

"그렇죠."

남자는 집게손가락을 세우고, 마땅히, 라고 말하면서 그 손가락으로 몇 번이나 삿대질을 했다.

"마땅히 그래야죠. 사람을 죽인 것과 살인범은 같은 말이 아니죠. 그건 맞는 말이에요. 과실치사, 상해치사, 자살방조, 청부살인……. 살인도 여러 종류가 있어요. 사람을 죽였다고 해서 모두 똑같은 살인은 아닙니다. 하지만……."

수차례 삿대질을 하던 그 손가락이, 이번에는 나를 향한 채 딱 멈췄다.

"하지만 이번 사건 같은 경우는, 분명 살인사건이라고 생각합니다. 존엄사도 안락사도 아니에요. 그건 100퍼센트 순수한 살인사건이라는 게 제 의견입니다."

"이해할 수 없군요. 대체 무슨 근거로 그렇게까지 단정하는 겁니까?"

남자는 뭔가를 캐내려는 듯한 표정으로 한참 동안 내 얼굴을 쳐다보았다.

"어제……."

남자가 말을 하기 시작했다.

"사이타마에 있었습니다. 시키시라는 곳이요. 혹시 아십니까? 거기서 살인사건이 일어났어요. 그래서 취재차 간 거죠. 범인은 스무 살 전문대생. 살해당한 사람은 범인과 같은 고등학교, 같은 반에서 공부했던 여학생이에요. 사귀다가 헤어졌답니다. 피해자 측은 이미 오래전에 헤어진 걸로 알고 있었는데, 남자 쪽은 여태껏 포기하지 않았나 봐요. 여자를 집요하게 따라다녔지만 그래도 상대해주지 않자, 결국 칼로……."

남자는 손가락으로 자신의 목에 선을 그었다.

"발견됐을 때, 그 남자는 여자의 시체 옆에 나란히 누워 머리카락을 사랑스럽게 쓰다듬고 있었답니다. 피해자의 피로 범벅이 된 채 말이죠. 소름 끼치죠? 이른 아침에, 개와 함께 산책을 하던 한 노인이 발견했다는데, 앞으로는 생선회를 먹을 수 없을 것 같다고 하더군요. 여기, 목에요, 입이 하나 더 있는 것처럼 빠끔히 벌어져서, 꽤 끔찍했던 모양이에요."

"그 사건과 무슨 관계가 있단 말입니까?"

"그는 살인범이죠, 그렇죠?"

"그렇겠죠."

"같은 의미에서 가사이도 살인범이라고 나는 생각합니다. 모두들 그의 지위와 명성에 혹했을 뿐이에요. 의대 교수. 뇌신경학의 권위자. 그래서 뭐요? 교수든 권위자든, 그 전문대생과 똑같은 인간입니다. 전문대생이 사람을 죽였다면, 그가 사람을 죽였다 해도 전혀 이상할 것이 없죠. 그리고 그런 시각으로 본다면, 그건 지극히 단순한, 흔하디흔한 살인사건에 지나지 않습니다. 객관적으로 상황을 본다면 달리 해석할 수 있는 여지가 없어요. 그렇지 않습니까?"

"만일 그렇다면……, 이유가 뭐라는 말씀입니까? 왜 가사이 교수님이 그 환자를 죽여야 했습니까? 가사이 교수님이 그 환자에게 차이기라도 한 겁니까?"

남자는 크게 소리 내어 웃었다. 하하하하하, 라고 적힌 문자를 그대로 읽는 것 같은 웃음이었다.

"그럴듯하군요. 그럴 가능성도 있습니까? 그렇다면 더 재미있는 기사가 될 텐데요."

잠시 동안 기계적으로 웃던 남자는 마찬가지로 기계적인 표정으로 갑자기 웃음을 멈췄다.

"예, 저도 그걸 모르겠어요. 그래서 이렇게 찾아온 겁니다. 제게 가르쳐주시지 않겠습니까? 가사이는 왜 그 여자를 죽인 겁니까?"

"정말 어이가 없군요. 동기도 모르면서 교수님을 살인범 취급한 겁니까?"

"동기는……."

남자는 그래도 지지 않고 말을 이었다.

"분명히 있겠지요. 반드시 있어요. 아직 보이지 않을 뿐이지요."

"아직 보이지 않는다고?"

나는 웃으며 말을 이었다.

"이보세요, 당신이 살인범이라고 하는 사람은 가사이 교수님이에요. 의사로서, 학자로서, 또 한 사람의 인간으로서 압도적인 존경을 받고 있고, 또 충분한 분별력을 갖추고 계신 분이에요. 그뿐입니까? 사회적으로나 경제적으로나 전혀 부족함 없는 환경에 계시죠. 그런 분이 명확한 의사를 가지고 사람을 죽였다면, 거기엔 분명 강력한 동기가 있었을 겁니다. 압도적으로 강렬한 동기가요. 그게 보이지 않는다고요?"

"지당하신 말씀입니다. 오늘은 이만 물러가지요. 조만간 또 뵙겠습니다."

남자는 이렇게 말하며 일어서더니, 함께 왈츠를 춘 여성에게 인사라도 하는 것처럼 장신을 시원스레 굽히며 예의를 차리고는 바깥 계단으로 연결되는 문 쪽으로 걸어갔다. 초등부도 마친 모양이었다. 한 명 두 명 복도로 걸어 나온 학생들이 남자를 앞질러 문 밖으로 나가는 게 보였다.

"무슨 일이야?"

학생들에게 섞여 내 옆으로 다가온 구마가야가 내 시선을 따라 문 쪽을 쳐다보았다.

"아무것도 아냐."

"괜찮은 거야?"

구마가야는 걱정스러운 눈빛으로 내 얼굴을 들여다보았다.

"뭐가?"

"여기, 주름이 잔뜩 몰려 있네."

구마가야는 주름을 펴주려는 듯 내 눈썹 사이를 손가락으로 문질렀다.

"아아, 괜찮아."

나는 그만 웃음을 터뜨렸다.

교실에서 사카이 선생과 구도 선생이 나오자 구마가야는 화들짝 놀라 손을 내렸다. 아마 구도 선생은 이미 우리 사이를 눈치챘을 것이다. 태연한 듯 싱글싱글 웃으면서, 하지만 손에 강한 힘을 싣고 내 어깨를 살짝 흔들었다.

넷이서 나란히 강사실로 들어가며 나는 아버지를 생각했다.

"절대로 사용하지 마라."

전화선을 통해 아버지는 그 말만을 남겼다.

"그건 저주야. 이제 와서 생각해보면 이렇게 명백한데 말이다. 그러니……."

결국 그 말은 아버지가 남긴 마지막 말이 되고 말았다.

"그러니, 절대로 사용하지 마라."

역의 플랫폼인 것 같았다. 하행 열차가 들어오고 있다는 안내 방송이 들려왔다. 나는 무슨 말인가를 하려고 했다. 뭔가 해야 할 말을 잊고 있다는 느낌이 들었다. 하지만 내가 입을 열기도 전에 아버지는 전화를 끊었다. 그때 아버지에게 무슨 말을 했어야 했는지, 나는 아직도 알아내지 못했다.

3

미카가 지정해준 카페는 한밤중인데도 손님들로 북적였다.
콘크리트가 그대로 드러난 벽에는 몇몇 석판화가 걸려 있었
는데, 그 그림들만 환하게 비추도록 조명이 집중되어 있었다.
석판화들은 모두 나체의 흑인여성을 모티프로 삼고 있었다.
몇 명의 벌거벗은 흑인여성이 곳곳에 걸린 좁은 공간에는 30
년쯤 전에 유행했던 사랑 노래가 절절히 울려 퍼졌다. 나는 싸
구려 플라스틱 의자에 자리를 잡고 앉아 싱거운 아이스커피
를 홀짝였다. 이제 곧 자정이었다. 시부야나 신주쿠에서 놀
다가 이곳에서 마무리하려는 것인지, 아니면 이제부터 거리
로 나갈 생각인지, 가게 안은 10대 중반의 어린 손님들로 넘

쳐났다. 그들은 하나같이 따분한 표정이었고, 그러면서도 열심히 말하고 웃고 또 떠들어댔다. 담배를 피우는 아이가 있는가 하면 맥주를 마시는 아이도 있었다. 여자아이에게 다가가 말을 거는 남자아이들, 또 그 남자아이들의 유혹을 즐기는 여자아이들이 곳곳에서 눈에 띄었다. 곡이 바뀌는 그 몇 초 동안에도, 여기저기서 울리는 휴대전화의 다양한 멜로디가 귓속을 맴돌았다.

나는 그 연령 대의 나를 기억 속에서 끄집어냈다. 겉모습에만 신경을 썼다는 점과, 그렇지만 아무리 멋을 부려도 어색하기만 했다는 점은 비슷했다. 그러나 그들은 그 당시의 나보다 훨씬 더 무료해 보였고, 또 불행해 보였다. 그렇게 보이도록 행동할 권리가 자신들에게 있다는 확고한 신념이라도 있는 걸까? 왠지 내 눈에는 그렇게 보였다.

"여기, 자리 있어요?"

나는 등 뒤에서 들려오는 목소리에 뒤를 돌아보았다. 내 귓전에다 대고 소리를 친 그 여자아이는 라임이 든 코로나 맥주 병을 쥔 손으로 내 앞자리를 가리켰다. 공들인 화장이 그녀에게 성공인지 실패인지 알쏭달쏭했다. 파랑과 하양으로 채색된 두 눈은 그녀를 우스꽝스럽게 만들었고, 그만큼 쓸쓸해 보이게도 했다. 눈언저리에 펴 바른 펄의 광택이 마치 눈물 자국처럼 보였다.

"미안하지만 누가 올 거예요. 여기서 만나기로 했거든요."

내 입 가까이 가져온 그녀의 귀에 대고 나 역시 큰 소리로 대답했다. 그녀의 얼굴에 일순 상처 입은 표정이 스쳐 지나갔다. 하지만 그 표정은 즉시 사라졌다.

"그래요? 그럼 다음에 또 봐요."

그녀는 냉정하리만치 등을 홱 돌리더니, 테이블 세 개를 넘어 두 명의 남자아이가 앉아 있는 곳으로 다가갔다. 이번에는 이야기가 잘 통했는지, 두 남자아이가 한곳으로 모여 앉으며 그녀를 위해 자리를 마련해주었다. 그녀는 마치 춤추는 듯한 동작으로 의자에 앉았고, 테이블 분위기는 순식간에 그녀를 중심으로 조정되었다. 그녀를 포함한 세 사람의 모습은 마치 10년 만에 만난 옛 동네친구들의 해후처럼 느껴졌다. 무방비로 자신을 내보이며 거리낌 없이 어울리지만, 그래도 어딘가 균형이 맞지 않는 것 같았다. 즐거워 보이면서도 왠지 위태로워 보였다.

갑자기 바깥바람이 느껴져 나는 입구 쪽을 쳐다보았다. 마침 시끄럽게 울리던 음악이 멈추고, 다른 곡으로 바뀌었다. 끼익, 문소리가 유난히도 크게 울려 퍼지면서, 문 근처에 있던 아이들의 시선이 일제히 그쪽으로 향했다. 묵직한 철문을 온몸으로 밀어젖힌 여자아이는 자신에게 쏟아지는 몇몇 시선에 일순 멈칫했다가 이내 정신을 차리고 가게 안을 휙 둘러보았다. 입구 쪽으로 향했던 시선 중 거의 대부분이 여전히 그녀를 따라다녔다. 예쁘다고 한다면 약간의 어폐가 있을지도 모르겠다. 오똑한 콧날과 뾰족한 턱, 마치 남자처럼 짧게 자른 머리, 끝이 약간 올라간 쌍꺼풀진 두 눈은 갓 태어난 육식동물을 연상시켰다. 그녀를 구성하는 모든 부분이 지나치게 예리했고, 또 지나치게 공격적이었다. 게다가 아무런 꾸밈도 없었다. 데님 셔츠에, 조금 헐렁한 낡아빠진 청바지, 꾀죄죄한 운동화. 타인의 눈을 의식한 모습이라고는 어디에도 없었다. 그런데도 그녀에게는 한번 모은 시선을 절대로 놓치지 않는 힘이 있었다. 그건 어쩌면 흡인력이 아니라 반발력인지도 몰랐다. 자기와 자기 이외의 모든 것을 구별하려는 의사가 마치 눈에 보이는 오라로 형상화된 것처럼, 그 분위기가 작은 그녀의 몸을 완전히 감쌌다. 호의라기보다는 호기에 의해 발산되는 몇몇 시선을 그대로 받아들인 채, 마치 절벽 위에 서서 폭포 아래를 향해 뛰어내리려는 것처럼 그녀는 숨을 깊이 들이마셨다. 그녀의 어깨가 한 차례 크게 솟아올랐다가 다시 제자리로 돌아왔다. 가게 안으로 발을 들여놓은 그녀는 그 자세 그대로 곧장 걸어와 내 앞에서 멈춰 섰다.

"혹시 야나세?"

그녀는 나를 매섭게 쏘아보며 물었다. 그녀가 내 약속 상대인 것 같았다.

"응, 맞아. 그런데 어떻게 알았어?"

나는 그녀의 존재감에 압도된 채 물었다.

다시금 울리기 시작한 음악이 내 목소리를 삼켜버렸다. 나는 테이블 위로 몸을 쑥 내밀며, 앞자리에 앉은 그녀에게 다시 큰 소리로 물었다.

"어떻게 알았어?"

"당신 혼자만 붕 떠 있는 것 같아."

그녀가 이렇게 고함쳤다.

나는 가게 안을 둘러본 후 고개를 한 번 끄덕였다. 그러고 나서 테이블에 팔꿈치를 올린 채 물었다.

"뭐 마실래?"

"물."

그녀 역시 팔꿈치를 테이블에 올린 자세로 대답했다.

나는 자리에서 일어나 가게 안쪽에 있는 카운터로 향했다. 카운터 안에서 남자아이가 400엔을 건네받은 대신 얼음이 든 유리컵에 미네랄워터를 따라주었다. 지나치게 신경 썼다 싶을 정도로 정성 들여 그을린 거무스름한 얼굴에 늘어뜨린 새하얀 머리카락, 귀와 코, 입술에는 은색 고리가 반짝였다. 일본인 이외의 다른 것이 될 수만 있다면 뭐든지 상관없다고 생각하는 모양이었다. 실제로 그는 일본인으로 보이지 않았다. 아니, 인간으로도 보이지 않았다. 창조주나 혹은 유전자공학,

그도 아니면 환경오염에 의해 실수로 탄생한 신종 생물이라고 말하고 싶을 정도였다.

"고마워요."

유리컵을 받아 들며 인사하는 나에게 그는 일본어를 모른다는 듯 어깨를 으쓱해 보였다. 나는 유리컵을 들고 자리로 돌아왔다. 그녀는 그곳에 놓인 조각상처럼 의자에 반듯이 앉아 있었다. 음악에 맞춰 몸을 흔들지도 않았고, 다른 아이들을 쳐다보지도 않았다. 자기 자신과 이 가게는 전혀 무관하다는 듯한 얼굴로, 똑바로 앞만 쳐다볼 뿐이었다.

"고마워."

내가 유리컵을 테이블 위에 올려놓으니, 그녀의 입이 이렇게 움직였다. 분명 다케가미라는 이름이었지. 미도리카와 여자학원에 다니는 다치바나 사쿠라의 친구.

"내가 아는 아이 중에 다치바나 사쿠라의 친구였던 아이가 있긴 한데, 그리 기대하지 않는 편이 좋을 거예요."

미카는 밤 9시가 넘어서야 내 집으로 전화를 했다.

"다치바나 사쿠라는 원래부터 친구가 없대요. 내 친구도 다치바나 사쿠라와 같은 반이고 앞자리에 앉는다는 것뿐이지 아무것도 모른다는데요?"

"다케가미 양은⋯⋯."

나는 이렇게 말한 후 침을 꿀꺽 삼켰다.

"다치바나 양과 친하다면서?"

그녀는 물을 한 모금 마신 후 고개를 끄덕였다.

물맛이 왜 이래?

그녀의 입술이 이렇게 움직였다. 그녀는 물에서 무슨 냄새라도 나는 듯 유리컵을 멀찍이 내려놓았다.

"다치바나는 어떤 아이야?"

"그보다……."

그녀의 쫙 편 오른손이 나에게로 향했다.

"당신 뭐야? 어디서 뭐 하는지도 모르는 사람한테 친구에 대해 이야기하라고?"

"그것도 그렇군."

나는 이렇게 말한 후 잠시 생각했다. 거짓말을 할 수도 있었지만, 왠지 그러고 싶지는 않았다. 그녀를 휘감은 차갑고 긴장된 공기 때문인지도 몰랐다. 나는 그녀가 밀어낸 유리컵을 바라보았다. 그녀라면 내가 하는 거짓말 따위는 모두 꿰뚫어 볼 것만 같았다. 그리고 내가 거짓을 말했다는 사실이 드러나면, 입을 꾹 다문 채 이 가게를 나가버릴 것 같았다. 왠지 그런 느낌이 들었다.

"어떤 사람에게 부탁을 받았어. 그 사람은 다치바나 양을 굉장히 걱정하고 있거든. 어머니가 돌아가신 지 얼마 되지 않았으니까. 그런데 그 사람은 사정이 좀 있어서 다치바나 양을 직접 만날 수가 없어."

나는 단어를 골라가며 신중히 말을 이어나갔다.

그녀는 수상하다는 듯 나를 보았다. 당연했다. 말하는 나 자신조차도 수상하게 느껴질 만큼 내 말은 이상했다.

"부탁이라니, 무슨 부탁?"

그녀의 말에 나는 할 말을 잃었다. 대체 무슨 부탁을 받은 건지 나도 잘 몰랐다.

"무슨 부탁이라기보다…… 말하자면, 그 아이에게 힘이 되어달라고 하셨어."

"힘?"

"응, 힘."

그녀는 홍, 하고 콧방귀를 뀌며 얼굴을 돌렸다. 그리고 정말 증오한다는 듯 그 이름을 토해냈다.

"가사이!"

"어?"

그녀가 나를 향해 몸을 홱 돌렸다.

"부탁했다는 사람, 가사이 선생님 맞지?"

"아……, 응. 그래. 그런데…….."

"날 그냥 내버려둬. 그 할아버지한테 그렇게 전해."

그럼.

그녀는 가볍게 손을 흔들고 자리에서 일어났다.

이 아이가, 다치바나 사쿠라?

어디서 착오가 생겼는지는 모르지만, 그 아이였다. 내가 그 사실을 알아차렸을 때, 그녀는 이미 종종걸음으로 가게 안을 가로질러 문을 세게 열어젖히고 있었다. 나는 서둘러 그녀의 뒤를 따랐다.

가게를 나선 후, 나는 곧 그녀를 따라잡을 수 있었다. 등을 꼿꼿이 편 채 성큼성큼 걸어가는 그녀의 어깨 위에 내 손을 가볍게 올렸다.

"잠깐만!"

뒤돌아선 그녀는 무표정한 얼굴로 나를 쳐다보았다. 나는 헉헉거리며 숨을 고르는 척하면서, 무슨 말을 해야 좋을지 생각했다.

"혹시, 다치바나 사쿠라 양?"

이렇게 확인하는 나를 보며, 그녀는 눈살을 찌푸렸다.

"양 따위는 필요 없어. 무시당하는 것 같으니까."

"아, 미안. 무시하려던 건 아니었지만, 그게 좋다면 그렇게 할게. 어쨌든 네가 다치바나 사쿠라구나?"

그녀는 고개를 끄덕였다. 하지만 표정은 그대로였다. 그녀의 무표정한 얼굴이 그 어떤 표정보다 더 강하게 그녀의 심경을 말해주었다. 날 그냥 내버려둬. 그렇게 말하고 있었다. 가게 안에 있을 때 자신을 둘러싼 모든 것에 발산되던 그 에너지가, 지금은 오로지 나 한 사람에게로 향했다. 당신과 나는 아무 상관 없어. 그녀는 온몸으로 나를 거절하고 있었다. 나는 자꾸만 위축되려는 내 마음에 어떻게든 용기를 불어넣으려 애썼다.

"그런데 어떻게 된 거지? 나는 네 친구가 나올 줄 알았는데……."

"다케가미 말이지? 아오이 미카라는 아이한테 부탁했다며? 이야기 들었어. 그래서 내가 직접 왔는데, 왜?"

그래서 뭐 불만이냐? 이런 눈빛으로 다치바나 사쿠라는 나를 보았다. 전철이 도착했는지, 역 방향에서 몰려온 사람들의 행렬이 우리 옆을 지나쳐갔다. 나는 손목시계를 보았다. 상행선도 하행선도, 이제 20분만 지나면 막차까지 떠나고 없을 시간이었다. 나는 그녀를 재촉해 길가로 벗어나서 가드레일에 등을 기댔다. 그녀는 조금 망설였지만, 그렇게 해서 이 성가신 만남이 어떻게든 정리가 된다면……이라고 생각했는지, 결국 내 옆으로 다가와 나란히 섰다.

"요컨대 넌 다치바나 사쿠라 본인이고, 특별히 어렵거나 힘든 일도 없다, 그러니 더는 귀찮게 하지 말아달라, 뭐 그런 거야?"

"바로 그거야."

다치바나 사쿠라가 대꾸했다.

그렇게 나온다면 나도 더 할 말은 없었다. 하지만 이대로 물러설 수도 없었다. 바로 내 눈앞에서 깊이 고개를 숙이던 교수의 하얀 머리카락을 잊을 수가 없었다.

"내가 이런 말 하는 것도 뭣하지만, 난 그렇게 나쁜 사람이 아니야."

이 말보다 더 효과적인 표현은 없을까? 하지만 중학생 여자아이의 마음을 흔들어놓을 만한 요소가 나에게는 그리 많지 않았다.

"특별히 도움을 줄 수 있을 만한 사람은 못 되더라도 알고 지낸다고 해서 손해 볼 건 없을 거야. 잘 길들인 잡종개 정도로 생각해주면 돼."

"그런 차원이 아냐. 나한텐 당신과 알고 지내야 할 이유가 하나도 없고, 또 도움을 받고 싶지도 않아."

다치바나 사쿠라가 야멸치게 대꾸했다.

난 그 말에 동의하지 않을 수 없었다. 아무리 생각해봐도 그녀의 주장이 훨씬 이치에 맞았다. 그녀는 나를 똑바로 쳐다보았다. 감정을 뒤흔들지 않겠노라고 굳게 마음먹은 나의 그 의지가, 오히려 강한 파장이 되어 그녀의 감정을 심하게 흔들어놓고 있었다. 나는 그 파장을 느꼈다.

해볼까?

언뜻 뇌리를 스친 그 생각은 과연 누구의 것이었을까? 저항할 새도 없었다. 그 생각이 뇌리를 스친 순간, 나의 파장이 동조하기 시작했다.

안 돼…….

저항하려는 내 의지를 그보다 더 강한 무언가가 억눌렀다. 우리 두 사람만이 세상 모든 것으로부터 완벽하게 차단되었다. 빛, 소리, 냄새……, 우리를 에워싼 모든 것이 동시에 멀어진다. 완벽하게 차단된 작은 상자 안에, 그녀와 나, 우리 둘만이 갇힌다. 내 파장과 그녀의 파장. 한곳에서 만난 두 개의 다른 세계가 그 경계를 향해 완만하게 미끄러져 내려온다. 그녀는 초점 없는 시선으로 멍하니 나를 보고 있다. 그녀와 나, 우리 둘만이 존재하는 작은 상자 속에서, 내 의지만이 홀연히 사라진다. 진공상태가 된 그곳에 그녀의 파장이 밀려 들어온다. 거의 사라져버린 내 파장이 마지막으로 몸부림치며 촉수를 뻗는다. 촉수가 그녀의 파장을 붙잡는다. 내 파장이 그녀의 파장을 모방한다. 그녀의 파장이 내 파장을 유혹한다. 그리고…….

"어이, 괜찮아?"

누군가가 그녀와 나 사이에 들어왔다. 그녀에게 아무런 대답이 없자 하얀 티셔츠가 나를 돌아보았다. 아까 가게 안에 있던 손님 중 한 명이었다. 입구 바로 앞 자리에 앉아, 가게 안으로 들어오는 그녀를 탐욕스러운 눈빛으로 바라보던 그 얼굴을, 나는 기억했다.

"안색이 나빠 보이는데, 무슨 일이야?"

그는 나와 그녀를 번갈아 보며 조금 멋쩍은 웃음을 흘렸다.

"내가 도울 일이라도?"

"아니, 괜찮아. 고마워."

그녀가 말했다.

"그래? 그럼 됐고."

그런데도 그는 무슨 말을 기대하는지 잠시 동안 그 자리를 떠나지 않았다. 하지만 그녀는 그에게 눈길도 주지 않았다. 나를 가만히 노려볼 뿐이었다.

"다음에 또 보자."

결국 포기했는지, 그는 짐짓 쌀쌀맞은 목소리로 그렇게 말하고는 역 쪽으로 걸어갔다. 그녀는 그의 뒷모습조차 바라보지 않았다. 단지 깊은숨을 한번 내뱉었을 뿐이다.

"너."

그녀는 깊은 호흡과 함께 나를 불렀다.

"지금 나한테 무슨 짓 했어?"

"지금?"

나는 순간적으로 시치미를 뗐다.

"속이려고 하지 마. 무슨 짓 했잖아, 지금 나한테. 최면술 같은 거."

그녀는 확신에 찬 목소리로 다그쳤다. 지금까지 그것을 느꼈던 사람은 단 한 명도 없었다. 내 파장은 상대가 눈치채기 전에 그의 파장을 포박하고 동조시킨 다음, 재빨리 빠져나갔다. 항상 그랬다. 하지만 그녀는 확실히 그것을 느꼈다.

"그리 대단한 건 아냐. 설명하자면 길어. 막차가 곧 떠날 테니, 다음 기회에 천천히 설명하는 게 좋겠어."

나는 할 수 없이 그렇게 말했다.

얼굴에 드러나는 의구심조차 보이고 싶지 않는지 그녀는 바로 무표정한 얼굴로 돌아갔다.

"아무튼 난 가야겠어."

다치바나 사쿠라는 이렇게 말하며 역 쪽으로 걸음을 옮겼다.

"아, 잠깐만! 또 연락해도 될까? 한번 조용히 이야기를 나누고 싶어."

나는 그녀의 등에 대고 소리쳤다.

다치바나 사쿠라는 걸음을 멈추고 나를 돌아보았다. 내게 값이라도 매기려는 듯 천천히 바라보더니, 정말로 아무래도 좋다는 듯 이렇게 말했다.

"좋을 대로."

"그러지. 약속할게."

내가 말했다.

생글거리며 손을 흔드는 나를 무시하듯 흘끗 쳐다본 후, 다치바나 사쿠라는 다시 역을 향해 한 걸음 내디뎠다.

　택시가 나를 내려놓고 어둠 속으로 사라지자 구마가야는 대그락대그락 샌들 소리를 내며 아파트 쪽으로 몸을 돌렸다. 대여섯 걸음 앞서 걷다가 문득 발을 멈췄다.
　"왜 안 와?"
　뒤돌아본 구마가야는 의아한 듯 나를 쳐다보았다.
　"아니, 그냥 괜찮은가 하고⋯⋯."
　"뭐가?"
　"그러니까, 저기, 자고 가도⋯⋯."
　"그럴 생각으로 온 거 아니었어?"
　처음엔 그럴 생각이 아니었다. 다치바나 사쿠라와 헤어진 후 마지막 전철로 뛰어든 것까진 좋았는데, 갈아탈 전철이 이미 끊긴 후였다. 수중에 지닌 돈이 부족하다는 건 알았지만, 집에 도착해서 지불할 생각으로 택시를 잡아탔다. 택시에 오르고 5분이 지나고 나서야 사흘 전에 가스비와 전기세와 전화요금으로 돈을 모조리 써버렸다는 사실이 떠올랐다. 급한 대로 맡길 만한 물건은 없는지 찾아보았지만, 택시 운전기사가 납득할 법한 물건은 지니고 있지 않았다. 그래서 할 수 없이 구마가야가 사는 아파트로 행선지를 바꿨다. 구마가야에게 돈을 빌려 내 아파트로 돌아갈 작정이었다. 그러나 잠금 장치가 설치된 자동문 앞에서 인터폰으로 그 사실을 알게 된 구마가야는 지갑을 들고 내려와 나와 함께 택시까지 가서, 내가 무슨 말을 하기도 전에 냉큼 택시를 쫓아버렸다.

"응. 사실은 그럴 생각으로 왔어."

구마가야는 수줍은 미소를 지으며 내 곁으로 돌아왔다. 그러고는 쑥스러운 듯 내 팔을 툭 치더니 잽싸게 팔짱을 꼈다.

구마가야는 6층짜리 원룸 아파트 맨 꼭대기 층에 살고 있었다. 내가 그곳에 발을 들여놓는 횟수는 한 달에 한 번이 될까 말까였다. 대체로 구마가야가 내게로 찾아왔다. 아무리 생각해도 내가 사는 싸구려 목조 아파트보다는 자신의 원룸이 더 안락하고 편안할 터인데도 구마가야는 늘 무언가 핑계를 대며 내 아파트에 오려고 했다. 내 방에서 지내길 원해서라기보다 자신의 집에 나를 자주 들이는 걸 피한다는 느낌이었다.

"응?"

싱크대 앞에 선 구마가야가 힐끗 쳐다보았다.

"뭐?"

마룻바닥을 거닐며 집 안을 빙 둘러보던 나는 이렇게 되물었다.

"새삼스럽게 뭘 그리 유심히 살피는 거야? 좀 앉지 그래?"

"아아."

나는 그러겠다고 대답한 후, 나지막한 테이블 앞에 놓인 쿠

선 위에 털썩 주저앉았다. 정말이지 이제 와서 새삼스레 유심히 살펴볼 물건 따위는 이 방에 없었다. 참으로 살풍경한 공간이었다. 책장에 있는 심리학 관련 서적과 벽에 붙어 있는 강의 시간표를 보면, 이 방의 주인이 대학생이라는 것쯤은 쉽게 떠올릴 수 있었다. 하지만 그 이상은 특별히 어떻다고 말하기가 어려웠다. 인형도 없고, 포스터도 없었다. 커튼도 침대 시트도 모두 무지였다. 대충 둘러본 다음 어느 쪽인지 맞춰보라고 한다면, 나는 분명 이 방의 주인이 남자라는 쪽에 걸 것이다.

"설탕, 안 넣지?"

구마가야는 머그잔을 두 개 들고 와, 맞은편에 앉았다. 내가 커피를 블랙으로 마신다는 사실을 구마가야는 알고 있다. 나 또한 구마가야가 커피에 크림만 넣는다는 사실을 알고 있다. 내가 매운 음식과 높은 곳에 약하다는 사실을 구마가야는 알고 있으며, 구마가야가 미지근한 목욕과 늦잠을 즐긴다는 사실을 나는 알고 있다. 어릴 때 나무에서 떨어진 사고가 내 옆구리에 남겨놓은 오래된 흉터를 구마가야는 보았고, 구마가야의 엉덩이에 있는 몇 개의 점이 백조좌의 형태라는 사실로 나는 구마가야를 놀린 적이 있다. 그래도 나는 우리 관계에 석연찮은 무언가가 존재한다는 것을 느낀다. 지금, 누군가가 이곳에 들어와 "너희들 연인 사이야?"라고 묻는다면, 나는 아마 애매한 웃음을 흘리며 고개를 갸우뚱하고 구마가야에게 대답을 미루겠지. 구마가야 역시 똑같은 표정으로 나를 쳐다볼 것 같은 느낌이 들었다.

"그런데?"

구마가야가 크림이 듬뿍 든 커피를 한 모금 마신 후 물었다.

"응?"

"오늘, 무슨 일 있었어?"

"응, 누구 좀 만나느라 막차를 놓쳐버렸어."

"누구?"

"여자."

"예뻐?"

"그저 그런 정도."

"그럼 안 되는데?"

구마가야가 웃었다.

"그럼 안 되다니?"

"예쁘지도 않은 여자와 이야기하느라 막차를 놓쳐버리는 바보 같은 녀석은 우리 집에 재워줄 수 없거든."

"흐음, 그래?"

나도 따라 웃었다.

참 바르게 자란 아이라는 것이 내가 구마가야에게 받은 첫 인상이었다. 그 인상은 지금도 변함이 없다. 감정을 다 드러내지 않고, 아무것도 강요하지 않는다. 배를 잡고 웃어대는 구마가야도, 하염없이 울어대는 구마가야도, 나는 상상할 수 없었다.

"갑자기 이렇게 찾아와서 미안해. 나는 내일 쉬는 날이지만 너는 내일도 빨리 나가야 하잖아."

"1교시 사회관계학은 절대로 빠지면 안 되긴 하지."

그 정도 대학에 다닌다면 입시학원에서 강의할 만한 자격이 될 텐데도, 구마가야는 시간표를 조정하면서까지 일주일에 3일은 어피니티 학원에 나왔다. 어피니티 학원은 시급 면에서나 일의 내용 면에서나 결코 보람을 느낄 수 없는 조건이었다. 그런데도 굳이 이곳을 고집하는 이유를 나는 알 수가 없었다. 언젠가 한번 물었을 때 그녀는 '야나세가 있으니까'라는 농담으로 얼버무렸다.

"왜 그래?"

구마가야의 목소리를 듣고 문득 정신이 들었다. 그녀는 컵을 입에 물고 눈동자를 위로 치켜뜬 채 내 표정을 살폈다.

"응?"

"무슨 생각 하는 거야?"

아무것도 아냐, 라고 대답할 만한 분위기도 아닌 것 같아, 나는 입만 꾹 다물었다.

"그 여자 생각?"

"아아, 응. 그래."

나는 그렇게 말했다.

"그 여자아이, 이제 겨우 열네 살이야. 누구한테 부탁을 받았어. 당분간 신경을 좀 써야 할 것 같아."

"야나세답지 않네."

"뭐가?"

"야나세는 다른 사람과의 관계에 적극적인 모습을 보인 적이 없잖아."

"그런가?"

"아닌가? 잘 모르겠어. 아직 사귄 지 반년밖에 안 됐으니, 야나세에 대해 모두 안다고도 할 수 없고."

"절대로 거절할 수 없는 사람의 부탁이었어. 전에 다녔던 대학의 교수님."

"그래? 그 교수님께 신세를 진 적이 있나 보구나."

구마가야도 그제야 이해한다는 표정이었다.

"아니, 그런 건 아냐. 그 교수님의 수업을 들은 건 딱 여섯 번뿐이었어. 그 외의 접점은 전혀 없다고 볼 수 있지."

"그럼, 왜?"

그럼, 왜일까? 생각해보면 내가 교수의 부탁을 받아들여야 하는 이유는 어디에도 없었다. 그뿐만 아니라, 내가 믿을 만한 사람이라고 판단할 근거가 교수에겐 없었다. 그래도 교수는 나에게 머리를 숙였고, 나는 그것을 받아들였다. 그건, 아마…….

"아마, 행동 규범이 비슷해서일 거야. 어떤 유의 조건 아래에서는 정해진 행동만 취하는 거지. 빛을 발견한 나방처럼. 그런 타입의 인간이야. 그 교수님도, 아마 나도. 그러니까 어떤 유의 조건 아래에서라면 서로의 결단을 절대적으로 신뢰할 수 있지. 아마, 그런 이유 때문일 거야."

구마가야는 내가 말한 것을 곰곰이 생각하는 것 같았다. 벽에 걸린 시계가 초침을 재촉하며 재깍재깍 소리를 냈다.

마침내 구마가야가 입을 열었다.

"잘 모르겠어."

"그럴 거야."

나도 고개를 끄덕였다.

구마가야가 좀 더 자세한 설명을 바란다는 것은 나도 알았다. 하지만 적절한 말을 생각해내지 못하는 이상, 그다음 설명을 하려면 모든 것을 이야기할 수밖에 없었다. 내가 왜 의대에 진학했는지, 왜 그만뒀는지, 또 부모님의 이야기를 생략하고는 도저히 이해시킬 수 없겠지. 그리고 내가 아버지에게 물려받은 자질에 관한 이야기도…….

나는 머그잔으로 시선을 떨어뜨리고는 그것을 생각해보았다. 모든 것을 말해버리면 내 마음은 편해질지도 모른다. 하지만 구마가야에게는 분명 짐만 되겠지. 스무 살 여대생에게 살인 이야기 따위, 전혀 어울리지 않는다. 더구나 어머니가 아버지에게 살해당한 한 남자에 관한 이야기를 듣고 싶을 리 있겠는가?

잠자코 나를 바라보던 구마가야는 재깍재깍 규칙적으로 들려오는 소리에 이끌리듯 시계로 눈길을 돌렸다. 1시 20분이었다. 더는 말하지 않기로 결정한 내 심정을 헤아렸는지, 구마가야가 먼저 대화를 중단시켰다.

"내일 빨리 일어나야 해. 그만 자자."

구마가야는 항상 몸을 잔뜩 웅크린 채 내 겨드랑이 밑으로 파고 들어와 잠이 든다. 내 몸과 맞닿은 구마가야의 몸은 따뜻하고 보드랍다. 내가 안고 있는데도, 반대로 구마가야에게 안긴 듯한 착각에 빠진다. 그 착각은 언제나 그렇듯 모든 것을 털어놓고 싶은 충동을 동반한다. 그 온기 속에서라면, 모든 것을 용서받을 수 있을 것만 같은 느낌이 든다.

구마가야, 할 말이 있어. 내 아버지는 살인범이야. 자신의 아내를, 그러니까 내 어머니를 죽였어. 응, 뭐랄까, 내 아버지는, 매우 특수한 사람이었지. 특수한 자질을 지니고 있었어. 그 자질 때문에 내 아버지는 어머니를 죽이고 말았던 거야. 나 역시 그 자질을 물려받았어. 아주 오래전부터 내 몸속을 흐르는 거지. 스스로 조절하고 있다고는 생각하지만, 때때로 제어할 수 없을 때도 있어. 오늘도 자칫 그런 일이 일어날 뻔했지. 그러니

까 있잖아, 구마가야. 어쩌면 나, 너를 죽이게 될지도 몰라. 그
래도 넌 이렇게, 나와 함께 자줄까? 이마를 맞대고 나에게 안겨
서, 또 나를 이렇게 감싸며, 이렇게, 구마가야…….

"구마가야."

"응?"

"졸리니?"

"응. 금방 곯아떨어질 것 같아. 야나세가 방귀만 뀌지 않
는다면."

"조심할게."

"응."

몇 번이나 그녀의 잘못이 아니라고 설명했지만, 미카는 좀
처럼 납득하려 들지 않았다.

"정말 미안. 그 바보, 다케가미라는 아이, 정말로 멍청이야.
내 전화를 끊고, 곧바로 다치바나 사쿠라에게 전화했대요. 다
치바나 사쿠라를 안다고 말한 이상, 그 아이에 대해 조사해서
몇 가지 정보나마 캐내야겠다고 생각한 것 같아요. 그래서 이
것저것 질문했다는데, 그러면 당연히 다치바나 사쿠라도 수상
하다는 생각이 들죠. 그쪽에서 무슨 일이냐며 추궁하니까, 그
만 말해버렸나 봐요. 완전히 내 실수야. 바보라고는 생각했지
만 그렇게 멍청한 줄은 몰랐어. 정말 미안……."

이렇듯 격렬하게 사과하는 미카가 어느 정도 진정되기를 기다렸는지, 미카가 한숨 돌리자마자 가게 점원이 다가와 내 앞에는 커피를, 미카 앞에는 파르페를 놓고 재빨리 물러갔다.

"괜찮아. 어찌 됐든 실마리를 잡았으니 그걸로 됐어. 오히려 중간 과정이 생략된 셈이지."

"정말?"

"그럼, 정말이고말고."

"그럼, 다행이고."

기다란 스푼을 손에 든 미카는 스푼 끝을 입에 물며 말했다.

"근데, 선생님한테 얻어먹어도 되는 건가?"

"그럼. 그렇게 약속했잖아."

나는 웃었다.

"아아, 살았다."

미카는 디저트로 나온 파르페를 한 입 뜨면서 말했다.

"사실은요, 지금 저, 거지나 다를 바 없어요. 가진 돈이 68엔밖에 없다니까요. 전철 탈 돈도 없었어요."

"없었어?"

나는 깜짝 놀랐다. 시간은 오후 6시. 나는 오늘 쉬는 날이었지만, 미카는 어피니티 학원에 갔을 것이다. 학원에서 여기까지는 결코 걸을 수 없는 거리다. 물론 걷자고 마음먹으면 못 할 것도 없겠지만, 아무리 서둘러도 6시에 도착한다는 건 불가능한 일이다.

"그럼, 여기까지 어떻게 왔어?"

"간단해요. 개찰구 앞에서요, 전철이 들어오는 쪽으로 가만히 귀를 기울이는 거예요."

"응."

"전철 소리가 들리고 멈추는 소리가 들리면, 그게 바로 신호죠. 개찰구를 훌쩍 뛰어넘어서, 계단으로 돌진!"

"오호."

"내릴 때는 울면 돼요. 개찰구에서 눈물을 뚝뚝 흘리면서 표를 잃어버렸다고 하는 거예요. 집에 가서 돈을 가져올게요. 주소하고 전화번호를 남기면 안 될까요? 그럼 대체로, 이번에는 그냥 가거라, 다음부터는 조심해라, 뭐 이런 식으로 흘러가죠."

"대체로, 라고? 그럼 그 방법을 자주 써먹는단 말이니?"

"몰랐어요? 인생이란 원래 줄타기 같은 거예요."

마냥 즐거운 듯 스푼 끝을 핥는 미카의 얼굴은, 짙은 화장만 제외한다면 보통 중학생과 다를 바 없었다. 생각 자체가 나쁜 것도 아니고, 세상을 항상 삐딱하게 보는 것도 아니었다. 왜 이런 아이가 문제아로 취급받아 어피니티 학원에 다니는 건지, 왜 보통 학교에는 이런 아이가 있을 곳이 없는 건지, 보통 학교에 다니는 보통 아이는 대체 어떤 아이인지, 나는 도통 알 수가 없었다.

"그런데 너, 예전부터 말해주고 싶은 게 있었는데……."

나는 손에 든 컵을 받침 접시에 내려놓으며 말했다.

"줄타기든 뭐든 다 좋은데, 일단 튼튼한 동아줄을 몸에 묶고 시작하는 게 좋아. 30센티짜리 줄타기인 줄 알았는데, 떨어져보니 30미터였다. 뭐, 그런 경우도 있으니까."

"30미터?"

미카는 위를 올려다보았다.

"그럼, 땅에 떨어지는 데 얼마나 걸릴까?"

기껏해야 3미터 정도밖에 되지 않는 패밀리레스토랑의 천장을 바라보며 미카가 물었다.

나도 천장을 올려다보았다.

"그때까지 살아온 인생을 후회할 만한 시간은 돼. 하지만 그 정도밖에 없다는 걸 알아야 해. 살아남을 가능성은 전혀 없지."

"그렇다면, 그 높이가 딱 좋겠네."

미카는 응, 응, 대답하며 고개를 끄덕이고는, 체리 하나를 입속으로 쏙 던져 넣었다.

"한 가지 물어보고 싶은 게 있는데, 솔직하게 말해줄래?"

"예?"

"나 말이야, 다른 아르바이트를 찾아보는 게 좋을까?"

미카는 체리를 입속에서 우물거리며 눈살을 찌푸렸다.

"무슨 말이에요? 갑자기."

"내가 이 일을 해서는 안 된다는 느낌이 들어. 너랑 이야기할 땐, 특히."

"왜 그런 느낌이 들까? 잘하고 있는 것 같은데?"

"그럴까?"

"응. 교실에 있을 때의 야나세 선생님은 마치 공기 같아. 전혀 거추장스럽지 않거든. 옆에 있는지 없는지 전혀 느낄 수 없지. 그거, 굉장한 거예요. 아무나 할 수 있는 게 아니죠."

"상당히 위로가 되는 말이구나."

"응, 힘내세요."

미카는 생긋 웃으며 체리씨를 뱉어냈다.

"그건 그렇고."

미카는 립스틱에 신경을 쓰면서 냅킨으로 입술을 살짝 닦은 후 말을 이었다.

"어땠어요? 다치바나 사쿠라."

나는 어젯밤의 일을 떠올리면서 말했다.

"좀 대하기 힘든 타입이라고 해야 하나? 갑옷을 입고 칼을 들고, 적이 다가오기만을 이제나저제나 기다리고 있는 것 같은 느낌. 그런 식이라면, 아군인 것도 모르고 다짜고짜로 때려죽일 것 같더라. 뭐, 어머니를 잃은 지 얼마 되지 않았으니, 그럴 수밖에 없는지도 모르지만……."

흐응……, 미카는 이렇게 콧소리를 내며, 옆 의자에 올려두었던 토트백에서 수첩을 꺼내 들었다.

"엄마가 피아니스트였대요."

"피아니스트?"

"다치바나 가오리. 가오리라는 이름은 향기 '향' 자에 엮을 '직' 자를 쓰죠. 옛날에 CD를 몇 장인가 낸 적도 있었대요. 자비 제작 음반이긴 하지만……. 그런데 결국 일이 잘 풀리지 않는 바람에 딸한테 자기 꿈을 떠맡겼나 봐요. 그나저나 아직도 그런 바보 같은 부모가 있네. 다치바나 사쿠라는 어릴 적부터 영재교육을 열심히 받았대요. 초등학교 때부터 학교 공부는 뒷전이고, 유명한 선생님 밑에서 레슨을 받았더라고요. 뭐, 부모도 부모지만, 그 부모의 극성에 휘둘리는 아이도 문제죠. 그래서……."

"잠깐만."

나는 계속해서 수첩을 읽으려는 미카의 말을 순간적으로 막아버렸다.

"일부러 조사까지 한 거야?"

"예. 다케가미 그 바보한테 한 번 더 기회를 줬죠. 선생이든 친구든 부모한테든, 어쨌거나 오늘 중으로 속속들이 조사해서 다치바나 사쿠라에 관한 정보를 알아오라고."

"정말 미안하구나. 그렇게까지 하다니……."

"미안할 건 없는데? 일종의 보험이니까."

"보험?"

"나, 68엔밖에 없다고 말하지 않았던가?"

"아까 들었어."

"혹시 선생님이 밥 안 사주면, 이걸 가지고 거래하려고 그랬죠."

"내 말을 못 믿은 거니?"

"동아줄을 묶어두라고 한 게 누구였더라?"

"그거랑은 의미가 다른 것 같은데?"

"그래요?"

"그래. 뭐, 그건 그렇고, 계속해봐."

"그런데 딸은 그럭저럭 재능이 있었던가 봐요. 꽤 유명한 선생님이 적극적으로 키워서, 이번 봄방학에는 유럽에도 갔었대요. 유럽의 고급 음악을 생으로 들려준다면서, 그 선생님이 데리고 갔었다나? 뭐, 본인도 그걸 자랑스럽게 생각했는지 어땠는지는 모르지만, 아무튼 학교에는 친구가 없대요. 일단 학교에 다니긴 하지만, 결석, 지각, 조퇴가 많고, 체육 수업에는 항상 빠지나 봐요."

"체육?"

"네. 나도 그 말 듣고 우스워죽는 줄 알았어요. 그 일 때문에 전에 한번, 다른 아이들 앞에서 선생님한테 엄청 혼났나 봐요. 넌 왜 체육 수업을 안 받는 거냐고. 그랬더니, 다치바나 사쿠라가 사납게 대들더래요. 운동하다 손가락을 삐기라도 하면 어쩔 겁니까? 하루 동안 연습을 못하면, 그걸 만회하는 데 3일이 걸려요. 일주일 못하면, 3개월이 걸린다고요. 선생님이 그걸 책임지실 겁니까?"

"호오."

"입학한 지 얼마 되지도 않아 그랬대요. 그때 다케가미는, 이년, 보통이 아니네, 그렇게 생각했대요. 다치바나 사쿠라는 한번 화가 나면 얼굴에 핏기가 가시는데, 얼굴이 시퍼래져서 선생님한테 대드는 걸 보고, 이런 년이 사람을 죽이지, 싶었대요. 그 이후로 체육 수업엔 절대로 안 나가는 것 같고 선생님도 묵인한대요. 친구는 없지만, 그런 성격이니까 다른 아이들한테 괴롭힘을 당하는 일은 없나 봐요. 모두들 멀리한다고도 할 수 있고, 피한다고도 할 수 있고……."

"그렇구나."

나는 고개를 끄덕였다. 미카는 수첩에 눈길을 준 채, 어? 라며 고개를 갸우뚱하더니, 이윽고, 아아, 하며 미소를 짓고는 손가락 끝으로 머리를 긁적였다.

"뭔데?"

내가 물었다.

"아니, 이 아이요. 누굴 닮았다, 생각했더니, 그게 바로 나였어요."

"널?"

"선생님도 친구들도 함부로 손댈 수 없다는 점이, 조금……."

"그랬어?"

"어렸을 땐, 나도 터무니없는 짓을 많이 했죠."

"뭐, 소문은 익히 들어 알고 있지."

"아이, 부끄러워라."

미카가 활짝 웃었다. 이 아이가 특수 경찰봉을 휘두르며 어른을 상대로 당당하게 싸움을 벌였다고? 나는 그 모습을 도저히 상상할 수 없었다. 만약 그런 일이 정말로 있었다면, 그 당시 미카는 분명 흐느껴 울고 있었을 것이다. 무서워서, 혼란스러워서, 어떻게 할지를 몰라서, 흑흑 흐느껴 울면서 그 호신용 도구를 휘둘렀으리라.

"네가 다치바나 사쿠라와 닮았다고 생각한다면, 한 가지 충고해두고 싶은 게 있는데……."

"뭔데요?"

"상대가 누구건 너에게 접근하는 모든 사람에게 경계심을 갖는 건 좋지 않아. 네 주위에 있는 사람들이 모두 적인 건 아니잖아?"

미카는 어이없다는 듯 코를 통해 깊은숨을 내뱉었다.

"100명 중 99명은 적이에요. 내 편은 100명 중 한 명밖에 없어요. 아니, 아예 없을지도 몰라. 같은 편이 아니라면, 아마 적이겠죠. 그러니까 나한테 접근하는 녀석은 우선 때려눕히는 게 안전해요. 만일 그 사람이 아군이었다면, 나중에 사과하면 되잖아요. 그 편이 훨씬 효율적이지 않아요?"

"그거, 진심이야?"

"당연하죠. 왜요?"

"내가 너만 했을 땐, 사람을 바라보는 눈이 훨씬 더 따뜻했던 것 같아서."

"야나세 선생님이 중학생이었을 때? 아니, 그때라면 벌써 10년도 더 지난 이야기 아닌가?"

"나 지금 스물한 살이야. 아무리 그래도 10년 전은 아니지."

"그게 그거예요. 인류는 급속도로 진화하고 있으니까. 그것도 굉장히 흉악한 방향으로."

말을 채 끝내기도 전에 미카의 휴대전화가 시끄럽게 울어 댔다.

"잠시만요."

미카는 나에게 양해를 구한 후, 전화기를 귀에 갖다 댔다. 상대방의 목소리가 수화기를 통해 새어 나왔지만, 무슨 말을 하는지 내용까지는 들리지 않았다. 하지만 무슨 문제가 일어 났다는 것만은 알 수 있었다. 미카의 표정이 갑자기 바뀌었다.

그건 이미 보통 중학생의 표정이 아니었다.

"응. 알았어. 괜찮아. 침착해."

미카는 조용한 목소리로 상대방을 진정시켰다. 부드럽게 드리워진 속눈썹과는 정반대로, 두 눈에는 공격적인 빛이 감돌았다.

"지금 어디야? 응, 알아. 거기서 꼼짝 말고 있어. 금방 갈 테니까. 응? 응. 괜찮아. 야, 너 내가 누군지 몰라? 그 정도는 아무것도 아냐. 나한테 맡겨. 괜찮아. 거기서 절대로 움직이면 안 돼. 아니, 아니, 그 반대야. 숨으면 안 돼. 좌우간 사람들이 있는 곳에 있어. 응. 끊을게."

미카는 전화를 끊자마자 수첩과 휴대전화를 가방에 집어넣고 벌떡 일어섰다.

"미안, 가야겠어요."

"심각한 일인 것 같은데, 괜찮아?"

"괜찮아요. 단순한 사랑싸움이니까. 상대가 조금 예민해서 그래요."

"같이 가줄까?"

미카는 웃었다.

"선생님보다 박력 있게 생긴 사람을 찾으라면 100명 정도는 데리고 올 수 있어요. 선생님처럼 예쁘장한 남자를 데리고 가면 오히려 역효과죠. 괜찮아요. 이런 일엔 익숙하니까."

"저기, 아까도 말했지만……."

"동아줄? 알아요."

"그럼 됐고."

나는 이렇게 말하며 지갑에서 1000엔짜리 지폐를 몇 장 꺼냈다.

"차비 없지?"

"생큐."

미카는 허리 굽혀 인사하며 돈을 받아 들고는, 종종걸음으로 가게를 빠져나갔다. 미카의 등 뒤에 있던 거울을 통해 그녀의 뒷모습을 지켜보던 나는 거울 한구석에 포착된 시선을 발견하고 한숨을 쉬었다. 그 자리와 우리가 앉아 있던 자리 사이에 커다란 관엽식물이 놓여 있어, 당연히 시야가 차단될 수밖에 없었다.

나는 자리에서 일어나 남자와 마주 보고 앉았다.

"오늘은 언제부터 따라다녔나요?"

"허허, 오늘은 언제부터 눈치챘나요?"

"조금 전이요."

"나도 조금 전에 왔어요. 우연이지요. 우연히 이 가게에 들렀는데, 마침 당신이 있더라고요. 아니, 이런 걸 인연이라고 하나요?"

남자는 이렇게 말하며 태연하게 웃었다. 그 뻔뻔스러운 얼굴을 단숨에 일그러뜨릴 만한 방법이 어디 없을까? 내가 이렇게 머리를 굴리는 사이, 가게 점원이 다가와 내가 마시던 커피와 물을 아까 앉았던 자리에서 옮겨 왔다.

"이쪽으로 옮기시겠습니까?"

"아, 예. 감사합니다."

"그럼 좋은 시간 보내십시오."

플라스틱 원통에 계산서를 끼운 다음, 점원은 공손히 고개를 숙이고 물러갔다. 남자 앞에는 아무것도 놓여 있지 않았다. 주문하지 않았을 리 없으니, 식사가 끝난 후 이미 치워진 것이 아닐까? 그렇다면 내가 눈치채기 훨씬 전부터 남자는 이곳에 앉아 있었다는 말이 된다.

"나를 따라다녀 봐야 나올 게 없다는 걸 아실 텐데요?"

"그렇습니까?"

"예, 보증하지요."

그 이상의 대화를 거부하겠다는 의사를 전하기 위해, 나는 남자에게서 시선을 떼고 가게 안을 둘러보며 커피 잔을 입술에 갖다 댔다. 남자 역시 나에게서 눈길을 돌렸다. 바로 옆을 지나가는 점원을 눈으로 좇더니 이내 지극히 태연한 모습으로 말을 꺼냈다.

"가사이가 곧 체포될 겁니다."

나는 무의식중에 남자에게로 시선을 돌리고 말았다.

"아마 하루 이틀 내에 그렇게 될 겁니다. 확실한 소식통에게서 전해들은 확실한 정보입니다. 죄명은 살인."

뭐, 당연한 수순이겠지만요.

이번에는 다른 점원의 움직임을 눈으로 좇으며, 남자는 지루한 듯 중얼거렸다.

"동기는요? 동기가 있었습니까? 교수님에게 그 여성을 살해할 동기가⋯⋯."

"그 사람들에겐 동기 따위, 필요 없어요. 요컨대 가사이에게 살의가 있었고, 그 여성을 죽이기 위해 어떠한 행위를 했으며, 또한 가사이의 행위와 그 여성의 죽음 사이에 인과관계가 있다면 그걸로 충분한 거예요. 그걸로 살인죄는 아무 문제 없이 성립되지요. 가사이는 유죄입니다. 틀림없어요."

"어떤 처벌을 받게 됩니까?"

"가사이가 이대로 침묵한다면, 집행유예는 어렵겠지요."

"그렇다면 실형을?"

"아마 그럴 겁니다. 어차피 환자의 수명이 길지 않았다는 점, 그리고 지금까지 의사로서 쌓아온 실적과 고령이라는 점을 참작하더라도 3, 4년은 생각해야 하지 않겠습니까?"

나는 교도소에 들어가는 교수의 모습을 상상해보았다. 힘없이 축 늘어진 어깨와 냉혹한 감옥이 너무나도 쉽게 떠오르는 바람에 당황스러웠다.

"왜입니까?"

남자에게 물어봐야 소용없다는 걸 알면서도, 나는 이렇게 묻고 말았다.

"교수님이 왜 침묵하고 계신 겁니까?"

"감추고 싶은 뭔가가 있겠지요. 아무리 완벽한 거짓말이라 해도, 어딘가에서 구멍이 생기게 마련이에요. 감추고 싶은 게 있다면, 침묵보다 더 나은 방법은 없지요."

"도대체 뭘요? 이렇게 된 마당에 대체 뭘 숨겨야 하는 겁니까?"

남자 역시 대답할 수 없을 것이다. 우리 사이에 깊은 침묵이 흘렀다. 가게 안을 방황하던 남자의 시선은 어느덧 나에게로 향했다.

"뭐, 그건 그렇다 치고."

남자는 등받이에 몸을 기댄 채, 짐짓 느긋한 목소리로 화제를 바꿨다.

"어때요? 언제 한번, 아버님의 사건과 관련해, 정식으로 인터뷰하고 싶은데요."

"네?"

"이렇게 말하면 뭣하지만, 그건 평범한 사건이었습니다. 남편이 아내를 죽인 후 자살. 신출내기 사건기자가 연습으로 쓰기에 딱 좋은 기사죠. 신문에 싣는다면 열 줄 정도로 충분할까요? 그런데 실은, 이번에 취재를 하면서 몇 가지 석연치 않은 점을 발견했어요. 도대체 그때 그곳에서 무슨 일이 있었는지, 도무지 짐작이 가질 않아요. 아내에게 애인이라도 생겼나? 남편이 거액의 빚을 졌나? 외동아들의 행실에 문제가 있었나? 전부 아니었습니다. 부부관계도 원만했고, 가정에도 문제가 없었어요. 또 남편의 직장에도 문제가 없었고요. 그런데 아버님은 어머님을 살해한 뒤, 스스로 목숨을 끊었습니다. 아버님이 자살하는 바람에 수사도 제대로 이루어지지 않았죠. 피의자 사망으로 수사 종료. 진상이 밝혀질 길은 영원히 사라진 거죠. 결국 그 사건은 무엇이었을까요? 그때 그곳에서 무슨 일이 일어났던 것일까요? 그 점을 이야기해주십시오."

"전혀 관심 없습니다."

내가 일어서자 남자가 제지했다.

"아버지를 만났었죠?"

나는 남자를 바라보았다. 남자는 항상 그렇듯이 우아한 미소와 무료한 눈빛을 한 채 물었다.

"어머니를 죽인 아버지가 스스로 죽음을 선택하기 바로 직전에 말입니다. 당신은 아버지를 만났어요, 그렇죠?"

그랬다. 화창하고 따뜻한 초여름의 어느 날이었다. 나는 친구들과 나란히 학교를 나오다가 교문 앞에 서 있는 아버지를 발견했다. 아버지가 학교에 찾아온 것에 나는 적잖이 놀랐다. 그런 적이 한 번도 없었기 때문이다. 게다가 아버지가 다니는 신용금고는 아직 근무시간일 터였다. 나는 그날 아침의 정경을 떠올려보았다. 요즘 들어 몸이 예전 같지가 않다면서, 어머니는 병원에 가봐야겠다고 말했다. 아버지와 나는 어머니의 말을 적당히 흘려들으며 아침식사를 마치고, 여느 때처럼 집을 나섰다. 아버지는 학교에 오겠다는 말을 하지 않았고, 물론 그럴 만한 일도 없었다. 나는 당황한 눈빛으로 아버지를 바라보았다. 아버지는 쑥스러운 듯, 수업 끝났니? 하고 말을 걸어왔다.

"당신은 함께 걸어 나오던 친구들에게 작별인사를 하고는 아버지와 함께 어디론가 사라졌죠. 그로부터 두 시간 후, 아버지는 선로로 몸을 던졌습니다. 당신, 아버지와 어디에 갔었습니까? 거기서 무슨 이야기를 한 겁니까? 도대체 왜, 그 살인사건이 일어난 겁니까?"

용서할 수 없었던 거예요?

우리는 좁다란 강 위에 걸쳐진 다리의 한중간에 서서, 철제 난간에 팔꿈치를 기대고 있었다.

용서했어.

아버지가 대답했다. 그러고는 주머니를 뒤져 몇 개의 동전을 꺼내더니, 그중 하나를 다리 아래로 던졌다. 퐁당, 하는 소리와 함께 퍼져나간 잔물결이 강물의 흐름 속으로 사라지는 모습을 가만히 바라보던 아버지는 그 자세 그대로 이렇게 중얼거렸다.

용서한 그 순간, 모든 것이 허무해졌어.

"시체를 발견한 게 당신이었다고요? 시신은 자택 침실에서 발견됐습니다. 두 손을 가슴 위에 가지런히 모으고, 침대에 누운 채 말이죠. 머리카락도 옷도 단정했다고 하던데요. 당신은 경찰에서 아버지가 한 짓이라고 증언했다는데, 사실입니까? 당신이 저지른 짓 아닙니까?"

아버지와 헤어진 후, 나는 곧장 집으로 돌아왔다. 아버지에게 들은 대로, 어머니는 침대 위에 죽은 채 누워 있었다. 마치 잠든 것처럼……. 왕자님을 기다리다 지쳐 죽어버린 백설공주 같았다. 참으로 아름다운 사람이라는 생각을 했다.

"아버지가 한 일입니다. 나는 어머니의 시신에 손도 대지 않았어요."

"그렇다면 더더욱 이해할 수 없군요. 아무리 사이가 좋은 부부라도 당연히 말다툼 정도는 합니다. 말다툼을 하다가 격분해서 상대방을 죽일 수도 있겠지요. 그러다가 문득 정신을 차렸더니 아내가 죽어 있다, 망연자실한 채 집을 나와 휘청거리며 아들을 만나러 간다, 뭐 이런 거라면 아주 이해할 수 없는 이야기도 아닙니다. 하지만 시체를 단정하게 정돈한 건 망연자실한 인간이 할 수 있는 행위가 아니지요. 생각에 생각을 거듭한 끝에, 도저히 어쩔 도리가 없어서 상대를 죽였다. 불쌍해서 어쩔 줄 모르며, 슬픔에 몸을 떨면서, 그래도 그럴 수밖에 없어서, 상대를 죽였다. 만약에 아버지가 그랬다면 말입니다. 아버지는 생각에 생각을 거듭한 결과로 어머니를 죽인 것이 됩니다. 불쌍해서 어쩔 줄 모르며, 슬픔에 몸을 떨면서 말이지요. 거기엔 감정의 흔들림이 아닌, 아주 명확한 이유가 있어야만 합니다. 도대체 그때 그곳에서 무슨 일이 있었나요? 당신은 아버지에게 분명히 들었을 겁니다. 그렇지요?"

"실례하겠습니다."

나는 계산서를 들고 자리를 박차고 일어섰다. 남자는 따라오지 않았다. 내가 그렇게 무서운 표정이었던가? 계산을 하러 나온 점원이 굉장히 겁먹은 얼굴이었다. 가게를 나서면서 뒤돌아보니, 남자는 나를 가만히 보고 있었다. 그 표정에는 왠지 동정의 빛이 어려 있었다. 그것이 남자의 표정에서 처음으로 발견한, 감정다운 감정이었다.

남자의 말이 맞았다. 다음 날 조간신문에 교수의 체포 소식이 보도되었다. 신문사에서조차 기사의 가치를 결정하기 힘들었는지, 그 기사는 크지도 작지도 않은 매우 어중간한 크기였다. 경찰의 수사에 대해, 교수는 여전히 침묵을 지키는 듯했다.

나는 아침식사 대용으로 사과를 하나 씹으면서 그 기사를 세 번 읽고 난 후, 집 안의 더러운 공기를 새것으로 바꾸기 위해 창문을 활짝 열어젖혔다. 예년 같았으면 벌써 장마가 시작되고도 남을 시기인데, 하늘을 엷게 뒤덮은 구름에서는 어쩐지 비 소식이 느껴지지 않았다. 나는 같은 하늘 아래에 있을 교수를 생각했다. 좁고 어둑어둑한 취조실 안에서 입을 꼭 다물고 있을 교수……. 그는 지금 가슴을 펴고 있을까, 아니면 어깨를 축 늘어뜨리고 있을까.

나는 방바닥 가득 펼쳐놓았던 신문을 차곡차곡 접기 시작했다. 교수가 우려했던 대로 이제 교수가 다치바나 사쿠라를 지키는 것은 불가능해졌다.

아르바이트가 끝나면 다치바나 사쿠라를 만나러 가자. 나는 그렇게 다짐한 후, 집을 나섰다.

.

4

　무서워요, 라고 그 아이의 어머니가 말했다. 그녀는 정말로 겁먹은 듯 보였다. 강사실 구석에 마련된 접대용 소파에 와타리 원장과 마주 보고 앉은 그녀는 고양이에게 잡아먹히기 직전인 생쥐처럼 완전히 경직된 모습으로 손수건을 꼭 쥔 채 무릎 위에 가지런히 모은 두 손을 가늘게 떨었다.

　"뭐가 무섭다는 말씀이신가요?"

　와타리 원장이 조용하고 침착한 목소리로 물었다.

　"그 아이가요. 예, 그 아이가 무서워요. 도무지 이해할 수가 없어요. 무슨 생각을 하는지, 전, 도저히……."

　양손의 떨림이 팔을 타고 어깨까지 전해졌다.

와타리 원장은 그녀 옆으로 자리를 옮겨 그녀의 양어깨를 감싸 안고 천천히 어루만졌다. 하지만 그녀의 떨림은 멈출 줄 몰랐다. 강사실에 있던 사카이 선생과 마미야 선생, 그리고 나는 두 사람의 대화에 방해가 되지 않게끔 각자의 자리에 앉아 묵묵히 제 할 일을 했다. 이윽고 그녀는 와타리 원장에게 어깨를 맡긴 채 오열하기 시작했다.

나는 그녀를 그렇게까지 불안에 떨게 만든 한 남자아이의 얼굴을 떠올려보았다. 이시이 료지. 15세. 이 학원에 다니기 시작한 지 이제 겨우 3, 4개월 정도 지났을까? 대화를 나눈 적은 한 번도 없었다. 뽀얀 얼굴에 유난히도 빨갛고 얇은 입술 때문인지 그에게서는 냉혹한 분위기가 풍겼다. 수업 중에는 책을 읽는 경우가 많았다. 소설일 때도 있었고 철학서일 때도 있었으며 수필인 경우도 있었다. 적어도 학원에 있는 시간을 어떻게든 때워야 하는데 별로 할 일도 없으니 책이나 읽자, 하는 그런 분위기는 아니었다. 료지는 항상 진지한 표정으로 독서에 몰두했다. 그리고 3시 정각이 되면, 책을 덮고 제일 먼저 교실을 나섰다. 가까이하기 어려운 아이라는 생각을 했을 뿐, 이 학원에서 그 정도 특이점은 각별히 내세울 만한 개성이라고도 할 수 없었다.

서서히 북받쳐 올랐던 어머니의 감정이 어느덧 조금씩 사그라들었다. 그동안 와타리 원장은 끈기 있게 그녀의 어깨를 쓰다듬어주었다.

"료지 군의 어떤 점이 무서운가요?"

와타리 원장은 어머니의 오열이 진정되기를 기다렸다가 온화한 목소리로 물었다.

죄송합니다.

그녀는 손수건을 얼굴에 대고, 코를 훌쩍거렸다.

"이곳에서는 어떤 문제도 일으킨 적이 없습니다."

와타리 원장은 그녀의 어깨에 손을 올린 채 계속 말을 이었다.

"아주 착실하게 공부하고 있습니다. 반에서 1등이라고 말할 수 있을 정도예요."

"감사합니다."

그녀가 머리를 숙이고 고마워한 이유가 와타리 원장의 말 때문이었을까, 아니면 어깨에 올린 손 때문이었을까? 한참 동안 코를 훌쩍거리던 그녀가 불쑥 내뱉었다.

"칼이……."

"칼?"

와타리 원장이 되물었다.

"예, 칼이 있었어요. 그 아이의 방에……. 평소엔 들어갈 수도 없어요. 외출할 땐 항상 열쇠로 잠그고 나가니까요. 그런데 하루는 문이 열려 있기에 들어가 봤습니다. 청소도 못 해요.

마음대로 들어간 사실이 들통 나기라도 하면, 그 아이가 얼마나 화를 낼지 잘 아니까요. 그냥 들어가 보기만 했습니다. 그런데 일단 들어가니, 아무래도 이것저것 걱정돼서 책상서랍도 열어보고, 옷장도 열어보게 되고……. 그런데 옷장 구석에서 검은색 배낭을 발견했어요. 가끔 그 가방을 들고 나가는 걸 본 적이 있거든요. 오늘은 다른 가방을 들고 갔나 보다, 그렇게 생각하면서, 아무 생각 없이, 예, 정말로 아무 생각 없이 그 가방을 열어봤어요. 그랬더니…….”

또다시 그녀의 어깨가 떨리기 시작했다. 와타리 원장은 그녀의 어깨에 올려둔 손으로 다시금 천천히 어루만져주었다. 두 번째 오열은 좀처럼 멈출 기미가 보이지 않았다. 수업은 벌써 끝났고 학생들도 남아 있지 않았다. 강사실 안에 있는 사람들은 하나같이 입을 꾹 다물고 있었다. 세상 모든 것이 절멸한 듯한 고요함 속에서 그녀의 울음소리만이 울려 퍼졌다. 그 소리에 공명해 온 세계의 비탄과 슬픔이 몰려올 것만 같았다.

“가방 안에 칼이 있었습니까?”

애가 타서라기보다 그녀의 비통한 오열을 더 듣기가 힘들어서였을 것이다. 사카이 선생이 자리에 앉은 채로 끼어들었다. 와타리 원장이 눈짓을 하며 말을 막으려 했지만, 사카이 선생은 결국 눈치채지 못했다.

사카이 선생은 그녀를 진정시키기 위해 가볍게 웃으며 말했다.

"칼 정도야, 저도 들고 다녔어요. 중학생 때, 예, 들고 다녔지요. 칼날이 이 정도 되는 주머니칼이었어요. 그래도 그건 특별히 어딘가에 쓰기 위해서 들고 다닌 게 아니었어요. 호신용이라는 생각조차 하지 않았죠. 뭐랄까, 왠지 어린 마음에, 멋있어 보이는 것 같아서……."

어머니는 한없이 오열하면서 목소리를 힘겹게 짜냈다.

"그런 거라면, 제가 왜 이러겠어요? 멋으로 그러는 거라면, 아니, 호신용이라 해도 전혀 상관없습니다. 어쩌다가 싸움이 일어났을 때 사용할 생각으로 들고 다니는 거라 해도, 전 별말 않겠어요. 그런데……."

어머니는 자신의 발밑을 향해 거의 부르짖듯이 말했다. 하지만 결국 마지막 말은 입 밖으로 나오지 못했다. 오열과 떨림이 또다시 그녀를 흔들었기 때문이다. 사카이 선생은 난처한 듯 고개를 숙였다. 와타리 원장은 인내심을 가지고 다시금 그녀의 어깨를 어루만졌다. 마미야 선생이 자리에서 일어나더니, 그녀의 앞에 놓인 찻잔을 들고 가서 따뜻한 차를 따라 내밀었다.

"따뜻한 차라도 마시면 조금 안정될 거예요."

그녀의 고개가 희미하게 움직였다. 하지만 그녀가 감사를 표시하기 위해 아래위로 끄덕였는지, 아니면 거절을 표시하기 위해 옆으로 흔들었는지, 나로서는 분간하기가 어려웠다. 마미야 선생은 난처한 얼굴로 자기 자리로 돌아왔다. 그동안에도 침통한 오열은 계속되었다.

이렇게 오랫동안 누군가의 오열을 들은 적이 있었던가? 나는 멍하니 생각에 잠겼다. 슬퍼서 그런 건 아니리라. 물론 화를 내는 것도 아니리라. 그녀는 단지 혼란에 빠졌고, 그 혼란에서 벗어날 출구를 찾는 것일 뿐이리라. 그 출구까지의 길은 결코 멀지도 않을 것이고, 그리 복잡하지도 않을 것이다. 바로 곁에 있는데, 그녀가 깨닫지 못할 뿐이다. 방황하는 그녀를 위에서 내려다보면, 지금 당장이라도 그녀에게 출구를 가르쳐줄 수 있을 것이다.

"그래, 지금 당장이라도. 그렇지?"

목소리가 뇌리에 메아리쳤다. 어딘가에서 들은 적이 있는 목소리였다. 하지만 기억을 더듬고 있을 여유가 없었다.

그녀와 내가 세상으로부터 차단되었다. 형광등 불빛이 옅은 그늘에 감싸인다. 머리부터 발끝까지 물속에 잠긴 듯 주위의 모든 소리가 의미를 잃고, 의미를 잃은 소리는 진동으로 형태를 바꿔간다. 사방이 꽉 막힌 상자 속에 나와 그녀만이 존재한다. 두 사람만이 갇힌 작은 상자 속에서 내 의지가 홀연히 사라진다. 진공상태가 된 그곳에 그녀의 파장이 밀려 들어온다. 거의 사라져버린 내 파장이 새로운 자리를 찾아 촉수를 뻗고, 밀려 들어온 그녀의 파장을 붙잡는다. 내 파장이 그녀의 파장을 모방한다. 그녀의 파장이 내 파장을 유혹한다.

그리고…….

찰칵.

회로가 교체되었다.

"멋은 아니다. 호신도 아니다. 그렇다면……."

억제하려는 내 의지와 상관없이, 내 목소리가 도화선에 불을 붙였다.

"그렇다면 당신은 그 칼이 뭐라고 생각하십니까?"

고요한, 마치 깊은 잠을 부르듯 평안한 목소리. 그 목소리를 마치 타인의 목소리처럼 나는 듣고 있었다. 그 목소리에 그녀가 반응했다. 그녀는 나에게로 눈길을 돌렸다. 아니, 내 쪽을 보고는 있었지만, 그 시선에는 초점이 없었다. 오열이 멈췄다.

"그러니까, 그건…….."

"흉기. 그렇죠?"

그녀는 고개를 까딱했다.

"만약 멋이나 호신용으로 생각했다면, 항상 몸에 지니고 다녔겠지요. 그런데 그 아이는 그게 아니었어요. 그 가방을 가지고 나간 건 기껏해야 일주일에 한 번 정도였어요. 그것도 항상 밤에 말이죠. 그러니까, 그 아이는 어딘가에 사용할 목적으로 칼을 들고 나간 겁니다. 멋을 위한 것도 아니고, 불의의 사고에 대비하기 위한 것도 아닌, 자신의 의사로, 그걸 사용하기 위해서."

"꼭 그렇다고 볼 수는 없어요."

내 옆에서 사카이 선생이 항의의 목소리를 높였다.

"아니, 그러니까, 그건, 우선, 그 칼이 항상 그 가방에 들어 있었다고 어떻게 장담할 수 있습니까? 외출할 때는 칼을 꺼내고 다른 물건을 넣었을지도 모르는 것 아닙니까? 아니면, 어머님이 가방을 열어본 그날만, 공교롭게도 칼이 들어 있었는지도 모르죠."

사카이 선생의 말을 나도 그녀도 듣지 않았다. 아니, 듣기는 했지만, 의미 없는 말일 뿐이었다. 우리는 이미 세상으로부터 차단되어 있었다. 문을 꼭꼭 닫아둔 방 안으로 새어 들어오는 저 멀리 새의 지저귐처럼, 그것은 단순한 진동이 되어 우리의 고막을 흔들어놓을 뿐이었다.

"그렇군요."

내 목소리가 그녀에게 가만히 다가가 그녀의 어깨를 감싸 안았다.

"그렇게 확신했다면, 다른 뭔가가 있었을 겁니다. 칼을 발견했기 때문에 어머님이 아들에게 두려움을 느낀 건 아닐 겁니다. 순서가 반대지요. 당신은 이미 두려워하고 있었어요. 처음부터 겁을 먹고 있었죠. 그러던 중에 칼을 발견했고, 그래서 확신한 겁니다. 그건 멋을 위한 것도 아니고, 호신을 위한 것도 아닌, 순수한 흉기라는 점을. 그렇죠?"

아아.

그녀는 신음소리를 냈다. 뿌예진 시선을 나에게로 고정시킨 채, 고개만 격렬히 흔들어댔다. 하지만 그것이 그녀에게 남은 마지막 저항이었다. 그녀는 이제 나를 거역하지 않았다. 그녀의 파장은 그녀의 것임과 동시에, 이미 나의 것이기도 했다. 그녀에게 나라는 존재는 이미 타인이 아니었다. 자기 자신이었다. 자기 자신에게 무엇을 숨기겠는가?

"무슨 일이 있었습니까?"

어르고 달래듯, 내 목소리가 그녀 속으로 가만히 미끄러져 들어갔다.

"괜찮습니다. 말씀하세요."

"근처에서."

그녀의 움직임이 정지했다. 초점이 맞지 않는 멍한 시선을 내 쪽으로 향한 채, 그녀의 입이 마치 그녀와는 다른 의지를 지닌 생물처럼 움직였다.

"근처에서 사고가 있었습니다. 몇 번이나. 예, 몇 번이나. 그것도 우리 아이가 외출한 날 밤이면, 항상⋯⋯."

"어떤 사고였습니까?"

114

"주로 귀가 중인 회사원이나 학생들이 당했습니다. 칼로. 뒤에서 자전거를 타고 달려와서 팔이나 등을 칼로 치고 달아났다더군요. 범인은 산악자전거를 타고 다닌다는데, 우리 아이가, 예, 우리 아이가 타고 다니는 것도 산악자전거예요. 그 아이, 전에는 집 앞에 자전거를 세워뒀는데, 요즘은 집 뒤편에 세우더군요. 누가 훔쳐갈까 봐 그런다고 했지만, 거짓말이에요. 전부 거짓말이에요. 사람들에게 들킬까 봐 무서운 거예요. 틀림없어요. 예, 분명히 그럴 거예요. 한번은 경찰이 집으로 찾아와 댁의 아드님이 산악자전거를 타고 다니지 않느냐고 묻더군요. 아니라고 했어요. 안 탑니다, 자전거를 탈 줄도 몰라요, 그렇게 말했어요. 예, 그렇게 말해버렸어요."

그녀는 가슴속에 쌓였던 응어리를 모두 토해내듯 단숨에 말해버렸다.

"그래서요?"

그녀의 호흡이 점점 더 거칠어졌지만, 그래도 내 목소리는 그녀에게 쉴 틈을 주지 않았다.

"그래서요?"

그녀가 앵무새처럼 되물었다.

"아드님은 묻지마식 범죄자, 아마 그렇겠지요. 그런데 그게 왜 문제가 된다는 겁니까?"

"그게 왜?"

그녀는 또다시 앵무새가 되었다.

"그게 왜라뇨? 그건…….."

"아드님이 걱정되시는 겁니까? 하지만 당신의 아드님은 범죄자예요. 그렇다면 동네에서 자주 발생하는 상해사건으로 아드님이 피해자가 될 일은 없겠죠. 절대로 없습니다. 아드님은 칼에 찔리지도 않을 테고, 베이지도 않겠지요. 상처 입지도 않습니다. 죽지도 않아요. 그 동네에 사는 사람들 중에 가장 안심할 수 있는 사람은 바로 당신이에요. 그렇지 않은가요? 그런데 도대체 뭐가 문제란 말입니까?"

"그래도, 아니, 그런…….."

그녀가 말을 더듬었다.

"그래요. 세상에 그런 말이 어디 있습니까?"

사카이 선생이 거들었다.

하지만 그녀도 나도 듣고 있지 않았다.

"그 아이의 인생은 엉망이 되고 말 겁니다."

그녀의 말에 내 목소리가 부드럽게 대답했다.

"그런 일로 엉망이 되진 않습니다. 사람을 죽인 건 아니잖아요? 더구나 료지는 미성년자입니다. 최악의 상황이 벌어진다 해도 사형감은 아닙니다."

"하지만 경찰에 붙잡히겠지요. 그러면 소년원에 들어갈 테고요."

"그래서 뭐요? 소년원에 들어간다고 해서 아드님의 인생이 모두 끝나는 건 아닙니다. 정말로 아드님의 장래를 생각한다면, 오히려 경찰에 붙잡히는 편이 좋지 않나요? 그런데도 당신은 아들을 감쌌어요. 순간적인 판단이었겠죠. 즉, 당신이 두려워하는 것은 아드님의 인생이 엉망이 될지도 모른다는 사실이 아닙니다. 아드님이 경찰에 붙잡힐 거라는 사실, 그 때문이지요."

"그건, 대체……."

"결국 당신이 두려워하는 것은 아드님이 경찰에 붙잡힌 다음의 일입니다. 그렇게 되면 사람들이 나에게 어떤 비난을 퍼부을까? 내 가정은 어떻게 될까? 그걸 상상하는 것이 무서울 뿐입니다. 여태까지 쏟아부은 내 노력과 시간이 모두 물거품이 되지 않을까? 앞으로 내 인생이 얼마나 비참할까? 그걸 확인하는 것이 두려울 뿐입니다."

"아니에요! 저는 아들을 사랑해요!"

그녀가 부르짖었다.

"강요된 상식에 휘둘려서는 안 됩니다."

내 목소리가 너무나도 포근하게 그녀를 감쌌다.

"어머니는 아들을 사랑해야 한다, 그런 말은 모두 거짓입니다. 당신과 아드님은 별개의 인격을 지닌 별개의 생물입니다. 당신이 사랑하는 것은 당신 자신이지, 그 누구도 아닙니다. 물론 당신도 그 사실을 알고 있어요. 당신이 진심으로 걱정하는 것은 자기 자신 이외의 그 누구도 아니라는 사실을요. 그런 자신의 감정에 눈을 떴으니 혼란스러운 게 당연합니다. 그리고 그런 자신이 부끄러운 거지요. 하지만 그 감정은 부끄러운 게 아닙니다. 왜냐하면 지극히 당연하니까요. 당신만 그런 것도 아닙니다. 우리 모두 마찬가지입니다. 모두들 강요된 상식 안에서 모성이라는 착각을 끌어안고 있을 뿐입니다. 대부분의 사람들은 그 착각 속에서 일생을 보내지요. 그 착각에 모든 것을 바치는 사람도 있고요. 하지만 당신은 깨달아버렸어요."

아아……. 그녀는 다시 한 번 신음소리를 냈다. 그녀의 파장이 간신히 벗어났다. 나는 그 틈을 이용해 내 파장을 되찾았다. 형광등이 원래의 빛을 발하기 시작했고, 소리가 의미를 지니기 시작했다. 머리끝까지 잠겼던 물 위로 둥실 떠오른 것처럼, 나는 그제야 호흡이 편안해짐을 느낄 수 있었다. 나는 헐떡거리며 숨을 깊이 들이쉬었다.

"아아아아."

그녀는 자신의 팔에 얼굴을 묻은 채 칭얼거리는 어린아이처럼 고개를 세차게 흔들었다. 말을 걸려고 했지만, 어떤 말을 해야 할지 쉽게 떠오르지 않았다. 땅속 깊은 곳을 소용돌이치는 마그마는 일단 흘러넘치기만 하면 같은 지구 상의 것들을 모조리 태우고 만다. 같은 인간이라 해도 서로 격리되어야만 함께 살 수 있는 사람들도 있다.

사카이 선생도, 마미야 선생도, 와타리 원장도, 모두 나를 멍하니 쳐다보기만 했다. 나는 무슨 말이든 해야 할 것 같아 의자에서 일어나려고 했지만, 그때 겨우 정신을 차린 와타리 원장이 나를 엄한 눈초리로 제지했다. 와타리 원장은 그녀를 안은 채로 소파에서 일으켜세웠다.

"최악의 경우 그렇다는 이야기입니다. 료지 군이 범인이라는 게 확인된 것도 아니잖습니까?"

와타리 원장은 그녀를 위로하면서 강사실 밖으로 나갔다. 문이 닫혔다. 나는 일어나려고 엉덩이를 들썩였다가 다시 제자리에 앉아 한 번 더 깊은숨을 내쉬었다. 몇 년 만에 일어난 일이던가? 오랫동안 억눌렸던 힘이 반발력을 모아두었다가 한꺼번에 폭발한 것 같은 느낌이었다. 역시 완전히 조절한다는 건 불가능했다. 나는 그제야 그 사실을 깨달았다.

"뭡니까?"

강사실을 나가는 두 사람을 묵묵히 바라보던 사카이 선생이 문 쪽으로 눈길을 준 채 나에게 물었다.

"도대체, 뭐냐고요?"

"뭐라니?"

나는 반문했다. 딱딱하게 굳은 목덜미를 천천히 주무르며 눈을 꼭 감았다.

"지금 말입니다. 도대체 무슨 생각으로 그런 말을 했습니까? 그따위 말을 하다니, 지금 제정신이십니까? 아니, 그런 터무니없는 말이 어디 있습니까?"

제정신으로 한 말은 아니었다. 하고 싶어서 한 말도 아니었다. 하지만 사카이 선생에게 그렇게 설명한다 해도, 물론 이해할 리 없었다.

나는 할 수 없이 이렇게 말했다.

"내 말이 틀렸어?"

"아니, 도대체가······."

사카이 선생은 도움을 요청하려는 듯 마미야 선생을 쳐다보았다. 마미야 선생은 무슨 기이한 생물이라도 발견한 듯 나를 바라보았다.

사카이 선생이 재촉했다.

"마미야 선생님, 어떻게 생각하십니까? 그렇게 말해도 되는 겁니까? 예? 선생님."

마미야 선생은 대답하지 않았다. 끝까지 대답하기를 거부하면서, 나에게도 사카이 선생에게도 눈길조차 주지 않았다.

문이 열리고 와타리 원장이 들어왔다. 료지의 어머니를 보내고 온 것 같았다. 강사실로 들어온 와타리 원장은 손을 뒤로하여 문을 닫은 후, 그 문에 기댄 채 천천히 고개를 한 바퀴 돌렸다.

"야나사 선생님."

그 짧은 순간에 분위기 전환이 모두 끝난 듯했다. 이때 원장의 목소리 여느 때의 목소리와 전혀 다를 바 없었다.

"저랑 야기 좀 할까요? 마미야 선생님, 사카이 선생님, 오늘은 그만 퇴근하셔도 좋습니다. 수고하셨습니다."

사카이 선생은 불만스러운 얼굴로 와타리 원장을 쳐다보았지만, 마미야 선생은 재빨리 자리에서 일어났다.

"수고하셨습니다. 그럼 먼저 가겠습니다."

마미야 선생은 빠른 손놀림으로 가방을 챙겨 강사실을 나섰다. 사카이 선생 역시 납득할 수 없다는 표정을 짓긴 했지만, 결국 그 뒤를 따랐다.

두 사람이 사라진 후, 와타리 원장은 자기 자리로 돌아갔다. 가까이 오기를 바라는 듯한 눈치는 아니었다. 나는 내 자리에서 의자만 그쪽 방향으로 돌렸다.

"야나기 선생님, 당신······."

와타리 원장이 책상서랍에서 담배와 재떨이를 꺼내며 말했다.

"당신 참 무서운 사람이군요."

뭐라고 대답할 수도 없어서, 나는 묵묵히 입을 다물고 있었다. 와타리 원장은 책상서랍에서 꺼낸 가느다란 박하담배에 은빛 가스라이터로 불을 붙여 깊이 들이마셨다가 가늘고 길게 뿜어냈다. 담배를 피우는 와타리 원장을, 나는 여태까지 한 번도 본 적이 없었다.

"그렇게 말해도 되는 겁니까?"

와타리 원장은 사카이 선생과 똑같은 질문을 나에게 던졌다.

"모르겠습니다."

사정을 설명할 수도 없으니, 나로서는 그렇게 대답하는 게 최선이었다.

"앞뒤를 생각하고 한 말은 아닙니다."

"무책임하군요."

와타리 원장은 코와 입으로 동시에 연기를 내뿜으며 웃었다.

"죄송합니다."

뭐, 이미 끝난 일입니다.

와타리 원장은 자기 자신을 납득시키려는 듯 이렇게 중얼거리며, 아직 기다란 담배를 재떨이에 비벼 껐다.

"무책임하게 벌인 일이었다 해도 이렇게 된 이상 책임은 지십시오. 료지 군과 대화를 하세요. 가능하다면 설득해서 자수시키세요. 저도 동석하는 편이 좋겠습니까?"

"아뇨. 단둘이서 이야기하는 게 나을 것 같습니다."

"알았습니다."

와타리 원장은 손가락 끝에 묻은 담뱃재를 살짝 떨어버린 후, 담배꽁초가 담긴 재떨이와 담배를 서랍 속으로 되돌려놓았다.

"료지   범인이라고 생각하십니까?"

"아마   렇겠지요."

나의 ̄   ·에 와타리 원장은 엄한 표정으로 고개를 끄덕였다.

"어머   │ 저렇게까지 두려워하고 있습니다. 아마 틀림없겠지요.   ̄ 마의 직감이라는 건 절대로 무시할 수 없는 법이니까요."

하긴,   는 그런 말을 할 수 있는 처지가 아니지만…….

와타리   원장은 자조 섞인 웃음을 흘리며 이렇게 중얼거렸다. 독신   ·이도 없다.

나는   ·이유를 진지하게 물어본 적이 없었다.

"마미   선생님은 조금 충격을 받은 것 같더군요."

와타리   ·장은 의자 등받이에 몸을 맡긴 채 말을 이었다.

"아무   · 한 아이의 엄마니까, 모성은 착각, 이런 말을 들으면 썩 유   ·지진 않겠죠. 그런데 정말로 모성이 착각입니까?"

"글쎄   ."

"글쎄   ·야나세 선생님은 의대에 다닌 적이 있지요? 뭔가 의학적인   ·거가 뒷받침된 주장이 아니었습니까?"

"아닙   ·. 그렇게 말하는 것이 가장 적절하다는 생각이 들었을 뿐   ·다."

내 말   ·와타리 원장이 웃으며 말했다.

"정말로 무책임하군요."

거기엔 조금 전에 보였던 마음의 동요가 모두 사라지고 없었다. 우리는 단순히 잡담을 즐길 뿐이었다.

"인간에게 모성을 포함한 그 어떠한 본능도 남아 있지 않다고 주장하는 정신분석학자도 있습니다. 저는 그렇게까지 단언할 순 없지만, 모성만으로 대응할 수 있는 것과 대응할 수 없는 것이 분명히 있다고 생각합니다. 엄마라는 사실 하나만으로 모든 책임을 떠맡아야 한다면, 그건 너무나도 혹독하지 않습니까? 간혹 부모의 이해를 벗어나는 아이도 있습니다. 이해의 범위를 초월한 인간을 사랑하는 것에는 한계가 있지 않을까요?"

"그렇다면 무조건적인 사랑이 존재하지 않는다는 말입니까? 대다수 부모들이 자식에게 무조건적인 애정을 쏟는 것처럼 보이는데요?"

"아이들은 세 살이 되기까지 평생 동안 해야 할 효도를 모두 끝낸다는 말도 있습니다."

"그래서요?"

"자신이 낳은 귀여운 자식을 세 살까지 키우는 동안 부모는 충분한 기쁨과 행복을 얻는다는 거죠. 그 후에는 자식 때문에 어떠한 고생을 한다 해도 그 기억만으로 아이를 사랑할 수 있는 겁니다."

"그러니 그건 무조건적인 사랑이 아니라, 아이에게 받은 은혜를 갚 것이라는?"

"예. 그 혜를 은혜로 느끼지 않는 부모는 자식을 사랑하기 힘들지 을까……, 그런 생각이 듭니다."

"참 편 인 설명이군요."

와타리 상이 웃으며 말했다.

나도 따 웃었다.

"설명 게 원래 편의적인 것 아니겠습니까? 한 명의 어머니 안에 다양한 모습이 있다고 생각합니다. 하지만 그 속에 겉으로 러낼 수 있는 모습과 그래서는 안 되는 모습이 있지요. 료 어머님은 료지를 사랑합니다. 틀림없이 그럴 거예요. 하 그게 다는 아닙니다. 양쪽 모두 그 어머님의 진정한 모습 겁니다. 한쪽만을 어머님의 진정한 모습이라고 단정 지어 리면, 누군가는 반드시 상처를 입게 됩니다."

와타리 장은 손가락을 입가에 댄 채 내 말을 곰곰이 생각하는 것 니 나를 똑바로 쳐다보며 말했다.

"그건 고, 굉장히 잔혹한 말투였습니다."

나는 를 끄덕이며 대답했다.

"그랬 . 제가 지나쳤습니다."

"그것 편의적인 설명이었다고 해도 타인에게 상처를 주는 말은 야 했습니다. 마미야 선생님께는."

"예. 정중히 사과하겠습니다."

"좋습니다."

와타리 원장은 생긋 웃으며 고개를 끄덕였다.

그럼, 됐고…….

와타리 원장은 이렇게 중얼거리고는 양 손바닥을 가슴 앞에 모은 채 책상 위를 둘러보고, 검정 파일을 손에 들었다. 그걸 펼치려던 원장은 문득 나에게로 시선을 옮겼다.

"아, 오늘은 그만 됐습니다. 수고하셨어요."

"그럼, 먼저 실례하겠습니다."

나는 의자 등받이에 걸쳐두었던 재킷을 손에 들고 일어났다.

"아, 그리고."

와타리 원장이 재킷을 입은 나에게 다시 말을 걸었다.

"알아서 하시리라 믿지만, 료지에 관한 건은 되도록 빨리 부탁드립니다. 어머님이 거짓말을 했다는 사실은 조만간 드러나겠지요. 어쩌면 이미 알고 있는지도 모르고요. 체포되기 전에 자수시키도록 합시다."

"예, 내일 당장 얘기해보도록 하겠습니다."

"좋습니다."

와타리 원장은 고개를 한 번 끄덕인 후 파일로 시선을 옮겼다. 아마 장부일 것이다. 학원은 인가를 받은 학교법인과 천지 차이라며, 파일에 대고 불평하던 원장의 얼굴이 떠올랐다. 왜 이□□□을……. 나는 묻고 싶었다. 왜 이 학원을 시작하신 겁니□□.

그 대답□□ 와타리라는 인간의 모든 것이 담겨 있을 것 같은 느낌이□□었다. 하지만 물을 수 없었다. 아니, 그래서 묻지 못한 것일□□.

나는 □□잡이에 손을 대다 말고 뒤를 돌아보았다.

"원장님□□전부터 묻고 싶었는데요."

"네?"

와타리□□장은 여전히 파일에 시선을 둔 채 대꾸했다.

"어피□□□가 무슨 뜻입니까?"

"아아.□□

와타리□□장은 파일에서 얼굴을 들고 시원스럽게 기지개를 켰다.

"친화□□니다."

친화력□□는 이렇게 따라 말한 후 고개를 숙였다.

"그럼□□보겠습니다."

와타리□□장은 미소 띤 얼굴로 고개를 한 번 까딱했다.

학원□□□ 흐릿한 하늘로 뒤덮여 있었다. 왠지 불길한 느낌이 드는□□이었다. 이런 날은 곧장 집으로 돌아가 아무 생각도 하지□□ 얌전히 맥주나 마시면서 남은 하루를 조용히 보내고 싶□□. 하지만 그럴 수는 없었다. 나는 불길한 하늘 아래에서 역까지 걸어가, 평소와 반대 방향으로 향하는 전철에 올라탔다. 다치바나 사쿠라를 만나기 위해.

내가 아버지에게 그 이야기를 들은 것은 중학교 3학년 때였다. 아버지는 그것을 구멍 같은 것이라고 평가했다.

"구멍?"

나는 이렇게 반문했다.

우리는 둑 위에 나란히 앉아 낚싯줄을 드리우고 있었다. 겨울철이었기에 다른 사람의 모습은 보이지 않았다.

"임금님 귀는 당나귀 귀."

아버지의 말에 나는 고개를 끄덕였다.

"아아."

"인간이라면 누구나 가슴속에 무언가를 품고 살아. 세상 사람 모두가 자신의 생각을 일일이 입 밖에 내기 시작하면, 우리 사회는 순조롭게 흘러갈 수 없을 거야. 밖으로 털어놓지 못한 생각은 응어리로 남지. 그래서 사람들은 항상 그 응어리를 토해낼 구멍을 찾고 있어."

나란히 떠 있는 두 개의 낚시찌는 물결의 흔들림만을 나타낼 뿐, 전혀 꿈틀거릴 기미가 보이지 않았다.

"그런 게 왜 우리에게 있는 걸까요?"

나는 낚시찌를 바라보면서 물었다.

"필요하 가."

아버지 대답은 의외로 간단했다.

"능력이 는 건 필요하니까 있는 거란다. 이것도, 그게 언제 어디서 지는 모르겠지만, 누군가의 필요에 의해 있는 거지. 그 누 가의 자녀가 그것을 물려받고, 그 자녀의 자녀도 물려받고 런 거지."

"이런 를 도대체 누가 원했을까요?"

지금부 내가 하는 말은 상상일 뿐이야, 라며 아버지는 미리 양해를 했다.

"아주 된 이야기야."

아버지 낚시찌가 갑자기 물에 잠겼다. 서둘러 낚싯대를 끌어 올 버지는 미끼만 떨어져 나간 낚싯바늘을 보고 가볍게 혀 다.

"그 시 엔 교통기관도 통신수단도 아무것도 없었지. 모두들 땅에 여 있었고, 사람들의 이동도 지극히 제한되어 있었어. 풍 지 않았으니 뭔가를 즐긴다는 건 꿈도 꿀 수 없었고, 고 실 생활만이 매일같이 반복될 뿐이었지. 바로 그 시절의 기야."

으쌰 는 소리를 내며, 아버지는 미끼를 새로 단 낚싯바늘을 바 으로 던져 넣었다.

"한 체가 있다. 외부에서 들어오는 이도 없고 나가는

이도 없어. 그런 공동체를 유지하려면 아무래도 완충제가 필요하지. 이웃에 대한 원망을 누그러뜨리고 분쟁의 싹을 제거해버릴 누군가가 말이야. 그런데 그 사람은 공동체 안에 있으면서도 공동체로부터 거절당하고 말아. 필요악이라고나 할까? 그는 말하자면 살아 있는 제물인 셈이지, 공동체를 유지하기 위한. 예를 들자면 그런 게 아닐까?"

살아 있는 제물. 나는 생각해보았다.

"너……."

아버지가 나를 불렀다.

"학교에, 친구 없지?"

나는 순순히 고개를 끄덕였다. 중학교에서도 3학년이 될 즈음에는 주위에 아무도 없었다. 내가 친구들을 따돌린 것인지, 내가 친구들에게 따돌림을 당한 것인지, 나조차도 알 수가 없었다. 나는 나도 모르는 사이에 학교에서 고립되어 있었다. 하지만 더욱 알 수 없는 것은 내가 그 사실에 안도한다는 점이었다.

"걱정할 것 없어. 나이가 들면 조금씩 조절할 수 있게 돼. 나도 너만 할 때는 꽤 힘들었지."

"아버지도?"

내가 물었다.

"응. 그렇긴 하지만, 네 능력은 내 것과 비교할 수도 없어.

너는 천지   나는 범재야. 간혹 그런 경우가 있어. 몇 세대에
한 명 정도   엄청나게 강한 힘을 지닌 사람이 나오지. 네가 태
어나기 전   돌아가셨으니 너는 잘 모르겠지만, 내 아버지, 그
러니까 너   할아버지도 굉장히 강한 힘을 지니고 계셨거든.
할아버지   들은 이야기로는, 할아버지의 증조할아버지도
강했다더   ."

"아버   아버지라면, 아버지가 어릴 때 실종되서 그 1년
뒤에 객사   셨다는 그분?"

아버   내 머리를 어루만지며 말했다.

"지금   나쁜 쪽으로 생각하지 마라. 나는 극복했다. 너도
그렇게   야. 나보다 더 고생은 하겠지만, 그래도 분명히
극복할   어. 좀 더 나이가 들면, 지금보다 훨씬 편안해질
거야."

아버   말이 옳았다. 나는 나이를 먹을수록 그 힘을 제법
조절할   게 되었다. 조절할 수 있게 되니, 그 힘에 대해 어
렴풋이나   이해할 수도 있었다.

사람   구나 고유의 파장을 지니고 있다. 그 파장은 골짜
기를 만   산을 만들며, 때로는 흔들리고 때로는 떨리면서
그 사람   노를 만들어낸다. 기쁨을 만들어낸다. 슬픔도 만
들어낸다   즐거움도 만들어낸다. 나는 그 파장을 느낄 수
가 있다   대방의 파장에 내 파장을 맞출 수도 있다. 그리고

그 두 개의 파장이 겹쳐지면, 그 사람은 나를 타인으로 여기지 않게 된다. 거울을 보며 혼잣말을 하는 것과 마찬가지다. 숨길 필요도, 속일 필요도 없어진다. 하지만 그것을 능력이라 부를 수는 없다. 오히려 반사작용에 가깝다. 상대방의 파장을 느끼는 순간, 내 의사와는 관계없이 내 파장이 저절로 동조하기 시작한다. 그 힘을 완전히 조절하기란 여전히 어렵다. 조절하지 못한 힘이 어떤 상황을 초래하는지, 아버지가 몸소 보여준 셈이다.

저주, 아버지는 그 말을 남겼다.

폭주하는 힘에 못 이겨 어머니를 죽인 그 순간, 아버지는 과연 무엇을 느꼈고, 무엇을 깨달았을까? 나는 알 수가 없었다. 아버지가 사망하고 사건의 여파가 모두 가신 후, 나는 의학 서적을 닥치는 대로 읽었다. 그 힘이 저주에 의해 부여된 것이면, 그 저주를 해독해야겠다고 생각했기 때문이다. 저주란 어떤 메커니즘으로 성립되는가? 그것은 저주를 받은 개체의 어느 부위에 작용하는가? 그것은 왜 피를 통해 물려지는가? 어떻게 하면 벗어날 수 있는가? 나는 급진적인 내용의 뇌신경학 관련 논문을 발표한 적이 있는 가사이 교수에게 관심을 갖기 시작했고, 마침내 그 교수가 있는 대학에 진학하기로 결정했다. 하지만 교수에게 모른다는 말을 들었을 때, 나는 그 대학에 다녀야 하는 의미를 잃고 말았다. 지금 내가 무엇을 해

야 하는지 수가 없다. 매달 아르바이트로 버는 수입과 부
모님이 남 얼마 되지 않는 재산을 탕진하면서, 아무 목적
없이 살 . 꽤 오랫동안 그 힘을 억제해왔기 때문에, 어
쩌면 방심 지도 모른다. 아니면 내 마음속에 있는 초조감
을 애써 는지도 모른다.

　다시 설 수밖에 없다, 고 나는 생각했다. 내게 내려
진 저주에 어나는 방법을 처음부터 다시 찾을 수밖에 없
다. 그것이 리 힘든 여정이라 할지라도 찾아낼 수밖에 없
다. 찾아 못한다면…….

　나는 감았다. 깊은 잠에 빠진 듯 죽어 있던 어머니의
모습이 다. 나는 고개를 세차게 흔들며 눈을 떴다. 창
밖으로 이 미끄러져 들어오고 있었다. 나는 앉았던 좌
석에서 다.

　다치바 쿠라의 집은 호사스러운 집들만 쭉 늘어선 고
급 주택가 가운데에 가장 큰 얼굴로 듬직하게 자리 잡고 있
었다. 그 '다치바나'라는 문패가 걸려 있는 것을 확인하
고서야 길 오른편에 끝없이 이어지던 기다란 벽돌담
이 모두 나의 집을 둘러싸고 있었다는 걸 깨달았다. 높
다랗게 솟은 철제 현관문 옆에 인터폰이 보였다. 버튼
을 누르 , 하고 여자가 대답했다. 어머니를 잃은 지 얼

마 되지도 않은 집에 또 다른 여성이 있다는 사실에 나는 조금 놀랐다.

"사쿠라 양을 좀 만나러 왔는데요."

내가 그렇게 말하자, 인터폰이 찰칵하고 끊겼다. 그 반응만으로는 들어와도 좋다는 건지 돌아가라는 건지 알 수가 없었다. 하지만 이윽고 검정 철문이 쩔꺼덕하는 소리를 냈다. 잠금장치가 풀린 것이겠지, 생각하며 문을 살짝 밀어보았다.

정말이지, 거짓말처럼 정원이 넓었다. 오른편에는 연못이 있었고, 그 옆에 몇 개의 장명등(마당에 기둥을 세우고 그 안에 불을 켜두는 등—옮긴이)이 쓸모없는 허수아비처럼 우두커니 서 있었다. 왼편에는 오른편과 또 다른 분위기의 푸른 잔디밭이 펼쳐졌고, 그 위로는 거대한 파라솔을 세운 하얀 테이블과 그것을 둘러싼 세 개의 새하얀 의자가 보였다.

나는 현관까지 나란히 박힌 디딤돌을 조심스럽게 밟으며 하나하나 헤아려보았다. 결국 쉰일곱까지 세어야 했다. 내가 현관 앞에 서자 안쪽에서 문이 열리더니, 녹색 폴로셔츠와 카키색 바지를 입은 마흔 가량의 여성이 얼굴을 내밀었다. 그녀는 가엾게도 이 호사스러운 저택에 전혀 어울리지 않았다. 그녀는 이 집에서 일을 해주는 가정부 정도로밖에 보이지 않았다.

"누구십니까?"

그녀는 나를 현관 안으로 맞아들이긴 했지만, 그 이상의 침입은 막겠다는 듯 내 바로 앞에 떡 버티고 섰다.

"사쿠라□□□니까?"

그녀는 □□□돌아보며 집 안쪽을 향해 한 차례 시선을 주더니, 다시 나□□□다보고 무언의 질문을 던졌다.

"아, 저는□□라의 친구, 야나세라고 합니다."

내가 이□□ 소개해도 그녀의 시선에는 의심이 가득했다. 정확한 상□□ 설명할 수도 없어서 한마디 보충하는 것으로 위기를 모□□□ 했다. 하지만 물론 자신은 없었다.

"사쿠라□□ 한번 물어봐 주십시오. 야나세가 찾아왔다고 하면 아마□□□니다."

"잠깐 기□□세요."

그녀는 □□□ 그곳에 남겨둔 채 계단을 올라갔다.

나는 3□□□에서 4분의 1 정도로 예측했다. 이 상황을 객관적으로 □□□□을 때, 확률을 따지자면 말이다. 아마 그 정도쯤 되지 않□□? 주사위를 던지는 것보다는 훨씬 나은 확률이지만, 동전□□지는 것보다는 불리했다. 가위바위보를 해서 이기는 것보□□ 조금 어려울까? 그녀에게 가위바위보로 결정하자고 떼□□ 걸 그랬다. 가위바위보라면 왠지 이길 자신이 있었지만□□ 도박에는 전혀 자신이 없었다.

그녀는 곧□□단을 내려왔다. 바로 그 뒤에 다치바나 사쿠라의 얼굴이 있□□다. 내가 잘못 본 게 아닐까? 다치바나 사쿠라는 만면에 웃음을 띠고 있었다.

이윽고 다치바나 사쿠라가 말했다.

"아아, 왜 이렇게 늦었어? 기다렸잖아. 우리 집 찾기 어려웠어?"

늦었다고?

내가 입을 열려는 순간, 계단을 내려오던 다치바나 사쿠라가 나를 매섭게 쏘아보았다. 나는 다시 입을 다물었다.

"거기 그렇게 서 있지만 말고 어서 올라오지 그래? 응?"

계단에서 내려온 다치바나 사쿠라는 내 손을 잡아당겼다. 나는 영문도 모른 채 신발을 벗고 집 안으로 들어갔다.

"아, 내 방에 가 있어. 홍차라도 준비해 갈게. 계단 올라가서 바로 오른쪽 방이야."

다치바나 사쿠라는 내 등을 살짝 밀면서 계단 쪽으로 쫓아보냈다. 그 아주머니는 계단을 올라가는 내 모습을 흥미롭다는 눈길로 뚫어지게 쳐다보았다.

다치바나 사쿠라의 방은 정원과 마찬가지로 어마어마하게 넓었다. 원목 바닥재가 깔린 그 방은 크기로 보나 높이로 보나 결코 주거용으로 느껴지지 않았다. 방에는 피아노와 책상, 침대, 그리고 만화로 빽빽하게 채워진 책장과 고급스러운 오디오, 물고기가 들어 있지 않은 어항이 있었다. 열네 살 여자아이에겐 전혀 부족함이 없는 공간이었지만, 애석하게도 지나치게 넓다는 ▨▨이었다. 방 안에 그렇게 많은 물건들이 들어차 있어도, 왠지 ▨ 빈 것같이 느껴졌다. 침대 위에는 털이 짧은 새하얀 고양▨▨ 웅크리고 앉아 있었다. 내가 방으로 들어가자 고양이는 ▨게 바르게 야옹, 하고 인사했다.

"안녕. 우▨ 처음 만나지?"

나도 예의▨ 차리며 인사를 건넸다. 고양이는 다시 고개를 옴츠리고 눈▨ 감았다. 나는 책장에 꽂힌 만화와 오디오 옆에 흩어진 CD를 ▨라보았다. 대부분 클래식일 거라 생각했는데, 뜻밖에도 가▨ 많았다. 히트차트에 오른 노래들을 처음부터 차례대로 ▨모은 게 아닐까 하는 생각도 들었다.

"문 좀 열▨▨."

그 목소리▨ 문을 여니, 다치바나 사쿠라가 양손에 쟁반을 들고 서 있었▨ 다치바나 사쿠라가 들어온 후 나는 조심스럽게 문을 닫았▨

"무슨 용▨지는 몰라도, 덕분에 살았어."

다치바나 ▨쿠라는 책상 위에 쟁반을 놓으며 말했다.

"어떤 사▨지는 몰라도, 도움이 돼서 다행이야."

홍차가 담▨ 컵을 받침 접시째로 나에게 건네준 다치바나 사쿠라는 ▨자의 컵을 손에 든 채 침대에 걸터앉았다. 그러고는 아무 ▨▨이, 다리를 덜덜 떨면서 고양이 등만 쓰다듬었다. 간혹 내▨ 모르는 곡을 콧노래로 흥얼거리기도 했다. 나는 홍차가 담긴 컵을 손에 든 채, 어항을 들여다보았다. 물이 들어 있었다. 자갈도 깔려 있었다. 물풀도 있었다. 단지 물고기만 없을 뿐이었다. 이 어항은 대체 무엇을 의미하는 걸까?

어항에서 얼굴을 드니, 다치바나 사쿠라는 침대에 엎드린 채 다리를 파닥거리며 만화를 보고 있었다. 나는 책상 맞은편의 창밖을 바라보며, 다치바나 사쿠라에게 말을 걸어보았다.

"집이 참 크네."

창밖으로 보이는 옆집까지의 거리가 족히 20미터는 넘어 보였다. 일부러 조심하지 않아도 생활 소음 때문에 이웃끼리 언성을 높이는 일은 없을 것 같았다.

그래서 뭐?

고양이와 다치바나 사쿠라가 동시에 나를 쳐다보며 이렇게 시비를 걸었다.

나는 조금 당황한 채 말했다.

"그냥 그렇다는 거지. 아버지가 참 부자구나, 그런 생각이 들어서."

"아빠는 평범한 회사원. 할아버지가 부자였지. 할아버지가 죽고, 아빠가 부자가 된 것뿐이야."

그 말은 확실히 비난조로 들렸다. 똑같은 인간으로 태어나서, 누구는 가난뱅이 부모를 만나고, 또 누구는 부자 부모를 만난다. 누구도 부모를 선택해서 태어날 수는 없다. 그 당연한 진리를 만□□□자가 주장하려 한다면, 위화감만 부추길 뿐이겠지.

"네가 부□□□ 여길 필요는 없어."

내 말에 디□□나 사쿠라가 대꾸했다.

"내가 언제 □□럽다고 했어?"

다시 만화□□로 눈길을 돌린 다치바나 사쿠라는 한 번씩 낄낄거리며 □□었다. 교수의 체포 소식을 모를 리 없을 텐데도, 그 일을 □□게 생각하는지 전혀 엿볼 수가 없었다.

"아까 그 □□니, 누구야? 집안일을 해주시는 분인가?"

"옛날엔 □□□."

다치바나 □□라는 만화책에 시선을 고정한 채 대답했다.

"옛날? □□□면 지금은?"

"아빠 애인□."

다치바나 □□라가 너무나도 태연하게 말했으므로, 나는 순간적으로 □□의 의미에 혼동을 느꼈다.

"그날 밤□ □무 문제 없다고 말했잖아?"

"그랬지."

다치바나 □□라가 대답했다.

"아버지□ □□인이 있고, 그 애인이 집에 들어와 있어도, 아무 문제 없□□? 어머니가 돌아가신 지 아직 두 달밖에 안 됐는데도?"

"그게 문제가 될지는 모르겠지만, 여하튼 내 문제는 아냐. 아빠하고 미즈타니 씨, 둘이서 생각하면 되는 거야."

다치바나 사쿠라가 말했다.

미즈타니 씨, 그 사람의 이름인가?

"상당히 매몰차군."

"그럼 내가 울면서 소란이라도 피워야 돼?"

"적어도 그럴 권리는 있다고 생각해."

"이봐."

이제 좀 진지하게 대화를 나눌 수 있을 것 같았다. 다치바나 사쿠라는 만화책을 덮고 일어나 침대 위에 책상다리를 하고 앉았다.

"두 달 전까지 미즈타니 씨는 우리 집 가정부였어. 우리 집 일을 하다가 아빠와 사귀게 됐지. 그런데 엄마가 죽자, 아빠 애인이 우리 집 일을 도와주러 온 거야. 그러니까 의미만 바뀌었을 뿐, 상황은 무엇 하나 바뀐 게 없어. 그런 상태가 3년 넘게 지속되고 있는데, 이제 와서 뭘 어떻게 하란 말이야?"

나는 달리 할 말이 없었다.

"그렇구나. 그래, 그렇구나."

무슨 말을 해야 좋을지 떠오르지가 않았다. 미즈타니 씨가 여기서 살고 있는지 아니면 집이 따로 있는지는 모르지만, 그 네 사람이 같은 집을 공유했다는 사실은 아무리 생각해봐

도 비정상적   다. 3년 이상의 시간을 보내면서, 그 비정상
적인 생활을   으로 여기게 되었다는 점은 더욱 이해할 수
없었다.

홍, 하고   귀를 뀌면서 만화책으로 돌아가려는 다치바
나 사쿠라에   는 서둘러 질문을 던졌다.

"아까 무슨   이었어?"

"아까라니   "

"늦었다느   기다렸다느니……."

"아아."

다치바나   라는 귀찮다는 듯 고개를 두어 번 끄덕였다.

"친구가   로 돼 있었어."

"약속이   런 거니?"

"아니."

"그럼?"

"아빠가   게 친구가 없는 것 같다고 걱정하거든. 전학
가는 게 어   고 말이야. 새로운 환경에서 처음부터 다시 시
작하는 편   있다는 거지."

미카에게   들은 다치바나 사쿠라의 학교생활을 떠올리며
나는 고개를   였다.

"그것도   생각인데?"

"내가 귀   서 그러는 거야. 치바라든지 사이타마에 기숙

학교가 있대. 거기에 전학시키려고. 미즈타니 그 여자하고 시도 때도 없이 뒹굴고 싶은데, 내가 있으면 방해가 되잖아."

"뒹굴어? 여자아이는 말을 조심해야지. 그냥 잔다고 표현하는 게 무난하잖아."

나는 그녀의 말에 놀란 표정을 지었다.

"그 짓이 그 짓인데, 뭐라고 표현하든 무슨 상관이야?"

지당한 의견이긴 하지만, 그렇다면 예술이라는 이름으로 불리는 음악, 그림, 글, 나아가서는 인류가 쌓아온 모든 문화가 그 존재 의미를 순식간에 잃고 말 것이다.

"요전번에 우리 만났을 때, 한밤중에 집에 돌아오니까 그 이야기를 꺼내는 거야. 내가 무슨 나쁜 짓이라도 하고 다닌다고 생각했나 보지. 그쪽도 떳떳하지는 못하니까 평소엔 아무 말 못하다가, 이때다 싶었는지 나를 끝까지 몰아세우더라고. 그런 엉큼한 태도에 신물이 나서 나도 친구 있어, 못 믿겠다면 집에 한번 데리고 오면 되잖아, 조만간 데려올 테니까 그렇게 알아, 이렇게 말해버렸지 뭐야."

"그래도 아버지가 기대하는 건 학교 친구 아닐까? 뭐, 굳이 학교 친구는 아니더라도, 같은 나이 또래의 동성 친구겠지? 나로는 설득력이 부족해. 오히려 역효과가 날지도 몰라."

"말꼬리만 안 잡히면 되는 거야. 내가 친구를 데리고 온댔지, 언제 학교 친구라고 했어? 그럼 그쪽도 할 말이 없을 테고,

무슨 꼬투리 잡으려고 하면 나도 가만 있지는 않지."

"내가 안 ○○○면 어쩔 생각이었어?"

"친구가 ○○○거나, 뭐 적당히 이런저런 핑계를 대서 시간을 끌면 돼. ○피 나를 몰아세울 빌미를 찾지 못하면, 그 말을 다시 꺼낼 ○도 없을 테니까."

다치바나 ○라는 그렇게 말한 뒤, 다시 만화책으로 시선을 돌렸다. ○니 서 있는 것 말고는 아무 할 일이 없어진 나는 괜스레 어○○ 건드려보았다. 자갈 위에 바짝 엎드려 있던 넙치라도 움○○주지 않을까 기대해보았지만, 역시 어항에는 아무것도 없○○. 고양이는 그런 나를 한 번 쳐다보더니, 마치 내 무료함이 ○되기라도 한 듯 크게 하품을 했다.

"잠깐 이○○ 좀 하지 않을래?"

나는 더 ○○참지 못하고 다치바나 사쿠라에게 말했다.

"이야기?"

다치바○ ○라는 의심스럽다는 눈빛을 보냈다.

"무슨 이○○?"

나는 이○ ○리를 찾기 위해 방 안을 휙 둘러보았다. 그리고 피아노○ ○시선을 멈추었다.

"피아노, ○ 있지? 상당히 잘 친다던데?"

"첫 번째 ○○은 노. 그다음 질문은 예스."

다치바○ ○쿠라의 대답은 다분히 의무적이었다.

"응?"

"이제 안 쳐. 굉장히 잘 치긴 하지만."

"그래? 그만뒀구나."

나는 피아노로 다가갔다. 굳게 닫힌 뚜껑 위에 먼지가 엷게 쌓여 있었다. 피아노 위에는 악보가 어지럽게 흩어져 있었고, 그 옆에 사진이 세워져 있었다.

"체육 수업을 빼먹으면서까지 열심히 연습했으면서……."

다치바나 사쿠라는 만화에서 눈을 들어, 나를 수상한 눈초리로 바라보았다.

"누구한테 들었어?"

"누구나 다른 사람 말을 할 땐 수다쟁이가 되는 법이야."

"참 할 일도 없군."

"아마 그런가 보지."

나는 사진틀을 손에 들고 들여다보았다. 다치바나 사쿠라는 무슨 말인가를 하려다가, 다시 입을 꾹 다물고 말았다. 강당에서 찍은 건가? 한 여인이 낡은 피아노 앞에 앉아 이쪽을 돌아보고 있었다.

그 옆에는 어린 여자아이가 얌전히 서 있었다. 다양한 색깔의 빛이 사진 속에서 교차하고 있었다.

"이분이 어머니?"

"그래."

다치바나 □□라는 고개를 끄덕였다. 하지만 더 이상의 질문은 거부하□□는 듯 고양이의 머리를 한 번 톡 치더니 화제를 바꿨다.

"아 참, 그□□ 이야기는?"

"그때 그 □□□?"

"최면술. □ 하겠다고 했잖아."

"아아, 그□ □마디로 설명하긴 어려워."

나는 사진□ 원래 있던 곳에 되돌려놓았다.

"한마디로 □명하라고는 안 했어. 최면술만큼 대단한 게 아니라고 했지 □럼 초능력 같은 거야?"

"초능력‥"

나는 그 단□□ 입에 담아보았다. 최면술보다 더 대단할 것 같은 느낌이 □었다.

"아니, 초□□도 아니야. 그렇게 훌륭한 능력이 아니라니까. 단지증이□□ 말, 들어봤어?"

"단지증?"

"열 손가□□에 하나만 극단적으로 짧은, 그런 사람이 있지. 그 병은 □ 센트의 확률로 자식에게 유전이 돼. 그것과 비슷한 종류□ □ 할 수 있을지도 몰라. 특수한 것이긴 해도 그냥 그뿐이야 □ 드물다는 것, 그 이상의 의미는 없어. 특별히 사회에 도움이 □ 것도 아니고. 때때로 본인이 성가신 일을 당하긴 해도 그것도 그냥 그뿐이야. 아무 도움도 안 되는 그런 특수성이 피를 통해 끊임없이 계승되지."

"그리고 넌, 그 특수성을 혐오하는구나."

다치바나 사쿠라는 나를 가만히 바라보며 말했다.

"혐오……."

나는 중얼거려보았다.

"그것하곤 조금 다른 것 같아. 정말 지긋지긋하고, 굉장히 무서워. 혐오할 여유도 없을 정도로."

"왠지 알 것 같아."

"그래?"

"응. 반 정도는."

다치바나 사쿠라는 그렇게 말한 후, 조금 쑥스러운 듯 시선을 피했다. 그녀가 알 것 같다고 말한 그 반 정도가 앞부분인지 뒷부분인지 나는 알 수 없었다. 그녀는 무엇이 지긋지긋한 걸까? 그게 아니라면, 그녀는 무엇이 무서운 걸까? 나는 그 열네 살짜리 여자아이를 새로운 눈으로 바라보았다. 하지만 알 수 없었다. 나에게도 열네 살이었던 때가 있었다. 하지만 그뿐이다. 나는 지금 열네 살이 아니다. 그 사실이 훨씬 중요하다.

또다시 우리 사이에 침묵이 흘렀다. 나는 그 어색함을 견디지 못해 읽지도 못하는 악보를 손에 들었다. 쇼팽의 녹턴이

었다. 악보에[ ]지가 수북했다. 거슬거슬한 감촉이 손가락 끝에 남았다[ ]

"피아노는 [ ]속하는 게 좋지 않을까? 여기까지 해온 것도 쉬운 일이 [ ]었을 텐데, 여기서 그만둔다면 너무 아깝잖아."

"상관하지 [ ]"

다치바나 [ ]라는 한마디로 일축했다. 갑자기 말투가 싹 바뀌는 바람[ ]는 깜짝 놀라 그녀를 돌아보았다.

"개인적인 [ ]야."

다치바나 [ ]라가 말했다.

"물론 개[ ] 일이고말고. 하지만 우린 방금 전까지도 개인적인 이야[ ] 했잖아."

"그 이야기[ ] 하고 싶지 않아."

다치바나 [ ]라가 말했다. 정말로 그 이야기만은 하고 싶지 않은 것 [ ]. 다치바나 사쿠라의 목소리가 희미하게 떨렸고, 얼굴은 [ ]백하게 변해 있었다.

"미안하다[ ]각 없이 말해서."

"생각 없이 [ ]했다고? 어떻게 그런 생각도 못해?"

다치바나 [ ]라는 금방이라도 달려들듯이 날카롭게 쏘아붙였다.

"잠깐, 내 [ ]들어봐. 그게 그렇게 화낼 일이야? 피아노에 관해서 이러쿵저러쿵 말한 건 내가 잘못했어. 그건 네가 이미 결정한 일이고, 너도 그만큼 많이 생각해서 내린 결론이겠지. 어머니 일도 있고. 그러니까, 그것에 대해서는……."

"엄마와는 관계없어."

다치바나 사쿠라의 얼굴에서 완전히 핏기가 가셨다. 떨림이 가라앉고 난 다음의 목소리는 얼음장처럼 차가웠다. 팽팽해진 실로 상대를 베어버릴지, 아니면 자신이 베일지, 양자택일의 상황에 놓인 듯했다.

"엄마와는 관계없어."

그녀의 파장을 느꼈다. 내 파장이 그곳으로 다가갔다. 여태까지 느껴본 적 없는 강력한 힘으로. 저항할 수 없었다. 저항할 마음조차 생기지 않을 만큼 내 파장은 다치바나 사쿠라의 파장에 강하게 끌렸다.

우리 두 사람이 세상으로부터 차단된다. 구름이 한층 더 짙어진 것처럼 창문을 통해 들어오는 햇살이 얇은 베일에 감싸인다. 불길한 무언가를 느꼈는지, 꼬리를 빳빳이 세운 고양이가 나를 향해 푸우 하고 숨을 내뱉었다. 다치바나 사쿠라의 시선은 초점을 잃고, 무언가에 홀린 듯 나를 바라보았다. 우리가 갇힌 상자 속에서 내 의지가 홀연히 사라진다. 내 파장이 그녀의 파장을 모방한다. 그녀의 파장이 내 파장을 유혹한다. 그 두 개의 파장이 완전히 겹쳐지려던, 바로 그 순간.

"그만!"

눈을 꼭 [감]다치바나 사쿠라가 갑자기 소리치며 벌떡 일어났다.

거절?

옮겨 붙으[려던] 그 파장에게 거절당해버린 내 파장이 목적지를 찾아 [헤매]기 시작했다. 이런 경험은 처음이었다. 하지만 생각해보면 [다]치바나 사쿠라는 처음부터 그것을 느끼고 있었다. 그것을 [느]낄 수 있는 감성이 존재한다면, 그것을 거절할 수 있는 의지[도] 분명 존재할 것이다.

"당신은 [순]수한 사람이야. 나는 알아. 다른 사람은 몰라도 나는 알아. [나]쁜 사람은 아니겠지. 그것도 알아. 당신은 날 도와주고 싶[어서] 그러는지도 몰라. 하지만 나는 당신 손을 빌릴 생각 없어[, 절]대로."

"알아."

나는 간신[히] 내 파장을 되찾은 후 이렇게 말했다.

"알았으[면 얼른]까 앉지 그래?"

다치바나 [사쿠]라는 경계심을 노골적으로 드러내며 나를 가만히 쳐다[봤]다.

"너를 상[처 입]힐 생각은 전혀 없어. 단지 우리는 서로에 대해 좀 더 이[해]하는 게 좋을 것 같다는 생각이야."

"뭘 위해[서? 가]사이 선생님한테 부탁받았으니까?"

"아니. 그런 건 이제 상관없어."

"그럼, 뭐?"

그럼, 뭘까?

"직감이야. 우리는 친구가 될 수 있을 것 같은 느낌이 들거든."

"될 필요가 있어?"

"어느 누구도 혼자서는 살아갈 수 없는 거야."

"과연 그럴까?"

다치바나 사쿠라는 내 말의 어디까지가 진심인지를 헤아려보려는 듯 나를 가만히 쳐다보았다. 그 강렬한 시선은 내 거짓말을 바로 꿰뚫어 보고 말았다. 다치바나 사쿠라는 천천히 걸어가 문을 열었다.

"나도, 그렇게 생각하지 않아."

얼버무릴 말조차 떠오르지 않았다. 나는 책상에 놓여 있던 노트의 가장 뒷부분에 내 주소와 전화번호를 적은 후, 그 페이지를 조심스럽게 찢어냈다. 그리고 문 앞에 서 있는 다치바나 사쿠라에게 그 종이를 내밀었다.

"무슨 일이라도 좋아. 네가 필요할 때, 언제든지 연락해."

다치바나 사쿠라는 종이를 받아 들었다. 하지만 기대할 수는 없을 것 같았다. 종이를 받아야지만 내가 냉큼 사라져줄 것 같았겠지. 다치바나 사쿠라는 표정 없는 얼굴로 나를 바라보기만 했다. ▨▨ 작별인사를 혀 속에 감춘 채 그녀가 열어준 문을 통해 밖▨▨ 나왔다.

구마가야▨ ▨에 없었다. 전화도 하지 않고 마음대로 찾아왔으니 불평▨ ▨ 있는 입장도 아니었다.

다치바니▨ ▨라의 집에서 나와 서점과 레코드점을 무작정 돌아다녔다▨ ▨지만 오늘 남은 시간을 어떻게 보내야 할지 막막하기만 ▨ ▨집으로 돌아가는 도중에 근처 라면집에 들러 저녁을 해결▨ ▨것까지는 좋았는데, 저녁을 먹고 나니 집에 들어갈 생각이▨ 사라지고 말았다. 달리 갈 만한 데도 없어서 전철을 타고 ▨마가야의 집으로 향했다. 입구에서 구마가야의 방을 호▨ ▨보았지만, 대답이 없었다. 근처에 있는 공중전화 박스에▨ ▨가 휴대전화로 전화도 걸어보았지만, 전화를 받을 수 없▨ ▨음성메시지만 흘러나올 뿐이었다.

"오늘 ▨ ▨감이 걸렸어. 정말 피곤해."

나는 왼▨ ▨ 얼굴로 외부인의 침입을 막고 있는 자동현관문에게 말▨ ▨았다.

"어차피 ▨ 안에는 못 들어가. 열쇠가 없으니까. 방 앞까지만 가면 오▨겠니? 거기 앉아 있을게. 얌전히, 울지도 않고, 떼쓰지도 ▨▨게. 콧노래도 부르지 않을 테니까."

그래도 ▨▨ 유리로 된 자동문은 완강하게 버티면서 나의 침입을 저지했다. 나는 할 수 없이 근처에 있는 가드레일에 몸을 기댔다. 혹시나 하는 생각에 올려다보았지만, 구마가야의 방에는 역시 불이 켜져 있지 않았다. 손목시계는 이미 9시를 넘어서고 있었다. 외식을 싫어하는 구마가야는 대체로 직접 요리해서 저녁을 먹으므로, 이 시간에 집을 비우는 건 상당히 드문 일이었다.

어디 갔을까, 하고 생각하다가 그것을 추측할 수 있을 만한 정보가 없다는 사실에 생각이 미쳤다. 구마가야의 대학 생활에 대해, 나는 아무것도 몰랐다. 그렇게 많은 시간을 아르바이트에 할애한다면 서클활동을 할 만한 여유가 없을 거라고는 생각했지만 확실한 건 아니었다. 친한 친구 정도는 있을 테지만, 나는 그 친구의 이름조차 몰랐다. 이제 와서 생각해보니, 정말이지 나는 놀라울 정도로 구마가야에 대해 아는 게 없었다. 내가 묻지 않아서일까? 아니면 구마가야가 피한 걸까? 나는 더 추측하기를 포기해버렸다. 그리고 이제부터 내가 해야 할 일을 생각해보기로 했다.

우선 료지 군 설득. 나는 오른손 엄지손가락을 굽히며 말했다. 그리고 다치바나 사쿠라와 친해지기. 집게손가락을 굽혔다. 하지만 가운뎃손가락부터는 굽힐 필요가 없다는 사실을 깨달았다. 그 순간, 까마귀 한 마리가 종종걸음으로 내 앞을 지나갔다. 하루 종일 날아다녀 지쳐버린 걸까? 어차피 나는 까마귀니까,   생각하는 듯 그 발걸음엔 생기가 없었다.

구마가야   에 돌아온 것은 그 후로 두 시간이 지난 뒤
였다. 그때까   몇 번이나 발길을 돌렸다가, 또 몇 번이나 다
시 돌아오기   반복하는 동안 나도 오기가 생겼다. 이번에야
말로 그냥 포   하고 돌아가자고 굳게 다짐하며 가드레일에서
몸을 일으킨   간, 등 뒤 찻길에 은색 BMW가 멈춰 섰다. 운
전석에서 남   내렸고, 거의 동시에 조수석에서 구마가야
가 내렸다.   가야는 남자 뒤편에 서 있는 나를 발견하고는
얼굴을 찡그   .

나는 "왔   라고 말하며 손을 들어 올렸다.

"아니, 왠   야?"

구마가야   차 앞쪽을 돌아 내게로 다가왔다. 남자가 나를
돌아보았다   륭한 가정환경에서 잘 자란 사람인 것 같았다.
매끄러운 피   에 선해 보이는 눈, 든든한 체격으로, 대학에서
비교인류학   그 비슷한 것을 전공하고, 요트부와 봉사서클
에서 활동하   같은 느낌을 주었다.

"아, 이   는 같은 대학, 같은 과의 미조구치 군이야."

구마가야   소개에 미조구치는 야릇한 표정을 지었다. 남
자친구라고   개하지 않은 것에 불만을 느끼는지도 몰랐다.

"안녕하   ."

나는 미   치에게 인사했다.

미조구치도 고개를 숙이며 인사했다.

"안녕하세요. 처음 뵙겠습니다."

그사이에 구마가야는 가드레일을 넘어 내 옆에 섰다. 그러고는 같은 질문을 반복했다.

"웬일이야?"

그냥, 이라고 대답하려다, 그런 대답을 하면 미조구치가 상처받을 것 같다는 생각이 들었다.

아무 일도 없는데 구마가야의 집을 찾아오는 남자가 있다는 사실에, 미조구치가 충격을 받지 않으리라고 어떻게 장담할 수 있겠는가?

"일이 좀 있어서……."

나는 짐짓 말끝을 흐렸다.

"일?"

구마가야는 조금 놀란 듯 되물었다.

머뭇거리는 나를 보고, 미조구치가 눈치 빠르게 행동했다.

"그럼, 난 이만 갈게."

"아, 데려다 줘서 정말 고마워. 나 때문에 너무 돌아왔지? 커피라도 대접하려고 했는데."

"그럴 수는 없지, 이렇게 늦은 시간에. 또 보자."

미조구치는 새하얀 이를 드러내며 환하게 웃었다.

"응. 조심해서 가."

미조구치는 □□을 흔드는 구마가야에게 매력적인 미소를 지어 보이고는 □□게도 고개를 숙인 뒤 차에 올라탔다.

"그래서?"

출발하자□□ 빨간 신호등에 붙잡혀버린 은색 BMW가 저 멀리 사라지□□ 기다렸다가, 구마가야는 나를 바라보며 입을 열었다.

"무슨 일□□?"

"아무 일□□냐. 그냥 보고 싶어서 왔어."

구마가□□ 내 얼굴을 아래쪽에서 유심히 들여다보았다.

"피곤해□□. 무슨 일 있었어?"

"아무 일□□ 정말 보고 싶어서 온 거야."

나는 웃어□□렸다.

"그래?"

"응."

"일단, 들□□가자."

구마가□□ 아파트 입구 쪽으로 걸어갔다. 나도 그 뒤를 따랐다. 구마□□가 열쇠를 넣고 돌리니, 자동문은 만면에 미소를 띠며 우□□ 맞아들였다.

나는 열□□ 자동문에다 대고 말했다.

"수고했□□"

"뭐?"

구마가야가 물었다.

"아냐, 아무것도."

우리는 좁은 엘리베이터에 올라탔다. 문득 여태까지 맡은 적이 없는 냄새가 느껴졌다.

"향수?"

나는 '닫힘' 버튼을 누르며 물었다.

"아아, 응."

구마가야가 고개를 끄덕였다.

"아까 그 미조구치 말이야, 같은 대학 같은 과의."

"응."

문득 구마가야에게로 시선을 돌리니, 그녀는 잔뜩 숨을 죽인 채 나를 바라보고 있었다.

"뭔데 그래?"

구마가야는 아무것도 아냐, 라며 고개를 흔들더니, 층수를 나타내는 램프를 바라보았다.

"외국에 있다가 어제 돌아왔거든. 선물로 향수를 사 왔더라고. 그래서 한번 뿌려본 거야."

구마가야는 여전히 램프에서 눈길을 떼지 않았다.

"그랬구나."

방 안으로 들어가자 구마가야는 제일 먼저 편안한 스웨터로 갈아입었다.

"샤워할래

"같이?"

이렇게 물   나에게, 구마가야는 웃음기 없는 얼굴로 대답했다.

"오늘은 인

"아아."

나는 어색   고개를 끄덕였다.

"먼저 해

"물론이   긴 네 집이잖아."

구마가야   으로 샤워를 끝내고 목욕탕에서 나오니, 방의 불은 이   져 있었다. 구마가야는 내 쪽으로 등을 돌린 채 침대 위에   크리고 누워 있었다. 숨소리가 희미하게 들려왔다. 구마가   는 모르겠지. 잠든 구마가야는 희미한 숨소리조차 내지 인   는 사실을.

나는 구마   야의 의사를 존중해주고 싶었다. 깊이 잠든 구마가야를 깨   지 않으려고 신경 쓰는 척하면서, 나는 살짝 이불을 들고   가야 옆으로 미끄러져 들어갔다. 계속 잠든 척해야 할지   야 할지 망설이다가 무슨 결심이라도 했는지, 어느 순간   리가 멈췄다.

"그 친구

구마가   느릿느릿 내 쪽으로 몸을 돌리며 말을 꺼냈다.

"그 친구?"

"같은 대학, 같은 과, 미조구치 군."

"아아, 응. 아까 들었어."

"같은 대학, 같은 과, 미조구치."

구마가야는 내 얼굴을 가만히 바라보며 반복해서 말했다.

"그런데?"

영문을 모르겠다는 표정으로 대꾸하는 나에게, 구마가야는 깊은 한숨을 내쉬었다.

"피곤한가 보구나."

"응?"

"야나세는 지금 피곤에 지쳐 있어. 그만 자."

"아, 응."

"잘 자."

구마가야는 다시 나에게 등을 돌리고 웅크렸다. 뒤에서 안아줄 수 있는 자세도 아니었다.

구마가야는 온몸으로 나를 거부하고 있었다.

무엇 때문에 이렇게 화를 내는 걸까. 나는 생각해보았다. 다른 남자와 함께 있었다고 질투라도 해야 옳았을까? 하지만 구마가야가 나에게 구속받기를 원하는 것 같지는 않았다.

이윽고 구마가야는 깊은 잠에 빠져들었다. 한 번씩 몸을 움찔거리며 떨기도 했다. 그렇게 몸을 뒤척이다가 나에게로 바

짝 다가온 구마가야. 악몽이라도 꾸는 걸까? 괴로운 듯 얼굴을 잔뜩 찌푸린

"괜찮아. 괜찮을 거야. 괜찮아."

나는 그녀의 머리카락에 손을 올리고 속삭였다.

하지만 구마가야의 고통스러운 표정은 누그러지지 않았다.

왜, 인간은.

언젠가 구마가야가 그래준 것처럼, 나도 그녀의 찌푸려진 이마를 손가락으로 어루만져 주었다. 그러면서 생각했다.

왜, 인간은 서로 곁에서 잠든 사람의 꿈속에 들어갈 수 있는 능력을 지니지 못한 걸까? 왜, 직립보행 같은, 없어도 아무 문제없는 능력을 우선적으로 지니게 된 걸까? 왜, 언어와 같은 치졸한 능력으로 만족하고 말았던 걸까?

분명 인류가 진화의 방향을 잘못 잡은 게 틀림없다는 생각이 들었다.

다음 날, 구마가야와 나는 어피니티 학원으로 함께 출근했다. 잠자리에서 일어나서도, 전철 안에서도, 길을 걸을 때도, 구마가야는 깊은 생각에 빠져 있는 것 같았다. 나에게 말을 걸지도 않았고, 내가 말을 거는 것을 허락하지도 않았다. 묵묵히 학원까지 걸어가다가, 무슨 말이든 해야 할 것 같아 입을 열었다.

"어제, 무슨 꿈 꿨어?"

"꿈?"

학원 건물의 바깥 계단에 한 발을 내디딘 채 구마가야는 의아하다는 표정으로 나를 돌아보았다.

"무척 괴로워 보였어. 악몽이라도 꾼 거야?"

"아아."

구마가야는 고개를 끄덕였다.

"바닷속을 헤엄치는 꿈. 수많은 사람들이 무리를 지어서 마치 회유어처럼 새파란 바닷속을 같은 방향으로 헤엄쳐 가고 있었어."

"신나는 꿈이었네. 나도 그 안에 있었으면 좋았을 텐데."

"야나세도 있었어. 바로 내 옆에서 같이 헤엄쳤어."

구마가야는 아무런 감정 변화가 느껴지지 않는 목소리로 대답했다.

나는 짐짓 기쁜 목소리를 내며 허풍을 떨었다.

"그래? 말만 들어도 기분 좋은데? 나도 같은 꿈을 꿨으면 좋았을걸. 나는 사막을 헤매는 꿈을 꿨어. 사막인데도 여기저기 건물이 있는 거야. 배도 고프고 목도 말라서 건물 안에 들어가고 싶은데도 결국 들어갈 수 없었어. 모든 건물이 다 잠겨 있고, 열쇠가 없으면 들어올 수 없다면서 자동문이 날 쫓아내더라고."

나는 그녀○ ○웃어 보였지만, 구마가야는 웃어주지 않았다.

"바로 옆에○ ○헤엄치는 야나세에게 말을 걸고 싶었지만."

구마가야는 ○단을 오르면서 이야기를 계속했다.

"물이 자꾸 ○입안으로 들어와서 그만 빠질 것 같은 거야. 너무너무 괴○○어. 야나세에게 도와달라고 손을 뻗었는데도, 야나세는 ○○도 모르고 앞으로 앞으로 헤엄만 쳤어. 나도 할 수 없이 ○○ 사람처럼 묵묵히 헤엄만 쳤지. 그냥 끝없이 헤엄만 쳤어. ○무도 타지 않는 회전목마처럼. 나는 점점 슬퍼졌어. 슬퍼서 ○딜 수 없어서 야나세의 팔을 잡았는데, 야나세는 귀찮다○ ○굴로 날 보더니 내 손을 뿌리쳤어."

계단을 ○○올라가다가 뒤돌아본 구마가야의 시선에는 원망의 빛이 ○○○ 어려 있었다.

"미안하○○

억지스럽○ ○ 생각하지 않은 건 아니지만, 그래도 일단 사과하는 게 ○ ○것 같았다.

"그게 너○ ○ 몰랐나 봐."

"돌이키○ ○이미 늦었어."

구마가○ ○이 말을 남기고, 미련 없이 학원 안으로 들어가 버렸다.

수업 풍○ ○여느 때와 다름없었다. 미카는 여느 때와 마찬가지로 책상에 엎드려 자고 있었다. 항상 음악을 듣던 학생은 오늘도 음악을 들었고, 항상 낱말 퍼즐을 하던 학생은 오늘도 낱말 퍼즐을 했으며, 항상 책을 읽던 료지는 오늘도 책을 읽고 있었다. 나는 와타리 원장이 그랬던 것처럼 책상 사이를 한 바퀴 돌았다. 티를 내지 않으려고 조심하면서 뒤에서 살짝 들여다보니, 료지가 읽는 책은 도스토옙스키의 『죄와 벌』이었다. 나는 무심코 발을 멈췄다. 『죄와 벌』. 내가 발을 멈추는게 느껴졌는지 료지가 나를 돌아보았다.

"자, 어떤 결말이 기다리고 있을까?"

나는 다른 학생들에게 방해가 되지 않게끔 최대한 목소리를 죽이고 말했다.

"1번, 마음을 고쳐먹고 자수해서 속죄할 결심을 한다. 2번, 악인은 악인답게 훔친 돈을 자기 것인 양 시치미를 뗀다. 3번, 다른 사람의 손을 빌리지 않고 스스로 자신을 벌한다."

아무런 대답이 없었다. 료지에게선 귀찮다는 몸짓도 무시하는 표정도 느껴지지 않았다. 그저 뒤를 돌아보긴 했는데 아무도 없었다는 듯, 다시 책으로 시선을 돌렸다. 와타리 원장은 도움이 필요하냐는 듯한 눈빛으로 나를 보았다. 하지만 나는 고개를 옆으로 흔들었다. 와타리 원장의 도움으로 상황이 호전되리라고는 생각지 않았다.

결국 료지는 점심시간까지 줄곧 그 책을 읽었다. 12시가 되자 학생들은 ⋯⋯대로 자리에서 일어나기 시작했다. 료지는 그제야 허리⋯⋯고 책에서 눈길을 떼어냈다. 나는 료지가 교실 밖으로 나⋯⋯기를 기다렸다가 근처에 있는 찻집으로 데려갔다.

길 건너 학⋯⋯바로 맞은편에 있는 그 찻집은 60대 전후로 보이는 주인아⋯⋯가 혼자 꾸려가는 것 같았다. 갈 때마다 손님은 거의 눈에 ⋯⋯지 않았다. 하지만 나는 고요한 정적과 오리지널 브랜드커⋯⋯ 쌉쓰름한 맛이 좋아서 가끔씩 이곳을 찾는다. 주인아저⋯⋯는 예전에 무역회사를 다녔다고 했다. 고도 경제성장의 ⋯⋯ 최전선에서 고군분투했던 기업전사는 아내의 갑작스러⋯⋯ 죽음을 계기로 회사를 그만두었고, 얼마 되지 않는 퇴직금⋯⋯ 이 찻집을 시작했다. 몇 차례에 걸쳐 들은 주인아저씨의 ⋯⋯이야기를 연결해보면, 아마 이런 줄거리로 완성되지 않을⋯⋯ 싶다.

료지와 ⋯⋯ 거리를 한눈에 바라볼 수 있는 창가 자리에 마주 보고 앉았⋯⋯ 식사 메뉴는 스파게티밖에 없었다. 나는 미트소스를 주문⋯⋯고, 료지는 페페론치노를 주문했다. 주문을 받은 주인은 ⋯⋯ 카운터 안으로 들어갔다가, 곧바로 작은 샐러드 접시를 ⋯⋯고 돌아왔다. 우리는 한동안 묵묵히 각자의 그릇에 담긴 ⋯⋯드를 먹었다. 료지는 입술에서 흘러내린 드레싱을 손가⋯⋯로 쓰윽 닦아내더니 혀로 날름 핥았다. 이 아이가 정말 밤마다 칼을 들고 나와 사람들을 덮친단 말인가? 나는 그 모습을 도저히 상상할 수 없었다.

"어머니가 찾아오셨어, 어제."

내 몫을 다 먹은 후 료지의 샐러드 접시도 비기를 기다렸다가, 조심스럽게 말을 꺼냈다.

"들었어요. 야나세 선생님과 이야기해보라고 하더군요. 선생님이라면 날 이해해줄지도 모르겠다면서요."

료지는 이해, 라며 다시 한 번 그 단어를 중얼거리더니, 갑자기 큭, 하고 웃음을 터뜨렸다.

"엄마 마음이 조금은 편안해진 것 같더군요. 어제까진 내가 봐도 가엾을 정도로 겁먹고 있더니. 선생님, 대체 엄마한테 무슨 말을 한 거예요?"

"그리 대단한 말을 한 건 아니야. 단지 어머니와 너는 별개의 인간이라고, 그렇게 말했을 뿐이지."

"정말 그뿐이에요?"

"응. 그뿐이야."

나는 고개를 끄덕였다. 료지는 곤혹스러운 표정으로 조금 생각하는 듯하더니 이내 이렇게 말했다.

"엄마가 고작 그런 것 때문에 고민했던 거예요?"

"물론 어른이 되면 그런 추상적인 것으로 고민하지는 않지. 하늘이 너무나도 파랗다는 이유로 눈물을 흘릴 만큼 어른들은 한가하지 ...거든. 어머니가 고민한 건 좀 더 구체적인 다른 이유 때문...."

"왜 그렇게 ...돌려서 말하는 거예요?"

료지가 웃...물었다.

주인아저...미트소스와 페페론치노를 들고 우리 곁으로 다가왔다.

"음악을 ...게 좋을까요?"

그러면서 ...천장에 달린 스피커를 가리켰다.

"아, 네."

주인아저...싱긋 미소 짓고는, 카운터 안으로 들어가 구석에 놓인 ...를 작동시켰다. 이윽고 가게 안에 경쾌한 웨스트 코스트 ...가 흐르기 시작했다.

"그래, 확...게 말하는 게 좋겠구나. 너희 동네에서 끔찍한 사건이 ...일어난다는데, 어머니는 네가 범인이라고 생각하거든. ...도 그렇게 생각하고, 나도 그렇게 생각해. 네 생각은 어떤...궁금한데."

"저도 그...생각합니다."

"자수할 ...은?"

"없습니...

나는 포크...들어 올리며 말했다.

"그렇다...., 내가 경찰서에 가야겠구나. 이 스파게티를 먹고 디저트로 커피를 마시고 나서, 바로 말이야."

료지도 포크를 손에 쥐면서 말했다.

"그걸 막을 순 없겠죠. 누구라도 그렇게 할 테니까요."

페페론치노를 먹는 료지에게서는 그 어떤 긴장감도 느껴지지 않았다. 아마도 이 아이는 나를 막을 생각이 정말로 없는지도 몰랐다.

"잘 모르겠다. 네가 착한 아이라고는 생각하지 않아. 마음이 따뜻한지 차가운지도 모르겠어. 그러니까 네가 무슨 짓을 저질렀다고 해서, 그 행위만으로 너의 모든 것을 판단하는 건 바람직하지 않을지도 몰라. 하지만 넌 너와 아무 관계없는 행인을 해쳤어. 넌 그 행동에 어떤 의미가 있다고 생각하는 거야? 그냥 지나가는 사람을 칼로 내리치는 게 뭐가 그렇게 즐겁지?"

"그냥 지나가는 사람을 칼로 내리치면 왜 안 되는데요?"

료지의 말에 나는 할 말을 잃었다. 포크를 손에 쥔 채 우리는 한참 동안 서로를 노려보았다. 그러다가 결국 료지가 먼저 푸훗, 하고 웃음을 터뜨렸다.

"라고 말한다면 어떻게 하실래요?"

료지는 이렇게 덧붙인 후 킥킥대며 페페론치노를 먹기 시작했다.

"선, 악, 상식, 양심……, 뭐 이런 시시껄렁한 토론이 이제부터 시작되ㄴ   요."

정말 바보   , 라고, 료지는 스파게티를 입에 넣은 채 우물거리며 말

"강도질을   않은 건 돈이 필요한 게 아니기 때문이에요. 사람을 죽이   은 건 죽어버리면 불쌍하기 때문이고요."

"그런 어처   없는 대답이 어딨어? 왜 그런 짓을 하는 거지?"

나는 조금   을 높이며 말했다.

"범죄니ㄲ

"범죄를   보고 싶었던 거야? 그렇다면 근처 슈퍼마켓에서 물건이   훔치지 그러니?"

아니에요   에요, 그런 게 아니에요, 라며 료지가 소리쳤다. 역시 아   도 몰라.

"그럼, 일   게 설명해!"

"절대적   이 존재하지 않는 것처럼 절대적인 악도 존재하지 않습니   행위에 가치가 없다면, 남는 것은 의미뿐이지요. 그 행위   는 것과 하지 않는 것에 대체 어떤 의미가 있는지, 선생   아십니까?"

"계속해!

"대부분   람들이 범죄를 저지르지 않는 이유는, 그것으로 그 사회   불리한 대접을 받기 때문입니다. 하지만 그건 사회의 규   따르기만 하면 정당한 대접을 받는다는 전제

하에만 성립되는 이야기예요. 우리 세대에는 그런 전제가 깔려 있지 않아요. 규칙을 지키든 지키지 않든 우리는 불리한 대접을 받을 수밖에 없어요."

"왜 그렇게 생각하지?"

"우리는 소수집단이니까요."

"소수집단?"

"늙은이들이 너무 많아졌어요."

료지는 빨간 고추를 접시 구석으로 밀어내며 말했다.

"앞으로 자꾸자꾸 더 많아지겠죠. 이제 소수파인 우리 젊은이들은 그 늙은이들을 부양해야만 해요. 싫든 좋든 군말 없이. 유감스럽게도 우리는 민주주의 사회에 살고 있단 말입니다. 이 사회에서는 다수집단의 의사가 존중되지요. 다수파인 늙은이들에게 알랑거리는 정치가가 선거에 이겨서 국회의사당에 모이고, 늙은이들을 위한 정책을 계속해서 입법화할 겁니다. 그 말은요, 결국 그 법을 따르는 한, 우리는 앞으로도 줄곧 늙은이들이 하라는 대로 살아가야만 한다는 뜻이에요. 배고프다, 밥을 달라. 허리가 아프다, 병원에 보내달라. 심심하다, 노인들을 위한 놀이시설을 만들라."

료지는 어깨를 으쓱했다.

"우리는 늙은이들의 응석을 받아주기 위해 언제까지나 착취당하면서 살게 될 겁니다. 숭고한 민주주의의 위대한 다수

의사라는 미[　]래. 그게 얼마나 지긋지긋한 일인지 선생님
도 알잖아요? [지]금도 그래요. 적자국채라는 그 방대한 빚을
대체 누가 갚[　]합니까? 정치가요? 기업가? 정말 웃기지 말
라 그래요. 그[　]임이 드러날 즈음이면, 그 작자들은 이미 관
에 들어가 있[　]."

"그래서 분[　]를 한 건가?"

그게 아니[　]. 지금 내 말을 듣기나 한 거예요?

료지는 어[　]다는 듯이 말했다.

"우리가 우[　] 의사를 관철시키려고 한다면, 이 사회와는
다른 사회에[　] 아갈 수밖에 없어요. 이 사회의 기반 자체를
부정할 수밖[　]다고요. 그러니까 그건 마지막 통고입니다.
나는 이 사회[　] 살고 싶은 생각이 털끝만큼도 없다. 이 사회
를 지배하는 [　]위, 나는 인정할 수 없다."

"네 말뜻은 [알]았어. 하지만 그렇다고 해서 다른 사람을 해
치는 일이 정[　]될 수는 없다고 보는데?"

료지는 이[　] 말하며 웃었다.

"다수집단[　] 무서운 거예요. 나도 언젠가는 그 사람들의
말에 구슬려[　]도 몰라요. 지금도 많은 젊은이들이 약해빠
진 모습이에[　] 늙은 작자들은 모든 수단과 방법을 동원해서
우리를 제 구[　]도 못하는 약하디약한 사람으로 만들고 있단
말입니다. 그[　]의 말에 현혹되어 끝없이 착취당하는 인생을

걸어가는 바보 같은 녀석들도 있겠죠. 난 그런 녀석들이 질색이에요. 이제 곧 경찰에 잡혀갈 테죠. 신문받을 때를 대비해서 극적인 대사라도 몇 가지 생각해둬야겠어요. 인간의 죄는 피로서만 속죄할 수 있다든지, 나는 선택받은 인간이므로 다른 인간들을 해칠 자격이 있다든지, 그런 아무도 이해할 수 없는 이유를 말이에요. 그리고 나는 몬스터가 되는 겁니다. 몬스터라면 사회가 먼저 내쫓아주겠지요. 그러면 적어도 그 작자들 수중에 들어가는 일은 없을 거예요."

그는 체포되는 것이 목적이라고 말했다. 그렇다면 자수하라고 타이르는 것이 얼마나 어리석은 일인가?

"일리 있는 말이야. 하지만 그뿐이지. 네가 지금 하는 말은 머리 좋은 아이들이 머리로 생각해낸 억지 이론일 뿐이야."

"머리로 생각해낸 억지 이론으로 행동한다, 인간은 원래 그런 것 아닌가요?"

"요즘 중학생들은 모두 너 같은 생각을 하니?"

"의식적으로는 생각하지 않더라도 머리 한구석에서 그런 불공평함을 느낄 거라고 봐요. 하고 싶은 일을 하며 살라고 어른들은 말하지만, 어른들이 그렇게 말할 때는 '이 사회 안에서'라는 가장 중요한 한마디를 숨기고 있죠. 내가 살고 있는 이 사회 속에서 살아줘. 여기에서라면 마음껏 원하는 대로 살아도 좋다는 거죠. 정말 이기적이고 꼴사나워요. 내 또래 아이들이라면 누구나   던 어른들의 야비함에 진저리를 칠 거예요. 썩은 것에선 썩   냄새가 진동하니까."

우연히 마지   한마디가 귀에 들어왔는지, 물을 따르러 온 주인아저씨가   렁스러운 눈빛으로 료지를 쳐다보고는 나에게로 눈길을   다.

"무슨 좋지   냄새라도?"

료지는 천천   몸을 앞으로 기울이더니, 주인의 가슴팍에 얼굴을 갖다   쿵쿵거렸다.

"냄새가 나   ."

그리고 곁   로 흘끗 쳐다보면서 이렇게 덧붙였다.

"당신한테   l독한 냄새가 나."

주인아저   팔을 굽혀서 자신의 코에 소매를 갖다 댔다.

"닥쳐."

나는 료지   나무란 후, 주인아저씨에게 말했다.

"죄송합니   그게 아니라 다른 이야기를 하는 중입니다."

주인아저   고개를 갸웃거리면서 카운터로 돌아갔다.

"그리고 이   와서 새삼스럽게 심리학자의 지적을 기다릴 필요도 없이   ."

료지는 물   가득 담긴 유리컵에 입술을 댄 후 말을 이었다.

"모든 인간   행동을 지배하는 것은 의식이 아니라 무의식 이죠. 만약   과 의사가 정말로 환자의 무의식을 이끌어낼 수 있다면, 범죄를 저지른 소년들의 무의식을 전부 끄집어내 보면 될 겁니다. 그렇게 하면 명백해지겠지요. 그들은 모두 한목소리로 외칠 겁니다. 싫어 싫어 싫어 싫어 싫어."

싫어 싫어 싫어 싫어, 라며 료지는 한동안 그 말을 반복했다. 주인아저씨가 깜짝 놀라 이쪽을 쳐다보았다. 하지만 료지는 멈추지 않았다.

싫어 싫어 싫어 싫어……

세상을 향한 저주가 끝없이 쏟아졌다. 그걸 멈추게 하려면 아마도……. 아마도, 그를 죽일 수밖에 없겠지. 그렇다면…….

나는 힘을 뺐다. 우리 둘만이 세상으로부터 차단되었다. 빛과 소리와 냄새가 우리 주위에서 멀어져 갔다. 격리된 상자 속에서, 내 의지가 모습을 감췄다. 내 파장이 촉수를 뻗어 료지의 파장을 붙잡았다. 료지의 파장은 공포에 질려 있었다.

"그래, 무섭구나."

내 목소리가 조용히 말했다. 저주가 멈췄다.

"무섭냐고요?"

료지는 멍한 눈빛으로 나를 보며 말했다.

"예, 무서워요. 다수파는 언제라도……."

"다수파?"

료지는 아까와 똑같은 억지 이론을 반복하려 했지만, 내 목소리가 그냥 ⬚⬚지 않았다.

"다수파라⬚⬚구 말이지?"

"그러니까, ⬚⬚……."

"어른들? ⬚⬚만 넌 어른들을 겁내지 않잖아. 단지 어른들을 무시할 뿐⬚⬚."

"그러면 인⬚⬚니까?"

"안 될 건 ⬚⬚. 무시하고 싶으면 무시하면 돼. 하지만 적어도 넌 어른을 ⬚⬚지는 않아. 네가 두려워하는 것은 다른 데 있어. 그렇지 ⬚⬚?"

료지의 눈⬚⬚가 희미하게 흔들렸다. 도망갈 길을 찾는 게 분명했다. 하⬚⬚ 사방이 막혀 있었다. 그 좁은 상자 속에 있는 것은 그와⬚⬚의 파장뿐이었다.

"내가."

숨이 찬 ⬚⬚떨이던 료지는 깊이 숨을 들이마신 다음 말을 이어갔다⬚⬚

"내가 무⬚⬚ 두려워한다는 거죠?"

"너 자신⬚⬚"

"나 자신⬚⬚"

"그래. 너⬚⬚신이 네가 바보 취급하는 어른들과 똑같이 되는 게 두려⬚⬚지. 나이가 들면 어쩔 수 없이 그렇게 될 거라는 사실이 ⬚⬚운 거야. 넌 머리가 너무 좋아. 머리가 너무 좋아서, 네 자신이 특별하지 않다는 것을 깨달아버렸어. 네가 아무리 발버둥쳐도 결국은 그 어른들과 똑같아질 거라는 사실을 알아버린 거지."

료지는 웃으려고 했지만 잘되지가 않았다. 오른쪽 뺨이 심하게 굳어 있었다.

"넌 조금 더 빨리 태어났어야 했어."

내 목소리가 그를 위로했다.

"학벌 위주의 풍토가 살아 있는 시대였다면, 너도 희망을 가질 수 있었을 텐데 말이야. 주어진 질문에 정해진 방법론으로 일제히 해답을 찾아야 한다면, 넌 아마 네 주위에 있는 어느 누구보다도 월등히 잘했을 거야. 하지만 애석하게도 넌 너무 늦게 태어났어. 네가 가진 능력은 이 시대에 그리 큰 도움이 되지 않아. 그렇다고 해서 네가 프로야구 선수나 축구 선수가 될 수도 없고, 가수나 화가, 시인이 될 수도 없어. 그리고 넌 그 사실을 깨닫지 못할 만큼 바보도 아니었어. 그래서 네 눈엔 보이고 말았던 거야. 앞으로의 인생이 똑똑히 보이고 말았어. 그렇지?"

"맞아요."

료지는 갑자기 태도를 바꿔 내 말에 동의했다.

"예, 맞습니다. 무서워요. 그래서 항상 겁이 나요. 아침에 일어나면 누군가가 날 삼킬 것만 같아 무서워요. 길을 걷는 것도 무섭고, 전[차를] 타는 것도 무섭고, 텔레비전을 보는 것도 무서워. 내 몸[이] 뒤룩뒤룩 커질 것만 같아 밥을 먹는 것도 무섭고, 그 결과[로 똥]을 싸는 것도 무서워. 어차피 일어나게 될 테니, 자는 것[조차]도 무서워. 단지…….”

료지는 거기[서] 잠시 말을 끊었다.

“단지?”

내 목소리[가 료]지를 감쌌다. 료지는 고개를 숙인 채 날 힐끗 쳐다보며, 마[치 첫]사랑을 고백하는 소녀처럼 살며시 말했다.

“죽는 것만[은] 무섭지 않아.”

“그와 동시[에] 죽는다는 게 가장 무서운 일이야. 그렇지?”

료지는 순[순히] 고개를 끄덕였다.

“전…….”

료지가 말[했다].

“전 어떻게[해]야 하나요?”

“받아들여[야] 해. 넌 특별하지 않아. 특별하지 않은 너는 특별하지 않은 [어]른이 되어, 특별하지 않은 인생을 걸어가겠지. 그 사실을 그[냥] 받아들여야 해. 아무리 사람들을 해친다 해도 너의 평범함[은] 결코 변하지 않아. 몬스터? 무리야. 넌 될 수 없어. 넌 그[런] 특별한 존재도 아니고, 선택받은 인간도 아니야. 그건 너[도 이]미 알잖아?”

료지는 어[깨]를 축 늘어뜨렸다. 내 파장이 료지의 파장에서 떨어져 나왔다. 모든 것이 제자리로 돌아왔다. 구름 저편에 있는 여린 햇살이 유리창을 넘어 우리를 부드럽게 비춰주었다. 트럼펫도 흥이 나는지 경쾌한 선율을 자아내고 있었다. 가게 안에 배어든 커피 향기가 료지와 나를 감쌌다. 료지는 눈물을 흘렸다. 한 번도 와본 적 없는 거리에서 길을 잃은 어린아이처럼 료지는 훌쩍훌쩍 처량하게 울었다.

"평범한 인생이 뭐가 어때서 그래?"

나는 아무 소용없는 위로라는 걸 알면서도 이렇게 말했다.

"똑같은 인생이란 없어. 아무리 평범해도 그건 너만의 것이야. 그 평범함에 자신감을 가지면 되는 거야."

하지만 료지의 눈물은 멈추지 않았다. 열다섯 살 남자아이가 평범한 인생을 받아들일 리 없다는 사실을 나는 잘 알았다. 그 평범한 인생이 어떤 것인지는, 그를 둘러싼 어른들이 지겹도록 가르쳐줄 것이었다. 유감스럽게도 그가 태어난 곳은 그리 풍요로운 사회도 아니었고, 그리 윤택한 시대도 아니었다.

료지가 울면서 말했다.

"전 이제 그 평범한 인생으로도 돌아갈 수 없어요."

"그렇다 해도."

나는 말할 수밖에 없었다.

"그게 네 인생이다."

"냉정하군요."

료지는 퉁퉁 ㅣ어오른 눈을 들고 나를 노려보았다.

"그렇지만ㅁ 아. 이렇게 스파게티도 사주잖아?"

료지는 자신 솔직한 감정을 드러내도 좋을지 망설여지는
듯 일순 황당ㅎ 표정을 짓더니, 아주 조그맣게 웃었다.

"커피도 마 ?"

내가 묻자, ㅣ는 고개를 끄덕였다.

눈을 떴다. 하지만 내 머리는 여전히 수면을 원했다. 그런데 왜 갑자기 눈이 떠진 걸까? 나는 의아해하면서 베개맡에 놓인 시계를 주시했다. 새벽 5시였다. 방 안은 쥐 죽은 듯 고요했다. 바깥 역시 조용했다. 나는 이 시간에 잠에서 깨어난 원인을 알아내지 못한 채, 다시 잠을 청하고자 이불 속으로 들어가려 했다. 그러다 내 시선이 거울 속 남자의 시선과 맞부딪혔다. 어젯밤, 깜빡 잊고 문을 잠그지 않은 걸까? 나는 치밀어 오르는 분노를 애써 삭이며 이불을 들치고 일어났다.

"피곤하신가 보군요."

전에도 그랬던 것처럼 남자는 문 앞에 서서 태연하게 말을 건넸다.

"예, 피곤합니다. 그러니까 여기서 그만."

나는 남자 옆으로 손을 뻗어 문을 열어젖히려고 했다. 하지만 남자는 그쪽으로 몸을 내밀어 내 손의 움직임을 막았다.

"이렇게 이른 시간에 찾아오는 것이 실례인 줄은 알지만."

남자의 목소리는 그다지 실례라고 생각하지 않는 듯 태평하기만 했다.

"한 가지 다른 가능성을 발견했거든요."

"예?"

나는 반문했다.

"가사이가 친권을 고집하는 또 한 가지 이유. 그걸 말씀드리고 싶어서요."

"어떤 이유죠?"

"누군가를 찾고 있다."

"누구?"

"다치바나 리라."

남자는 말했다. 그리고 늘 그랬듯이 우아한 미소와 무료한 눈빛으로 나를 보았다.

"알죠? 피해자의 딸."

남자가 무슨 말을 하려는 건지 의도를 파악할 수 없어, 나는 그냥 침묵을 지켰다. 남자는 내 반응을 신경 쓰지 않고 이야기를 계속했다.

"그 사건이 일어나기 직전, 병원 근처에서 그 아이를 목격했다는 간호사의 증언을 확보했습니다. 어떻게 생각하십니까?"

"모친이 입원해 있었잖아요. 병원 근처에 있었다는 게 뭐가 이상하단 말입니까?"

남자가 웃었다.

"안 되죠, 안 돼. 사건이 발생한 것은 심야 1시경이었습니다. 면회 시간은 벌써 끝났단 말입니다. 그 시간에 다치바나 사쿠라는 대체 무슨 이유로 병원에 간 걸까요?"

"그것 참 이상하군요."

"예, 이상하지요."

남자는 고개를 끄덕였다.

"그런 시간에 어린 여학생을 목격했다면, 누구라도 수상하게 여겼을 겁니다. 그 아이를 목격했다는 간호사는 왜 말을 걸지 않았을까요? 이상하잖아요. 그 말을 믿을 수 있습니까?"

"아아, 그런 뜻이었습니까? 피곤했답니다."

남자가 웃었다.

"예?"

"지금의 야나세 씨와 마찬가지로 그 간호사 역시 지쳐 있었습니다. 힘든 근무가 끝나고, 이제 겨우 집으로 돌아갈 시간이었어요. 그때 환자의 딸을 본 거죠. 좀 이상하다고는 생각했지만, 말을 걸 기○○ 아니었답니다. 저는 납득이 가는데요?"

수긍할 수밖에 없었다. 남자는 나에게 생각할 여유도 주지 않고 다그쳐 물었다.

"어떻게 생각○○세요?"

"그러니까 ○여성을 죽인 것은 다치바나 사쿠라이고, 교수님은 그 아이○ 비호하고 있다는?"

"아, 그렇습○까?"

그런 대답○ 나오기를 유도했으면서, 남자는 모르는 척 시치미를 뗐다.

"설마요. 교○님이 그런 짓을 할 이유가 뭐가 있습니까? 왜 교수님이 생○ 모르는 열네 살짜리 여자아이를 비호한단 말입니까?"

"가사이는 ○격이 훌륭하다고 들었습니다. 그 아이에게 동정심을 느끼○ 감싸주고 싶었던 거죠. 어떻습니까?"

"교수님이 ○격적인 분이신 건 분명하지만, 영웅은 아닙니다. 싸구려 ○감이나 영웅주의에 휘둘릴 만큼 생각이 얕으신 분도 아니○요."

우리는 서○를 매서운 눈초리로 노려보았다.

"알았습○○"

남자는 어○에 말하면서 내 시선을 외면했다.

"아무튼 ○사건에 대해서는 조금 더 조사해볼 생각입니다.

그리고 아버님 말인데요."

"그 이야기는 하고 싶지 않다고 분명히 말했을 텐데요."

나는 최대한 차가운 목소리를 내려고 노력했고, 또 성공했다고 생각했다. 하지만 남자에게는 별 효력이 없는 듯했다.

"어머님이 암이었더군요. 게다가 치료받기엔 이미 늦었다고……."

"그래서 무슨 말을 하고 싶은 겁니까?"

"그게 사건의 원인이었습니까? 오랜 투병 끝에 그런 결단을 내렸다면 이해할 수도 있지만, 암이 발견되고 얼마 지나지 않아 그 사건이 발생했습니다. 그렇다면 간병에 지쳤기 때문이라고는 할 수 없지요. 병에 대한 걱정으로 장래를 비관했다? 하지만 암이 두려워서 살해한다는 것도 본말이 전도된 행위 아니겠습니까? 하지만 아무리 생각해봐도 다른 원인을 찾을 수가 없단 말이죠."

그랬다. 엄마의 몸에 기생하기 시작한 암세포는 이미 손쓸 수 없는 상태까지 증식하고 말았다. 그리고…….

파장이 움직이고 말았어.

아버지가 허탈한 웃음을 지으며 말했다.

기분 좋게 활짝 갠 하늘에서 초여름의 햇살이 쏟아져 내리는 날이었다. 나는 어딘가 목적지가 있는 줄 알고 학교에서부터 묵묵히 아버지 뒤를 따랐다. 하지만 아버지는 그냥 발길 닿는 대로 걸을 □□ 것 같았다. 아버지는 작은 강 위에 걸쳐진 다리 한가운□ □도달하자, 마치 좇고 있던 냄새의 발원지를 포착한 경찰견□□럼 딱 멈춰 섰다. 그리고 자신이 그곳에 서 있□다는 사실에 □□ 놀란 듯한 표정을 지었다. 우리는 나란히 다리 난간에 기□□□.

결혼하고 □□. 결혼 전까지 합한다면, 25년을 함께 지냈어. 25년이야□ □물이 되기 전에 만났으니. 그동안 단 한 번도 그런 적이 없□□. 그리고 싶을 때도 있긴 했지만, 절대로 그래선 안 된다□ □ 자신을 타일렀지. 그런 힘에 의존하지 말고, 보통 사람□□와 똑같이, 오해와 다툼을 반복하면서 서로를 이해해야 한□ □렇게 생각하면서 여태까지 참아왔는데, 그런데 이번에□ □….

아버지도 □□게까지 심각한 상황이 벌어지리라고는 생각지 못했을 것□□. 병 때문에 동요하는 엄마의 마음을 조금이라도 편안하□ □들어주자. 둘이서 침착하게 그 병과 싸워나갈 방법을 생□ □해보자. 그런 마음이었을 것이다. 하지만 아버지는 어머니□ □해내지 못했다.

엄마는 25□ □동안의 앙금을 한꺼번에 토해냈다. 25년이라는 긴 세월을 □게 지내면서, 서로에게 불만을 품지 않는 관계란 아마 없을 □이다. 그 모든 것을 끄집어내는 엄마의 모습을 보고 아버지□ □…….

그것 참 난처하군, 하며 웃었다고 한다.

당신은 날 사랑하지 않아요.

엄마는 마음속의 앙금을 모두 토해낸 다음 아버지에게 그렇게 말했다고 한다.

나도 당신을 사랑하지 않고요.

그렇게도 말했다고 한다.

정말로 사랑하지 않았나요?

내가 물었다.

아니. 우리는 서로를 깊이 사랑했단다. 감정이 격해져서 마음에도 없는 말이 나왔을 뿐이지.

엄마를 용서할 수 없었나요?

용서했어, 라고 아버지가 말했다. 그런데 용서한 그 순간, 모든 것이 허무해졌어.

그리고 무슨 말을 했던가?

생각해보았지만, 쉽게 떠오르지가 않았다. 나는 아버지와 헤어진 후 집으로 돌아왔다.

아버지로부터 전화가 걸려 왔다. 어딘가의 역인 것 같았다. 그리고 아버지는…….

"만일에 그 병이 원인이었다면."

남자의 목소리에 나는 퍼뜩 정신이 들었다.

"도대체, 아버님은 왜……."

"분명히 피ㄹ   ㅏ고 말했습니다."

나는 이렇게   하며 문을 열었다.

"새벽 5시에   더는 절 괴롭히지 마십시오."

남자는 무슨   ㅣ물이라도 쳐다보는 듯한 표정으로 한동안 나를 멍하니 ㅂ   ㅓ왔다.

마침내 남ㅈ   말했다.

"뭐, 좋습니   언젠가는 마음이 바뀔 수도 있겠죠. 느긋하게 기다려보겠   ㅣ다."

드디어 남ㅈ   떠났다. 나는 문을 닫고, 단단히 걸어 잠갔다. 그리고 다   ㅣ불 속으로 들어가 아버지와 나눴던 그다음 이야기를 떠올   려고 애썼다. 하지만 무리였다. 용서한 그 순간, 모든 것이   해졌어. 그렇게 말한 아버지에게 내가 무슨 말을 건넸는ㅈ   무지 기억나지 않았다. 역에서 전화를 건 아버지는 내가 ㄷ   말을 하기도 전에 전화를 끊어버렸다. 그것으로 나는 내ㄱ   지막으로 아버지에게 했던 말을, 그리고 아버지가 살아ㅅ   에 마지막으로 들었을 말을, 기억하지 못하게 되어버린 ㄱ   다.

인기척을 ㄴ   나는 신문에서 시선을 들어 올렸다. 하얀 블라우스에 빨ㄱ   본이 달린 교복은 다치바나 사쿠라에게 전혀 어울리지 ㅇ   다. 너무나도 어울리지 않아서 서 있는 모습이 엉뚱해 보이기까지 했다. 마치 털 조끼를 입혀놓은 아기 사자 같은 이미지였다.

"왔구나."

나는 신문을 접어서 옆에 내려놓았다. 한낮에 공원으로 나온 동네 아주머니들이 끼리끼리 모여 잡담에 열중하고 있었고, 그녀들의 아이들 역시 끼리끼리 모여 놀이에 몰두하고 있었다. 모래밭 한가운데에서는 세 명의 여자아이가 동그랗게 모여 소꿉장난을 하고 있었다. 모래밭 구석에 있는 한 남자아이는 제법 진지한 얼굴로 모래성을 만들고 있었다. 성은 내가 보기에도 꽤 훌륭했다. 좁다란 도랑으로 둘러싸인 그 성에는 뾰족한 삼각 지붕 모양의 탑이 세 개나 세워져 있었다.

"오겠다는 말은 안 했는데?"

언짢은 표정의 다치바나 사쿠라가 모래밭에서 노는 아이들에게 눈길을 주면서 말했다.

"안 오겠다는 말도 안 했잖아."

나는 아침의 기억을 더듬어보았다.

오늘 아침, 남자가 나가고 나자 나는 다치바나 사쿠라의 집으로 전화를 걸었다. 그리고 학교가 끝난 다음 학교 근처에 있는 이 공원에서 만나고 싶다고 말했다. 다치바나 사쿠라는 '그래?'라는 한마디만을 내뱉고는 전화를 끊어버렸다.

"내가 안 왔으면 어쩌려고 그랬어? 올 때까지 기다릴 작정이었어?"

"어차피 한г   니까."

"그러면 멋있   보이는 줄 알아? 정말 착각이 지나치군. 오히려 숨이 턱턱   힐 것 같아."

"너무 그러지   . 어차피 너는 왔고, 어차피 나는 기다렸어. 적어도 우리 둘   쓸데없는 짓을 하진 않았잖아."

도랑에 물을   으려는지, 남자아이는 물통을 들고 수돗가 쪽으로 달려갔   다치바나 사쿠라는 내 옆에 나란히 걸터앉았다.

"뭐 읽었어?"

다치바나 사   는 옆에 놓인 신문을 턱으로 가리켰다.

"신문기사에   는 사람이 나와서."

나는 그 페   가 바로 보이게끔 접어둔 신문을 그대로 다치바나 사쿠라   건네주었다.

다치바나 사   는 그 페이지에 실린 몇 가지 기사를 자세히 살펴본 후,   게 말했다.

"전철에서   행한 남자가 선로로 내려가 300미터를 도망치는 바람에   마노테선의 운행이 20분 동안 중단되었다는 이 기사?"

"아냐. 폭행   건이 빈발하는 지역을 순찰하던 두 명의 경찰관을 한 남   이 덮쳤다는 기사. 칼로 내리치려다가 현행

범으로 붙잡혔어."

"얼빠진 녀석이군."

다치바나 사쿠라는 그 기사를 대충 훑어본 후, 신문을 다시 돌려주었다. 나는 신문을 그대로 접어서 벤치에 내려놓았다. 오늘 학원에서 와타리 원장에게 받은 것이었다.

"수고하셨습니다."

와타리 원장은 나에게 신문을 건네주면서 그렇게 말했다. 내가 늘 보는 것과는 다른 신문이었지만, 기사 내용에는 큰 차이가 없었다.

"죄송합니다. 자수시키지 못했습니다."

그 기사만 급하게 훑어보고 고개를 숙인 나에게, 와타리 원장은 살짝 미소를 지었다.

"했지 않습니까? 그게 자수가 아니고 뭐겠습니까?"

"경찰은 그렇게 받아들이지 않겠지요. 제가 경찰서까지 데리고 갈 걸 그랬습니다. 설마 그런 짓을 하리라고는……."

와타리 원장이 말했다.

"경찰이 어떻게 생각하는지가 중요한 게 아닙니다. 료지는 스스로 범죄를 그만두었습니다. 그 점이 중요하지요. 그런 결심을 했다면, 충분히 가능성이 있습니다. 그 아이는 아직 젊으니까요."

내 생각은 달랐다. 물론 료지도 그럴 것이다. 와타리 원장은 잠자코 고기 숙인 내 어깨를 한 번 토닥거린 후, 두 번 다시 그 일에 대해 는 언급하지 않았다.

"그 아이는 하게도 다리가 꼬여 넘어진 거야. 그런데 어쩌다 보니 그 계단 꼭대기였던 거지. 꼬인 다리를 주체할 수 없어서 게 뛰어 내려가는 동안 넘어질까 두려워서, 그래서 펄쩍 뛰 오른 거야. 눈을 꼭 감은 채, 에라 모르겠다, 하면서……."

"그래?"

다치바나 씨 는 한참 동안 내 얼굴을 보면서 생각한 후에, 이윽고 고개 끄덕였다.

"그런 일도 수 있겠지."

남자아이가 한가득 든 물통을 손에 들고는, 비틀거리며 걸어왔다.

"그건 그렇 나한테 뭐 할 말이 있어서 보자고 한 거야?"

다치바나 씨 는 그 남자아이를 보면서 말했다.

"응, 아마."

"응, 아마?"

다치바나 씨 가 되물었다.

"응, 아마라 무슨 말이 그래?"

"무슨 할 말 있는 것만은 분명한데, 그게 어떤 이야기인지는 나도 잘 겠어."

"이상한 사람이야."

"그렇지? 이상하지."

나는 이렇게 말하며 고개를 끄덕였다.

"응, 이상해. 굉장히."

다치바나 사쿠라도 고개를 끄덕였다.

남자아이는 신중한 표정으로 도랑에 물을 부어 넣었다. 하지만 물이 부족한 듯, 텅 비어버린 물통을 들고 다시 수돗가 쪽으로 뛰어갔다. 소꿉놀이를 하던 여자아이 중 한 명이 갑자기 일어나더니, 옹기종기 모여서 수다를 떨고 있는 엄마에게로 뛰어가 소매를 잡아끌었다. 잡담에 몰두하던 엄마는 얼굴에 미소를 띠며 쭈그리고 앉더니, 자신의 눈높이를 여자아이의 눈높이에 맞췄다. 여자아이가 뭐라고 말했다. 엄마가 뭐라고 대답했다. 여자아이는 모래밭에 있는 친구들에게로 돌아가 다시 소꿉장난을 시작했다. 두 모녀의 모습을 바라보던 다치바나 사쿠라가 푸훗, 하고 웃음을 터뜨렸다.

"부모님 말이야, 어떤 분이야?"

"응?"

나는 되물었다.

"그러니까 네 부모님, 어떤 사람이냐고."

다치바나 사쿠라는 내 쪽을 쳐다보며 물었다.

"어려운 질문이군."

다치바나 사○○도 그 표정을 보았을까? 소매를 잡아당긴 그 여자아이의 ○○가 웃는 얼굴로 쭈그리고 앉기 전, 순간적이긴 했지만 ○도 틀림없이, 귀찮다는 듯, 지긋지긋하다는 듯, 타인보다 ○러 차갑게 여자아이를 내려다보던 그 표정을……

"보통 사람이○. 선의로만 행동하는 사람도 아니었고, 악의로 똘똘 뭉친 ○도 아니었어. 나름대로 정직하게 살았고, 그만큼 거짓말○ ○이기도 했지. 성실하게 살려고 노력하면서도, 야비하게 행○○는 경우도 가끔은 있었다고 생각해."

물론 더 말하○고 한다면, 얼마든지 할 수 있었다. 어머니는 물건을 소○ 여기는 분이었다. 아버지와 결혼할 때 중학생 시절 선생○께 축하선물로 받았다는 웨지우드 찻잔은 15년 넘게 사용○는데도 마치 새것처럼 새하얗게 빛났다. 아버지는 뭐든지 ○게 먹는 분이었다. 아버지가 너무나도 맛있게 먹는 걸 봤○ 때문인지, 나는 햄버거나 스파게티보다 다랑어조림이나 ○리포 같은 음식을 즐겨 먹는 특이한 아이가 되어버렸다. ○머니는 무엇이든 깔끔한 걸 좋아하는 성격이었다. 아버지○ ○남의 일에는 무관심한 편이었다. 어머니는 집에 있는 걸 좋○했다. 아버지는 여행을 좋아했다. 어머니는 오페라를 좋아○○. 아버지는 옛날 가요만 즐겨 들었다. 하지만 그 모든 것○ ○ 안에서 의미를 잃고 말았다. 언제부터인지 아버지도 어머니도 내 속에서 아무런 의미를 지니지 못하는, 밋밋한 존재로 변해 있었다. 보통 사람. 부모님을 무어라 형용하려 할 때, 나에게는 보통이라는 말이 가장 적절한 단어로 느껴졌다.

"보통 사람, 이었구나. 부모님, 돌아가신 거야?"

다치바나 사쿠라가 말했다.

"응."

나는 대답했다. 그 이상은 설명하기가 어려워, 나는 말끝을 흐렸다.

"갑작스러운 사고로."

"그랬구나."

다치바나 사쿠라는 고개를 끄덕였다.

무슨 이야기가 그리 재미있는 걸까? 둥그렇게 모여서 이야기꽃을 피우던 엄마들이 일제히 웃음을 터뜨렸다. 웃음소리가 유난히도 귀에 거슬렸다.

"부모님이 돌아가시고, 그래서 넌……."

다치바나 사쿠라가 웃음소리가 들려오는 곳을 향해 눈길을 주면서 말했다.

"그래서 넌 부모님을 용서했어?"

"용서? 용서하다니, 뭘?"

나는 그녀의 옆얼굴을 보면서 물었다.

다치바나 사[쿠]라에게 용서라는 단어는, 아무 생각 없이 자연스럽게 튀어[나올] 수밖에 없는 말인 것 같았다. 내가 그렇게 묻는 걸 듣고서[야] 비로소 그 말의 의미를 생각한 듯, 조금 곤혹스러운 표정[이 되]지었다. 이윽고 다치바나 사쿠라는 힘없이 고개를 저었다[.]

"모르겠어. [방금] 한 말은 그냥 잊어버려."

용서. 나는 [생각]해보았다. 부모님에게 그런 마음을 가진 적은 없었다. 엄[마는] 물론 엄마를 죽인 아버지에 대해서도, 용서한다든지 용서[할] 수 없다든지, 그런 종류의 감정을 품은 적은 여태까지 단 한[번]도 없었다. 그건 어쩔 수 없는 일이었다. 나는 그렇게 이해[했]다.

아니, 그렇[게] 이해할 수밖에 없었다. 아버지를 원망한다면, 그 원망은 내게[도] 되돌아올 것이다. 엄마를 가엾게 여긴다면, 그 감정은 내 [주변] 사람들에게 그대로 반영되고 말 것이다.

"넌."

나는 정말로 [궁]금해졌다.

"어머니가 [돌아]가셨기 때문에 어머니를 용서한 거니?"

다치바나 사[쿠]라는 대답하지 않았다.

소꿉놀이에[도 싫]증이 난 걸까? 한 여자아이가 일어서서 주인 없는 성을 내려[다]보았다. 수돗가에서 물을 뜨는 남자아이 쪽을 힐끗 쳐다보[는] 눈이 일순 반짝였다. 나머지 두 여자아이도 다가와 함께 성을 바라보았다. 주인 없는 성이 세 명의 여자아이들에게 포위되었다. 제일 처음 일어선 아이가 탑 하나를 발로 천천히 뭉개버렸다. 너무나도 시원스레 부서지는 그 모습에 후련함을 느낀 걸까. 정성을 다해 쌓아 올린 성을 세 명의 여자아이가 교대로 짓밟아 엉망진창으로 만들어버렸다. 남자아이가 돌아왔다. 물이 가득 담긴 물통을 손에 든 채, 그 소년은 파괴되어가는 자신의 성을 멀거니 바라보기만 했다.

여자아이들은 통쾌한 표정으로 성을 철저히 파괴했다. 이윽고 여자아이들은 미끄럼틀로 자리를 옮겼고, 아무것도 없는 모래밭과 물을 가득 담은 물통을 손에 든 남자아이만 덩그러니 남겨졌다.

"근위병도 만들었어야 했는데. 기마대도 대포도 만들었어야 했어. 너의 왕국은 지나치게 평화로웠어."

나는 중얼거렸다.

소년은 물통을 그 자리에 내려놓고, 그네가 있는 쪽으로 터벅터벅 걸어갔다.

"용서하지 못했어."

다치바나 사쿠라는 이 한마디를 툭 내뱉었다. 그것이 조금 전 내 질문에 대한 대답이었다는 사실을 깨닫는 데에는 어느 정도의 시간이 필요했다.

"그래?"

"죽어도 용서 수 없었던 사람을 어떻게 하면 용서할 수 있다고 생각해 이미 죽어버렸는데, 이제 어떻게 하면 용서할 수 있을까?'

다치바나 사 는 진지한 얼굴로 나에게 물었다. 그건 일종의 시험인 것 았다. 그녀는 자신이 지닌 무언가를 내가 공유하고 있는지 인지를 시험하고 있었다. 그건 아마 그녀 자신도 모르리라 는 어떤 대답이 옳은지 몰랐으므로 솔직하게 말할 수밖에 었다.

"아직 용서하 못했지만 용서하고 싶다, 그런 마음이 더 중요하다고 생 ."

내 대답이 마 에 들지 않은 것 같았다. 적어도 다치바나 사쿠라가 기대한 과는 거리가 먼 게 분명했다.

"그래."

다치바나 사 는 이렇게 간단한 대답만을 남기고는 벤치에서 일어났

"그만 가야지 "

다치바나 사 는 홀쩍 일어나더니 빠른 걸음으로 공원을 빠져나갔다 는 따라가지 않았다. 그날, 다치바나 사쿠라는 정말로 에 갔던 걸까? 만약 갔다면, 뭘 하러 갔던 걸까?

그녀가 엄마 죽인 걸까? 그런 걸 묻기엔, 그녀와 나 사

이에 놓인 길이 너무나도 멀었다. 모든 걸 부정해준다면 좋을 텐데. 하지만 모든 걸 긍정했을 때, 나는 그녀를 위해 아무것도 해줄 수 없을 것 같았다. 비난할 수도, 용서할 수도 없으리라.

그네가 흔들리는 소리에 그쪽으로 눈길을 주니, 남자아이가 혼자 즐거운 몸짓으로 그네를 타고 있었다. 그네는 크게 원을 그렸고, 소년의 조그만 몸이 저 멀리 내팽개쳐질 것만 같았다. 소년의 눈길은 공원을 넘어, 공원 밖의 도로도 넘어, 머나먼 곳에 이르고 있었다. 거기까지 날아갈 수 있다고 믿는 듯했다. 잡담에 푹 빠진 엄마들 중 그 누구도 소년에게 시선을 주지 않았다. 나는 상처 입은 소년의 모습도, 포기하고 그녀를 내려오는 소년의 모습도 보고 싶지 않았다. 나는 벤치에서 일어나, 뒤도 돌아보지 않고 걸음을 내디뎠다.

밤이 서서히 깊어지면서 비가 내리기 시작했다. 나는 자주 들르는 그 라면집에서 저녁을 때웠다. 아무도 없는 집에 홀로 들어가고 싶지는 않았지만, 또 구마가야의 집에 가기도 멋쩍은 생각이 들어, 할 수 없이 빗속을 뚫고 아파트까지 뛰어갔다. 집 앞까지 온 나는 멈칫했다. 문틈으로 불빛이 새어 나오고 있었다. 아무리 불경기라고는 하지만, 이런 누추한 아파트에 물건을 훔치러 들어올 만큼 좀스러운 사람이 있으리라고는 생각되지 않았 별안간 우아한 미소와 무료한 눈빛이 머릿속에 떠올라, 크게 한숨을 쉬면서 문을 열었다.

"왔어요?"

방 한가운데 텔레비전을 보던 미카가 태연한 얼굴로 나를 돌아보았 아무리 들어봐도 인공적인 효과음으로밖에 들리지 않는 관 웃음소리를 배경으로, 두 사람이 텔레비전 속 무대 위에 공연을 펼치는 중이었다.

"언제 왔어?"

그 화면에 눈 을 주면서, 나도 되도록 태연한 표정을 지으려 애썼다. 내가 발을 벗고 들어가자, 미카도 덩달아 일어나 싱크대 앞에 다.

"커피, 마실 ? 인스턴트뿐이라 미안하지만."

"응, 고마워.

인공적인 웃 소리가 귀에 거슬렸다. 나는 텔레비전을 껐다. 시끄러운 가 사라지고 난 다음의 고요함 속에 미카의 겸연쩍은 표정 느껴졌다.

"죄송해요, 대로 들어와서."

미카는 싱크 에 기댄 채 나를 바라보며 말했다.

"어떻게 들어 어? 잠겨 있었을 텐데."

"으음, 발로 찼더니 열리더라고요."

"흐으음."

나는 문을 쳐다보았다. 아이고, 미안하네그려, 라고 사과하고는, 실실 웃으며 머리를 긁적일 것 같은 문이었다. 구마가야의 아파트와는 비교할 수조차 없었다.

"안 아팠어?"

나는 문에게 물었다.

"안 아팠어요. 살살 찼으니까."

미카가 말했다.

나는 현관에 벗어둔 미카의 신발을 보았다. 나막신처럼 생긴 갈색 구두였다. 저 구두로 정강이를 차이면 많이 아프겠는걸.

"힘들었겠구나."

나는 다시 한 번 문에게 위로의 말을 건넸다.

"괜찮아요. 내가 주인 허락도 없이 들어왔으니까."

미카가 말했다.

물이 끓는 소리가 들리고 얼마간의 시간이 흐른 후, 미카가 양손에 컵을 들고 나에게로 다가왔다.

"고마워."

내가 컵을 받아 들자, 미카는 내 앞에 털썩 주저앉았다. 털을 고르는 아기원숭이처럼 한동안 머리카락 끝을 만지작거리던 미카는 내 눈을 피하면서 살며시 입을 열었다.

"선생님, 오늘 하루만이라도 좋으니 재워주지 않을래요?

차비가 없어서……."

"이불이 하……에 없어."

나는 미카가……준 달착지근한 커피를 홀짝이며 이렇게 말했다.

"시간도 늦……비도 오고. 커피만 마시고 일어나자. 집까지 데려다 줄게……"

미카는 무슨……을 하려다가 입 밖에 꺼내지 않고 그대로 삼켜버렸다.

"응?"

나는 물어보……다.

미카는 하하……하고 이유 없는 웃음을 터뜨리더니 이렇게 중얼거렸다.

"왠지, 비참……."

"비참하다니……"

"나요, 하룻……묵을 곳 정도는 여태까지 몇 명한테 소개해 줬는지 몰라요……출한 아이라든지."

미카는 이렇……말한 후에, 이번에는 소리를 내지 않고 웃었다. 울고 싶지……을 수도 없는 노릇이니, 그 대신 웃어버린 듯한 느낌이었다……

"그런데 생……보니, 나를 재워줄 수 있는 사람은 한 사람도 없는 거예요……"

"그냥 네 생각이겠지."

"아뇨, 정말로 없어요. 단 한 사람도. 나도 놀랐다니까요. 그거야 단순히 잘 곳이 필요하다면 얼마든지 있겠죠. 길거리에서 자도 상관없고요. 그런데요, 집에도 가고 싶지 않고, 밤새 놀고 싶은 기분도 아니고, 어딘가에서 푹 자고 싶다는 생각이 들 때, 재워줄 수 있는 사람이 아무도 없는 거예요. 정말 아무도 떠오르지 않았어요."

"그래도 한 명 정도는 있겠지."

"예, 맞아요. 딱 한 명 있었어요."

미카는 그렇게 말하며 나를 가만히 바라보았다.

"무슨 일 있었니?"

내가 물었다.

"아무 일 없어요. 아무 일 없기 때문에 더더욱 견디기 힘들 때가 있잖아요."

미카의 눈빛이 나를 붙잡고 놓아주지 않았다. 텔레비전을 괜히 껐다는 생각이 들었다. 미카와 나 사이에 흐르는 긴장을 외면할 방도를 찾아내기 힘들었다. 그리고 미카는 나의 곤혹스러운 마음을 훤히 꿰뚫어 보고 있었다.

미카가 다시 입을 열었다.

"이불, 하나 있다고 그랬죠? 그렇다면 충분하지 않나요? 다섯 명이 같이 자자는 것도 아니니까."

"내 말 좀 들어봐. 네가 어떻게 생각할지 모르지만."

나는 어느 정도 거짓이 섞였다는 걸 알면서도 이렇게 말했다.

"나한테 넌 환자이기 이전에 충분히 매력적인 한 사람의 여자야. 만약 같은 이불 안에서 잔다면, 내가 어떤 짓을 할지 나도 장담 못해."

"괜찮아요, 어떤 짓을 해도."

미카에게서 물기 어린 시선이 느껴졌다. 그 시선에 담긴 것이 애정이 아니라는 것쯤은 나도 잘 알았다. 하지만 미카는 모를 것이다. 그것이 무엇인지조차, 아마 이 아이는 모를 것이다.

"애정이 있어서라면 나도 이런 말을 하지 않겠지. 잠자코 샤워가 끝나기를 기다렸다가, 함께 이불 속으로 들어갈 거야."

"내가 싫어요?"

"그럴 리가 있겠니?"

나는 우리가 주고받는 대화의 무의미함에 깊은 한숨을 내쉬었다. 그녀가 상처 입었다는 것을 모르는 건 아니었다. 그녀가 원하는 방식으로 그녀를 조금이라도 편안하게 해줄 수 있다면 그래도 되지 않을까, 하는 생각도 들었다. 그 외에 다른 좋은 방법이 없을 것 같지도 않았다. 하지만 미카와 잘 수는 없었다.

"미안하다. 지금 피곤해."

나는 말했다. 미카가 내 손에서 컵을 빼앗고는 바닥에 살짝 내려놓았다. 그리고 내 무릎 위에 가슴을 맞대고 앉아 내 목에 양팔을 둘렀다.

"쉿."

미카는 마치 어린아이를 타이르듯이 내 귀에 대고 속삭였다. 미카의 숨결이 내 볼을 간질였다.

"욕망에서 시작되는 애정도 있어."

미카의 냄새가 나를 감쌌다. 여인의 냄새는 아니었지만, 수컷의 냄새와 다르다는 것만은 분명했다.

"애정은 애정으로 시작되고 애정으로 완결되지. 다른 것에서 시작되지는 않아. 다른 것으로 끝나지도 않고."

"정말?"

"아마도."

미카는 내 눈을 깊이 들여다보더니, 마침내 내 무릎에서 내려왔다.

"갈게요."

"데려다 줄게."

"하룻밤 지낼 곳이라면 얼마든지 있어요. 괜찮아. 나는 괜찮아요."

"오늘은 집으로 가는 게 좋겠어. 집까지 데려다 줄게."

나는 이렇게 ___며 벌떡 일어섰다.

미카도 더는 ___하지 않았다. 우리는 밖으로 나와 하나밖에 없는 우산을 ___ 역을 향해 걸어갔다.

전철을 타고 ___에 앉자마자, 미카는 내 어깨에 조그만 머리를 올리고 졸___시작했다. 마치 배터리가 떨어진 인형 같았다. 나는 어깨___직이지 않도록 주의하면서, 전철 안을 둘러보았다. 전철___한 사람들은 모두 하나같이 피곤해 보였다. 그렇게 피곤해___들은 돌아갈 곳을 찾아 묵묵히 전철의 흔들림에 몸을 맡___고 있었다. 나는 내 어깨에 놓인 작은 머리를 바라보았다___이 이 아이를 찾아온 건 비단 오늘뿐만이 아니리라. 돌아갈___조차 찾지 못한 채 거리를 하염없이 헤매는 미카의 숱한 밤___떠올려보았다. 돌아갈 곳이 없다면, 갈 곳도 없을 터. 미___단지 있을 곳을 찾아 그 순간순간을 방황했겠지.

미카의 집은 ___집에서 세 코스 떨어진 역 앞에 위치한 고층 아파트였다___파트 입구에는 아무도 없었다. 아마도 관리인은 순찰 중인___같았다. 경비실은 있었지만 유리문이 닫혀 있었고, 커튼___려져 있었다. 1층에 서 있던 엘리베이터가 우리를 태워, ___층인 12층까지 조용히 옮겨주었다. 미카가 가장 모퉁이에___는 현관문을 열자, 문 바로 앞에 한 남자가 불도 켜지 않은 ___아 있었다. 깜짝 놀란 내가 숨을 멈추고 미카를 보았다. 미카에게 놀란 기색이라고는 전혀 없었다.

"아빠."

미카가 중얼거렸다. 그 남자를 부른 것이었는지 나에게 남자를 소개한 것이었는지, 쉽게 파악이 되지 않았다. 남자가 얼굴을 들었다.

"왔니?"

"다녀왔습니다."

"목욕물 받아놨다."

"예."

미카는 어떻게 해야 할지 망설여지는 듯 나를 돌아보았다. 나는 고개를 끄덕여 들어가도 좋다는 의사를 전달했다. 미카는 남자의 옆을 빠져나가 집 안으로 들어갔다. 옆쪽으로 보이는 문 안이 목욕탕인 것 같았다. 나는 미카의 뒷모습이 사라지기를 기다렸다가 남자 옆에 조심스럽게 주저앉았다. 술을 마셨을 거라 예상했지만, 남자에게서는 알코올 냄새가 나지 않았다. 그래도 남자는 입을 열지 않았다. 내가 그곳에 앉아 있는 부자연스러운 상황조차 깨닫지 못하는 것 같았다.

"묻지 않으시는군요."

내가 말했다.

"묻다니?"

남자의 눈이, 뭘? 이라고 말하는 듯했다.

"중학생인 딸□□가 이렇게 늦은 시간까지 뭘 했는지. 그리고 내가 누구인□□

"그걸 왜 물□□하지?"

"글쎄요."

남자의 오른□□ 줄곧 왼손 약지에 끼워진 반지를 쓰다듬고 있었다. 머□□벗겨져 훤히 드러난 이마는 기름기로 번들거렸고, 입 주위□□드문드문 자란 수염 때문에 얼굴이 우스꽝스럽게 보였다□□의실에서 목욕탕으로 들어갔는지, 문 안쪽에서 또 하나의□□이 열리는 소리가 들렸다.

"집에는 늦게□□수록 좋아."

남자는 집에□□□온 미카를 나무라고 싶은 것 같았다.

"차라리 안□□□면 좋겠어."

"미카는 아□□학생입니다. 여긴 미카의 집이고, 당신은 그 아이의 아□□□예요. 그렇지 않습니까? 정말로 집에 안 오길 바랐다면, □□□때문에 여기 이렇게 앉아 있는 겁니까? 그리고 왜 목욕□□받아둔 거죠?"

"자넨 나를□□. 내가 자네를 모르는 것과 마찬가지지."

남자가 말했□□

나는 한숨을□□었다. 피곤했다. 그럴 수만 있다면, 이따위 남자는 그냥□□려두고 빨리 집으로 돌아가고 싶었다. 하지만 그럴 수는□□다. 이 남자는 누군가를 원하고 있었다. 남자의 파장도 누군가를 찾고 있었다. 나는 온몸에서 힘을 뺐다. 어깨를 나란히 하고 앉은 채 남자와 내가 세상으로부터 차단되었다. 암흑과 침묵이 한층 짙어졌다. 갇혀버린 상자 속에서, 내 파장이 웅크린 남자의 파장을 붙잡았다. 남자의 파장은 아무 저항 없이 내 파장을 받아들였다.

"말씀하십시오."

내 목소리가 조용히 남자를 감쌌다.

"당신, 대체 뭡니까?"

남자는 코웃음을 쳤다. 코에 웃음을 한가득 담은 채 고개를 숙였다. 이윽고 얼굴을 들어 나를 바라보는 남자의 시선은 이미 초점을 잃고 있었다.

"자네, 몇 살인가?"

남자가 말을 꺼내기 시작했다.

"스물한 살입니다."

내 목소리가 고요하게 응대했다.

"스물하나. 나는 마흔셋일세."

남자가 말했다.

두 배 이상이다. 무의식의 유아기를 뺀다면, 그가 살아온 시간은 나의 세 배쯤 될 것이다. 피곤하기도 하겠지. 피곤하리라는 생각은 들었지만, 그래도 그는 너무나 지쳐 있었다.

"고향이 도치기라네. 우쓰노미야에서 조금 떨어진 곳이지.

참 좋은 곳이었   관동 지방인데도 눈이 많이 내렸지. 나는
그런 겨울이 좋   네. 공기가 참 맑았지. 뽀드득뽀드득 눈을
밟으면서 학교어   던 겨울날 아침이 제일 그리워. 고등학교
를 졸업할 때까   기서 살았어.”

　남자가 하고   이야기는 도치기에 관한 것도, 겨울에 관
한 것도 아닌 듯   . 그래도 내 목소리는 재촉하지 않았다.

　“참 좋은 곳이   보군요.”

　“아아, 좋은   었지.”

　마치 거기에   경이 비치는 것처럼 남자는 내 눈을 멍하
니 바라보았다.

　“내 아버지는   찰관이셨다네. 참 엄한 분이셨지. 엄하긴
했어도 좋은 아   였어. 의지가 굳어서, 조금이라도 비뚤어
진 것은 굉장히   어하셨지. 어릴 때는 자주 맞았어. 사소한
실수나 장난을   라도 하면, 주먹으로 인정사정없이 때리
셨거든.”

　남자는 마치   약속을 되새기기라도 하는 듯 자신의 볼을
어루만졌다.

　“공부만 강요   는 아버지는 아니었지만, 무슨 일이든 대충
하는 건 용서하   않는 분이셨지. 필사적으로 노력해서 안 되
는 건 어쩔 수 없   단지 시작하기도 전부터 핑곗거리를 생각
하는 남자가 되   안 된다, 항상 그렇게 말씀하셨어. 그래서

열심히 공부했어, 다른 아이들보다 훨씬. 다른 아이들보다 열심히 공부하면 좋은 대학에 갈 수 있으니까. 그래서 좋은 대학에 합격했고, 도쿄로 올라온 거라네."

"그렇게 쉬운 일은 아니었을 겁니다."

내 목소리가 조용히 남자를 부추겼다.

"계속하십시오."

남자는 내 말에 용기를 얻은 듯 이야기를 이어갔다.

"평화로운 시대였어. 정치운동의 불길도 수그러지고 경기도 그리 나쁘지 않았으니, 졸업 후에 직장을 얻기도 별로 어렵지 않았지. 모두들 취직자리가 보장되어 있었으니, 열심히 공부하는 것이 오히려 어리석게 느껴지던 그런 시대였어. 적당히 게으르고 잘 노는 사람이 존경받기까지 했지. 하지만 난 그렇게 할 수 없었다네. 최대한 열심히 노력해서 좋은 성적을 얻었고, 그래서 규모가 큰 은행에 취직하게 됐어. 잘했다. 아버지에게 그때 처음으로 칭찬을 들었어. 정말 기뻤지. 이제 너도 어엿한 사회인이 되었다. 아버지한테 그런 말을 들었을 때, 너무나도 기뻤어. 물론 회사에서도 열심히 일했다네. 내게 주어진 일은 전력을 다해 처리했지. 내 눈에는 주위 사람들 모두가 머리 좋고 능력 있는 인물로 보였어. 그래서 난 지금까지 해온 것 이상으로 노력해야 한다고 나 자신을 채찍질했지. 필사적이었어. 그 노력을 인정받은 덕분에, 동기 중 가장 먼

저 해외근무를   하기도 했어. 2년 동안 미국에서 금융 시
스템을 공부했   그런 다음 귀국해서는 선을 보고, 스물여덟
살에 결혼도 했   . 상사의 딸이었지만, 그런 이유로 결혼한
건 아니었어.   는 총명했고 아름다웠어, 첫눈에 반해버릴
정도로. 그녀도   마음을 받아주었고, 우리가 결혼한 그다음
해에 미카가 태   지."

　물소리가 들   다. 미카의 몸을 타고 내려오는 물방울들
을 상상해보았

　"정말 완벽했   총명한 아내, 귀여운 딸. 상사의 신임도 두
터웠고, 동기들   은데 가장 빨리 출세했어. 급료도 만족스러
웠고, 아내는   생활을 누릴 수 있었지. 미카에겐 훌륭한
환경을 제공해   있었고. 그래서 난 아내에겐 사랑을, 딸에
겐 존경을 받을   있었다네."

　정말 완벽했   라고 남자는 다시 한 번 중얼거렸다.
　"예, 정말 완   군요. 그런데?"
　내 목소리가   를 위로했다.
　"지금, 은행   떤 상태인지, 자네도 알 거라 생각하네. 우
리 은행도 마찬   야. 한 발자국도 움직일 수가 없어. 하지만
어떻게든 움직   않으면 망하고 말겠지. 움직이지 않는 걸
움직이게 하려   느 정도의 희생이 필요한 법이야."
　"희생?"

"인사쇄신이 필요해. 인사쇄신이라는 미명 아래 책임을 서로 떠넘기는 거지. 누가 나빠서가 아니야. 하지만 누군가를 악인으로 만들어야만 해. 그 악인에게 모든 책임을 지우고, 다시 처음부터 시작하는 수밖에 없어. 그 희생양으로 선택되고 말았다네, 날 총애했던 그 상사가 말이야. 우린 같은 배를 탄 운명이라, 나 역시 그만둘 수밖에 없었지. 하지만 그리 비장한 심정은 아니었어. 곧 새 직장을 찾을 수 있으리라 생각했거든. 그 정도 자신감은 있었다네. 다른 사람은 몰라도 나라면, 그렇게 생각했던 거야."

  그게 내 자만심이었지.

  남자의 눈에 비통함이 어렸다.

  난 나 자신을 과대평가했던 거야.

  "직장을 구할 수가 없었어. 아무 직장이나 들어갈 생각이었다면 일거리가 아예 없었던 것도 아니지만, 나로서는 납득하기 힘들었다는 게 문제였지. 다른 사람보다 능력이 있는데, 앞으로도 잘할 수 있는데, 그런데 어떻게 보통 이하의 직장에 만족할 수 있겠는가? 그렇게 시간을 끄는 동안 경기도 계속 나빠지고 말았어. 보류해두었던 직장마저도 들어갈 수 없게 되었지. 정말 초조했다네. 아내에게 보통 이상의 생활을 보장해줄 수 없고, 딸에게 보통 이상의 환경을 제공해줄 수도 없다는 사실이 서서히 내 목을 조여오더군. 지금 내가 들어갈 수 있는 직장이 전[ ]구할 수 있었던 직장보다 못해 보이니까, 그때 그냥 정할 [ ]랬다고 후회하는 식이지. 하지만 그 직장 역시 그리 좋은 [ ]이 아니라는 걸 생각하면, 그런 직장을 놓쳤다고 후회하는 [ ] 자신이 한심하게 느껴져. 또 다른 곳이 있지 않을까 싶어[ ] 크게 좋은 곳은 아니더라도, 단지 조금이라도 더 나은 [ ] 찾아보려고 하지. 그런데 또 그다음에 찾아낸 곳은 그[ ] 구했던 곳에 비해 별 볼 일 없는 거야. 그렇게 시간이 지[ ]면 지날수록 수준이 점점 더 떨어지고 말았지. 그러면서 [ ]의 사랑도 멀어져 가고, 딸의 존경심도 희미해져 가고. [ ] 느껴져, 확실히. 말로도 아니고, 행동으로도 아닌, 그보[ ]더 확실한 무언가가 내 피부를 찌르는 것처럼. 그래서 난 [ ]

남자가 말[ ]

도저히 참을 [ ]가 없게 돼버렸어.

"너무 심각[ ] 생각하시는 것 아닐까요?"

내 목소리가 [ ]로의 빛을 담아 속삭였다. 남자는 그런 내 목소리에 빠져들[ ]왔다.

"아니야. 힘[ ]때 서로 돕는 것. 그게 바로 가족이지. 그건 맞는 말이야. [ ]만 아버지란 존재는 다르다네. 아버지는 항상 가족을 지[ ]고, 손을 내미는 존재가 되어야만 해. 그게 불가능해진 아[ ]지는 그냥 무시당할 뿐이지. 자네도 아버지가 되어보면 알게 될 걸세."

물소리가 그쳤다. 욕조에 몸을 담그고, 몸 전체를 감싸는 부력을 느끼며, 미카는 무슨 생각을 하고 있을까?

"지금 내가 무슨 일을 할 수 있겠나? 안 봐도 뻔하네. 이 아파트도 조만간 다른 사람 손에 넘어갈 걸세. 융자받은 돈을 갚지 못해서 말이야. 아내는 집을 나갔고, 딸에게는 아무것도 해줄 수가 없어. 나는 이제 빈털터리야. 자네가 누구인지는 몰라도, 나와 함께 있는 것보다는 낫겠지. 데려가 주지 않겠나? 저 아이를."

부탁하네.

남자는 양손으로 머리를 감쌌다.

부탁이야.

"교활하군요."

내 목소리가 말했다. 자신이 비난당했다는 사실이 믿기지 않는 듯 남자는 몸을 움찔했다.

"교활하다고?"

"말씀하신 대로, 당신은 빈털터리입니다."

내 목소리가 조용히 말을 이었다.

"하지만 그건 하루 이틀 사이에 벌어진 일이 아닙니다. 회사를 그만뒀기 때문에 빈털터리가 된 것도 아니고요. 처음부터 당신은 빈털터리였어요. 회사를 그만둔 걸 계기로 깨달았을 뿐입니다.　　이상도, 그 이하도 아니지요."

"그래서 무　　말을 하고 싶은 건가?"

"아내가 곁　　있고 번듯한 직장에 다닐 때, 당신은 아버지
로서 존재할　　었습니다. 이제 그것이 사라졌으니, 불행히
도 아버지가　　　없는 거지요. 그 사실이 두려운 겁니다. 회
사에서 버림　　, 아내에게도 버림받고, 그리고 이제는 딸에
게까지 버림　　지도 모른다는 사실이 두려운 겁니다. 미카
에게까지 버　　으면, 당신은 아무런 존재 가치도 없게 되니
까요. 그게 두　　은 겁니다. 그렇죠? 그래서 이런 식으로 절 부
추기는 겁니　　딸이 나를 버린 게 아니다, 내가 보냈다. 그렇
게 생각하고　　는 게 아닙니까?"

"난……."

"당신은 인　　이에요. 아버지라는 역할을 짊어진 인형일 뿐
입니다. 역할　　빼앗아버리면, 당신은 아무것도 못할 사람이
에요. 그건 당　　아버지도 마찬가지였어요."

"아버지는　　."

달라, 라고　　어지게 될 남자의 말을 내 목소리가 막았다.

"똑같습니　　당신도, 당신 아버지도, 결국은 주어진 역할
을 수행한 것　　지나지 않아요. 태어난 시대가 서로 바뀌었다
면, 당신은 당　　아버지처럼 훌륭한 아버지가 되었을 테고, 당
신 아버지는　　신처럼 어찌할 바를 모른 채 망연자실하겠지

요. 당신은 운이 나빴을 뿐입니다."

"같다고? 아버지와 내가, 같단 말인가?"

"예."

확신에 찬 내 목소리가 떨고 있는 남자를 다정하게 감쌌다.

"같습니다."

남자는 무슨 말을 하려다가 입을 굳게 다물더니, 이윽고 천천히 입을 열었다.

"그렇다면, 난…… 난, 이제 어떻게 해야 좋을까?"

남자는 어처구니없을 정도로 순수한 표정으로 이렇게 물었다.

"버림받으세요. 당신에게는 미카를 버릴 수 있는 권리가 없습니다. 당신에게는 단지 미카에게 버림받을 의무만 있을 뿐입니다. 그래요. 당신이 우려하는 대로 가까운 장래에 미카는 당신을 버리겠지요. 그건 어쩔 수 없는 일입니다. 당신은 빈털터리니까. 미카에게 아무것도 해줄 수 없으니까. 그러니까."

내 목소리는 조용하면서도 거침없었다.

"깨끗이 버림받으세요."

내 파장이 남자에게서 떨어져 나왔다. 내 옆에는, 옅은 암흑과 침묵에 감싸인 채 머리를 부여잡고 미동도 하지 않는 남자가 있었다. 그는 자신이 생각한 만큼 그리 형편없는 아버지는 아니었을 것이다. 그가 원하는 목표치가 너무 높았을 뿐이리라. 혼자서 마음대로 쌓아 올린 이상향을 바라보며, 현실에서 눈을 돌려버리고 말았으리라.

나는 무슨 말이든 해야 할 것 같아 숨을 들이쉬었다. 하지만 결국 그 숨은 소리가 되지 못한 채 입가로 새어 나왔다.

도대체 얼마나 오랜 나날이었을까? 미카는 얼마나 오랫동안 이 암흑과 침묵 속에서 지냈던 걸까? 시시각각 목을 조여 오는 이 암흑과 침묵 속에서.

등 뒤에서 기척이 느껴졌다. 돌아보니 수건을 머리에 두른 미카가 그곳에 서 있었다. 화장을 지운 그녀의 모습은 어디에서나 볼 수 있는 연약한 중학생일 뿐이었다. 나는 내 옆으로 시선을 돌렸다. 연약한 중학생에게 버림받을까 봐 두려워하는, 한없이 연약한 어른이 있었다. 아버지가 아버지이길 포기하고, 어머니가 어머니의 자리에서 물러나버렸으니, 미카는 아버지가 되어주고, 어머니가 되어 자비를 베풀 수밖에 없었다. 괴로워 이를 악물었다. 하지만 물론 그런 역할을 오래 지속할 수 있을 리가 없었다.

무슨 일이야?

미카는 눈을 맞물으며, 고개를 약간 옆으로 기울였다.

나랑 같이 가자.

나는 그렇게 말하려고 했다. 모든 걸 버리고, 나와 함께 가자. 함께 이불 속으로 들어가, 욕망에서 시작되는 애정이 있는지 없는지 둘이서 시험해보자. 그렇게 말하려고 했다. 하지만 말할 수 없었다.

"늦었어. 이제 자야지. 따뜻하게 입어. 감기 들라."

내가 말했다.

미카는 나를 책하지 않았다. 나의 노력에 감사한다는 듯 미소를 짓고는, 다시 암흑 속으로 돌아갔다. 남자는 터져 나오려는 울음소리를 애써 참아내고 있었다.

구마가야는 아파트 입구의 자동문은 열어주었지만, 현관문의 체인은 풀어주지 않았다.

"잘 있었어?"

나는 조금 벌어진 좁은 틈 사이로 인사말을 건넸다.

"응."

구마가야가 대답했다.

"들어가면 안 돼?"

"친구가 와 있어."

"친구?"

"같은 대학, 같은 과, 미조구치 군."

나는 손목시계를 보았다. 11시 반을 넘어서고 있었다. 구마가야의 의도는 명백했다. 명백했지만, 나는 그 사실을 어떻게 받아들여야 할지 알 수 없었다.

"3초 안에 대답해."

구마가야가 말했다. 표정이 담담했다. 구마가야의 그런 얼굴을 나는 여태껏 본 적이 없었다. 전혀 모르는 누군가와 마주 보고 있는 듯한 기분이 들었다.

"같은 대학, 같은 과, 미조구치 군. 이상하지 않아?"

"이상하다니……"

갑자기 뜨거운 기운이 흘러나왔다. 조금 열린 문틈 사이로 목욕탕에서 샤워를 마치고 나오는 미조구치의 모습이 얼핏 보였다. 일순 시선이 마주쳤지만, 미조구치는 곧바로 그 문틈에서 모습을 감추고 말았다.

"대답해."

구마가야가 말했다.

"이상하지 않아? 아직도 모르겠어?"

"모르겠어. 대체 무슨 말을……."

구마가야는 천천히 고개를 저었다. 그리고 담담한 표정을 유지한 채 입술만으로 웃어 보였다.

"돌아가. 여기는 네가 올 곳이 아니야. 그러니까, 이제 그만 돌아가."

구마가야는 문을 닫으려고 했다. 나는 필사적으로 문틈에 손을 끼워 넣었다.

"설명해주지 않겠어? 대체 무슨 짓이야. 나보다 그를 더 좋

Alone Together 217

아하게 되었다면 그렇게 말하면 되잖아. 이런 행동은……."

"이런 행동은 너무해? 응? 내가 잘못하는 거야?"

구마가야가 말했다. 아까부터 조금도 변하지 않는 구마가야의 표정이 나를 초조하게 만들었다.

"내가 다니는 학교는 여대이고, 여대에는 여학생밖에 없어. 미조구치 군은, 내 친구 남자친구의 친구야."

"아아."

나는 그제야 납득했다.

"이제 알았어? 네가 좋아한 건 내가 아니었어. 넌 날 좋아하지 않아. 관심조차 없어. 말해봐. 왜 나랑 만난 거지? 단지 섹스 상대가 필요했던 거야?"

나는 뭔가를 말하려고 했다. 말하려고 했지만, 아무것도 떠올리지 못한 나의 입은 전혀 의미 없는 말만 내뱉고 말았다.

"너도 날 진정으로 받아들이지 않았어. 그렇잖아? 넌 이 집에 내가 들어오는 걸 싫어했지. 노골적으로 그렇게 말하진 않았지만, 항상 꺼리는 듯한 느낌을 받았어. 넌 항상 신중하게 거리를 뒀어."

"노력은 했어."

구마가야의 목소리는 조용했다.

"헤어스타일도 바꿔봤어. 바꿔도 아무 말이 없으니까, 마음에 안 드나 보다, 그렇게 생각해서 또 바꿨어. 기억해? 6개월

동안 나, 몇 번이 헤어스타일을 바꿨을 거 같아? 파마도 해
보고, 염색도 해고, 원래대로 되돌려도 보고……. 옷도 그
래. 커리어우먼은 바지 정장부터 소녀 같은 하늘하늘한 치
마까지. 덕분에 옷장이 넘쳐나. 의상 대여점을 차려도 될
정도야. 그래도 아무 말도 해주지 않았어. 나, 그 정도로 바
보는 아냐. 두려어. 항상 그랬어. 오늘 헤어지자고 하는 건
아닌지, 항상 마을 졸였어. 한마디만이라도 좋았는데. 그 머
리 어울린다. 아, 그것까지는 바라지도 않아. 머리 바꿨어?
그렇게 물어주 했어도, 난 만족했을 거야. 나에게 그 정도
의 관심만 가져어도, 난 널 받아들였을 거야. 하지만 넌 그
정도도 해주지 았어.”

　구마가야는 까지 평정을 잃지 않았다. 그녀의 목소리는
조용했다. 아마 년이라는 시간 동안 천천히, 그런 고요함에
익숙해졌는지도 른다. 내가 구마가야의 온기에 몸을 담그
고 있는 동안, 구가야는 줄곧 그 고요함 속에 몸을 담그고 있
었던 것이다. 혼서 쓸쓸히. 나는 그것도 모르는 바보였다.

　“구마가야, 하 싶은 말이 있어. 들어주지 않겠어? 지금까
지 너에게 말하 않은 게 있어. 5분이면 돼.”

　“그만 돌아가 집에 가서, 거울한테나 말하지 그래? 넌 거
울만 있어도 질 수 있잖아?”

　구마가야는 렇게 말하고는 문을 닫았다.

나는 닫힌 문에 이마를 대고 한참을 서 있었다. 구마가야의 말이 맞았다. 그렇겠지. 아마도 그렇겠지. 나는 그 사실을 확실히 깨닫고 있었다.

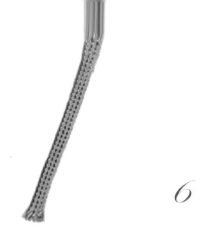

6

토요일부터 내리기 시작한 비는 월요일 아침이 되어도 그치지 않았다. 알람 시계보다 먼저 눈이 떠진 나는 이불에서 빠져나와 방 안을 휙 둘러보았다. 방 안에는 토요일과 일요일 이틀 동안 종이 위에 적어둔 거짓말들이 여기저기 흩어져 있었다. 나는 바닥에 흩어진 편지지 몇 장을 손에 닿는 대로 들고, 다시 한 번 차례차례 읽어보았다.

'본의 아니게 상처를 줘서 정말 미안하다. 하지만 난, 널 만날 수 있었다는 사실만으로도 깊이 감사해. 너와 함께했던 지난 반년은 내 인생에서 가장 행복한 나날이었다.'

'어떤 헤어스타일도, 어떤 옷도……'

라고 시작되는 편지지도 있었다.

'너에겐 너무나도 잘 어울렸어. 난 너의 모든 모습을 진심으로 사랑했다.'

'비가 내리는구나.'
라고 적힌 편지지도 있었다.

'너와 함께 비를 바라보던 날을 떠올려본다. 네가 처음으로 하룻밤을 머물고 갔던 그날. 그날, 우리는……'

나는 손에 들었던 편지지를 모두 찢어버렸다. 모든 게 다 거짓이었다. 나는 구마가야에게 감사하는 마음도 없었고, 용서를 구하고 싶은 마음도 없었으며, 화해하고 다시 시작할 마음도 없었다. 지금 생각해보면, 왜 내가 편지를 쓰려고 결심했는지조차 이해할 수 없었다.

나는 이틀간 헛되이 써버린 편지지를 주워 모아 하나도 빠짐없이 쓰레기통에 집어넣었다. 이틀간 글로 적어 내려간 거짓말 중 어느 하나도 구마가야에게 전달되지 않았다는 사실이 나에게는 유일한 위안이었다.

편지지를 모두 쓰레기통에 버리고 나니, 시계가 시끄럽게 울어대기 시작했다. 나는 알람을 끄고 창밖을 바라보았다. 양복과 교복을 차려입은 사람들이 우산을 쓰고 비에 젖은 길을 따라 역을 향해 걸어가고 있었다. 월요일에는 회의가 있다. 9시에 학원에 도착하려면 8시 반에는 집을 나서야 한다. 하지만 도저히 그럴 기분이 아니었다. 어떤 얼굴로 구마가야를 대하면 좋을지 생각하면서 나는 커피를 끓였고, 커피를 마시면서 달걀을 삶기 시작했다. 달걀이 채 익기도 전에 누군가가 문을 두드렸다.

"예."

나는 가스레인지 앞에 선 채로 문을 향해 소리쳤다. 대답이 없었다.

"신문이나 자유기고라면 그냥 돌아가십시오."

역시 아무런 대답이 없었다. 그 남자는 아닌 것 같았다. 그 남자였다면 애초에 노크 따위는 하지도 않았을 것이다.

가스레인지의 불을 켜둔 채 나는 문을 열었다. 다치바나 사쿠라가 전혀 어울리지 않는 교복 차림으로, 우산이 마치 지팡이인 양 체중을 실은 채 서 있었다. 자유의지로 날 찾아왔으면서도, 마치 오기 싫은 곳에 억지로 끌려온 듯한 표정으로 내 시선을 외면했다.

"안녕."

나는 되도록 쾌활한 목소리를 내려고 노력했다.

"안녕."

다치바나 사쿠라의 목소리는 무뚝뚝하기 짝이 없었다.

"무슨 일이야?"

다치바나 사쿠라는 대답하려는 듯 내 쪽으로 시선을 돌렸다. 하지만 한 번 입술을 꼭 깨물었을 뿐, 또다시 눈길을 돌려버렸다. 대답과 함께 터져 나오려던 무언가를 꾹 참는 것처럼 보였다.

"삶은 달걀 먹을래?"

나는 다치바나 사쿠라의 옆모습을 신중하게 관찰하면서 그렇게 물어보았다.

"지금 삶고 있거든. 먹을 거면 하나 더 넣으려고."

다치바나 사쿠라는 내 시선을 외면한 채 살며시 고개를 끄덕였다.

"일단 들어와."

나는 그렇게 말한 후, 냉장고에서 달걀을 하나 더 꺼내 냄비 속에 넣었다. 그동안 다치바나 사쿠라는 집 안으로 들어왔다. 개지도 않고 그대로 깔아둔 이불 위에 다치바나 사쿠라는 나에게 등을 돌린 채 무릎을 끌어안는 자세로 앉았다. 나도 다치바나 사쿠라에게 등을 돌린 채 사이좋게 나란히 놓인 두 개의 달걀을 보았다. 내가 덜그럭거리며 흔들리는 두 개의 달걀을 보고 있는 동안 다치바나 사쿠라는 결국 눈물을 흘리기 시작했다. 감정이 폭발해서 눈물이 터졌다기보다는 허용량을 넘어선 분량이 그만큼씩 주르륵 흘러내린다는 표현이 더 어울릴 만한 흐느낌이었다. 조용하게 시작된 울음소리는 더 커지지도 않고 일정한 톤을 유지했다. 나는 그녀에게 등을 돌린 채 달걀만 쳐다보았다. 이윽고 울음소리가 그치고, 코를 푸는 소리가 들렸다. 나는 냄비 속 물을 버리고 달걀을 찬물에 잠시 담근 뒤, 달걀이 든 냄비를 통째로 들고 다치바나 사쿠라처럼 이불 위에 주저앉았다.

"반숙이라 부드러울 거야."

나는 바닥에 냄비를 내려놓으며 말했다.

"응."

다치바나 사쿠라는 고개를 한 번 까딱한 후, 껍질을 벗기기 시작했다. 나도 껍질을 벗기기 시작했다. 우리는 말없이 그 작업을 계속했다. 냄비 속에 껍질이 쌓여갔다. 껍질을 다 벗긴 다치바나 사쿠라는 달걀의 매끄러운 피부를 잠시 감상한 후, 한 입 덥석 베어 물었다. 삶은 달걀을 네 입에 걸쳐 다 먹은 다치바나 사쿠라는 베개맡에 놓인 티슈 상자로 손을 뻗어 다시 한 번 코를 풀었다. 코를 풀면서 문득 무슨 생각이 들었는지 움직임을 멈추더니, 티슈 상자와 베개를 번갈아보았다.

"왜?"

내가 물었다.

"있잖아."

다치바나 사쿠라는 코 푼 휴지를 뭉치면서 말했다.

"섹스 같은 거 해본 적 있어?"

너무나도 직설적인 질문이라 나는 조금 쑥스러웠지만, 다치바나 사쿠라는 진지해 보였다. 다치바나 사쿠라는 대답을 재촉하듯 나를 가만히 바라보았다.

"휴지가 거기 있다고 해서 그런 생각이 떠오르다니, 너무 단편적인 발상인데? 휴지의 용도는 그보다 훨씬 다양해. 너도 지금 코를 풀었잖아."

"단순한 질문일 뿐이야. 한 적 있어, 없어?"

나는 말문이 막혔다. 있다고 하면, 다치바나 사쿠라는 그 사실에 대해 더 파고들려고 할 것이다. 과연 중학생 여자아이에게 있는 그대로를 이야기해도 되는지, 나로서는 판단하기 어려웠다.

"어떤 종류의 이야기는 그에 맞는 장소와 시간이 필요하다고 생각해. 그 이야기는 적어도 비 내리는 월요일 아침에 혼자 사는 남자 집에서 할 수 있는 게 아니야. 아마 실제보다 훨씬 더 난잡하고 불쾌한 이야기로 들릴 거야. 앞으로를 위해서 그런 이야기는 하지 않는 게 좋을 것 같아."

다치바나 사쿠라는 한참을 생각하더니, 마침내 납득했다는 듯 고개를 끄덕였다.

"그럴지도 모르겠네."

다치바나 사쿠라는 동그랗게 뭉친 휴지를 쓰레기통에 버린 후, 방구석에 놓인 거울 앞으로 가 자신의 모습을 점검했다.

"무슨 일 있었어?"

내가 물었다.

"뭐, 별로."

다치바나 사쿠라는 손으로 잡아당긴 자신의 앞머리를 칩떠보면서 말했다.

"말해버리는 게 좋아. 뭐 그리 대단한 일이 아니더라도 말이야. 혼자서 껴안고 있는 동안 썩고 발효되고 곰팡이가 피어서, 결국 손쓸 수 없게 될지도 모르니까."

내게 있는 힘을 사용한다면 간단한 일이었다. 하지만 그녀에게는 그 힘을 쓸 수가 없었다. 쓰고 싶지도 않았다. 다치바나 사쿠라는 나를 힐끗 쳐다보긴 했지만, 곧바로 시선을 거울로 되돌렸다. 그리고 양손으로 짧은 옆머리를 쓸어 올리더니 하나로 묶으려는 시늉을 했다.

내가 다시 말을 걸기 전에 다치바나 사쿠라가 먼저 입을 열었다.

"학교 가는 길에, 전철에서 치한을 만났어."

다치바나 사쿠라는 하나로 모은 머리를 억지로 위로 잡아당기고 있었다.

"내 엉덩이를 만지면서 귀를 핥더라고."

"그래?"

"입 냄새가 지독했어."

"그랬어?"

"그런 일로 충격을 받은 건 아니지만, 왠지 학교에 가고 싶은 생각이 싹 사라져서 말이지.”

“서로 통했나 보군.”

“뭐가?”

“나도 오늘 아르바이트 갈 기분이 아니었거든.”

다치바나 사쿠라가 내 쪽을 돌아보았다.

“우리 땡땡이칠까? 비도 오고.”

내 제안에 다치바나 사쿠라는 나에게서 눈길을 떼고 창밖을 바라보았다.

“그럴까? 비도 오니까.”

창밖으로 계속 시선을 주던 다치바나 사쿠라도 마침내 고개를 끄덕였다.

그렇다고 해도 뭘 하며 시간을 보내야 할지 막막하기만 했다. 우선 눈에 거슬렸던 이불을 개서 벽장에 넣으려는데, 이불 밑에서 편지지 한 장이 떨어졌다. 그 편지지를 뭉쳐서 쓰레기통에 던져버리는 순간, 왠지 방을 깨끗이 쓸어버리고 싶은 충동이 일었다. 어쩌면 할 일이 아무것도 없었기 때문인지도 몰랐다. 다치바나 사쿠라는 부지런히 청소하는 나를 곁눈질로 쳐다보면서 텔레비전을 보는 척했다. 하지만 결국 텔레비전을 끄고 일어나 청소를 도와주었다. 결과론이긴 했지만, 몸을 움직이다 보니 우울한 기분도 달랠 수 있었고, 그건 다치바나 사쿠라도 마찬가지인 듯했다. 신문지를 모아 끈으로 묶고 나서 방바닥을 걸레로 깨끗이 닦은 후에도, 우리는 계속 몸을 움직였다. 목욕탕을 수세미로 문지르고, 창틀까지 걸레로 닦았다.

"혼자 살면 좋아?"

가스레인지에 찌든 기름때를 닦아내면서 다치바나 사쿠라가 물었다. 목소리에도 표정에도 다시 생기가 살아나 있었다.

"좋다기보다 편하지. 자고 싶을 때 자고, 일어나고 싶을 때 일어나고, 배고프면 먹고, 방귀도 마음대로 뀔 수 있거든."

나는 텔레비전 뒤에 솜처럼 뭉쳐 있는 먼지를 쓸어내면서 말했다.

"그 정도만으로도 시도해볼 가치가 있을 것 같다."

다치바나 사쿠라가 말했다.

"귀찮은 점도 있어. 달걀을 직접 삶아야 한다는 점."

"그 정도는 감수할 수 있어. 미즈타니 씨의 눈치를 보고 아빠의 시시한 농담에 웃어줘야 하는 것보다 훨씬 낫겠네, 뭐."

다치바나 사쿠라는 그 두 사람 이야기를 선뜻 입에 담았다. 표정을 슬쩍 훔쳐보았지만, 다치바나 사쿠라는 그 두 사람에게 아무런 구애도 받지 않는 것 같았다.

"아버지가 하는 농담이 시시해?"

나는 물어보았다.

"이미 소음 공해 수준이야."

다치바나 사쿠라가 대답했다.

나는 다치바나 사쿠라의 아버지에 대해 생각해보았다. 가정부와 불륜에 빠지고, 아내가 살해당한 남자. 아내가 죽은 후, 그 불륜 상대와 함께 사는 남자. 그게 마음에 걸려 농담으로 딸의 비위를 맞추려는 남자. 그런 데다 소음 공해 수준의 시시한 농담밖에 할 수 없는 남자.

그 남자 역시 어찌할 방법이 없었을 것이다.

"그만둬."

이렇게 말하는 다치바나 사쿠라의 목소리에 뒤돌아보았다. 그녀는 쓴웃음에 가까운 미소를 지으며 나를 보고 있었다.

"그리 깊이 생각할 만한 사람도 아니야."

"그래?"

"적어도 비 오는 월요일 아침에 생각하고 싶은 사람은 아냐. 그럴 만한 가치가 없어."

허세가 아니라 진심인 것 같았다. 정말로 다치바나 사쿠라는 아버지에게 아무런 가치도 느끼지 못하는 것 같았다.

결국 우리는 오전 시간을 청소하는 데 모조리 소비했다. 오후가 되니 비가 그쳤다. 우리는 집에 있던 라면으로 점심을 때운 뒤 밖으로 나왔다.

평일 낮인데도 시부야에는 중·고등학생으로 보이는 아이들이 많이 나와 있었다. 공원 거리에 있는 캐주얼웨어 가게로 들어간 다치바나 사쿠라는 두 개의 셔츠를 두고 벌써 10분이나 갈등하고 있었다. 하나는 흰색 바탕에 꽃무늬가 들어간 면직물 셔츠이고, 다른 하나는 밝은 핑크빛의 화학섬유 셔츠였다. 둘 다 너무나 여성스러운 분위기여서, 어느 쪽도 다치바나 사쿠라에게는 어울리지 않을 것 같았다.

"좀 봐줘. 어떤 게 더 예뻐?"

다치바나 사쿠라는 그 두 가지 셔츠를 나란히 내밀며 나에게 물었다.

"이쪽."

둘 다 어울리지 않는다는 말은 결국 하지 못하고, 나는 내 쪽에서 오른편에 보이는 핑크빛 셔츠를 대충 가리켰다. 왼손에는 이미 종이봉투가 네 개나 들려 있었으므로, 오른손을 내밀기가 더 편했기 때문이다.

"그래? 그럼 이쪽은 양보할게."

다치바나 사쿠라는 내가 선택한 핑크색 셔츠를 나한테 떠맡기더니, 꽃무늬 셔츠만을 들고 계산대로 걸어갔다. 나는 쓴웃음을 지으며 셔츠를 옷걸이에 걸어두었다.

점심으로 라면을 먹으면서 오후 시간을 어떻게 보내고 싶은지 묻자 다치바나 사쿠라는 한참을 생각한 후 쇼핑, 이라고 대답했다. 다치바나 사쿠라답지 않은 대답이라는 생각이 들었다. 하지만 그녀도 결국은 보통 여중생이었다는 사실에 묘하게 안심한 나는 그녀의 제안에 선뜻 응했다. 아무리 그렇다고는 하지만, 다치바나 사쿠라가 설마 시부야에서 쇼핑을 하리라고는 생각지도 못했다. 다치바나 사쿠라가 시부야에서 쇼핑을 즐기고 있는 그 순간조차도, 내 머릿속에서는 다치바나 사쿠라와 쇼핑과 시부야라는 세 단어가 일직선으로 모이지 않았다.

"자, 다음 차례."

다치바나 사쿠라는 셔츠가 든 종이봉투를 내 손에 맡기더니 성큼성큼 걸어가기 시작했다.

"다음? 셔츠도 사고, 치마도 사고, 모자도 샀어. 구두도 샀고. 사야 할 게 또 있단 말이야?"

나는 눈을 휘둥그렇게 뜬 채 양손에 들린 종이봉투를 내밀며 물었다. 그 어떤 봉투에나 다치바나 사쿠라에게 전혀 어울리지 않는 물건이 들어 있었다. 장난으로 골랐다고밖에 생각되지 않을 만큼 지나치게 여성스러운 디자인만 가득했다.

"팬티."

다치바나 사쿠라는 한마디로 대답했다.

나는 그녀의 대답을 농담으로 받아들이고 웃어넘겼다. 하지만 그 가게를 나온 다치바나 사쿠라는 바로 근처에 있는 백화점으로 들어가 속옷 매장으로 직행했다. 왠지 쑥스러워진 나는 속옷 코너를 둘러보는 다치바나 사쿠라를 먼 발치에서 바라보았다. 하지만 점원과 손님들이 힐끗힐끗 쳐다보는 바람에 할 수 없이 매장 안으로 들어가 다치바나 사쿠라의 옆에 나란히 섰다.

"나한테 잘못이 있다면, 뭐든지 사과할게. 미안하다. 땅에 엎드려서 구두를 핥으라면 그렇게라도 할게. 그러니까 이제 그만해."

나는 다치바나 사쿠라에게 나지막이 속삭였다.

다치바나 사쿠라는 핑크빛 레이스가 달린 유난히도 자그마한 실크 소재 팬티를 손에 들고 이리저리 쳐다보았다.

"이런 팬티 입으면, 남자들이 달려들까?"

"어떤 팬티를 입어도 달려들 거야. 너라면 남자용 팬티를 입어도 충분해. 전 인류의 남성을 대표해서 내가 보증할게. 그러니까 그만 나가자."

"고마워."

다치바나 사쿠라는 그렇게 말한 후 같은 디자인의 하얀색 팬티를 손에 들었다.

"아무래도 하얀색이 좋겠지?"

"그런 팬티 입고 다니는 걸 아버지가 알기라도 해봐. 아마 뇌일혈로 쓰러질걸? 미즈타니 씨는 세상을 비관해서 절에 들어가 버릴지도 몰라."

"이상한 말 좀 하지 마. 둘 다 사고 싶어지잖아."

다치바나 사쿠라는 나를 곁눈질로 노려보았다.

나는 아무 말 하지 않기로 했다. 다치바나 사쿠라는 그러고 나서도 한참을 망설이더니, 그보다는 약간 도덕적인 디자인의 하얀색 팬티를 샀다. 어느 정도 도덕적이라고는 하지만, 아무리 생각해도 중학생용으로 만든 팬티로는 보이지 않았다. 아니면 요즘 중학생들은 모두 그런 팬티를 입고 다니는 걸까? 내가 몰랐을 뿐이지, 내가 중학생이었을 때도 같은 반 여자아이들이 그런 팬티를 입고 다녔을까? 만약 그렇다면, 나는 상당한 손해를 본 셈이다. 그 당시 내 옆에 앉은 여자애가 그런 팬티를 입고 있다는 걸 알았다면, 나도 조금은 더 긴장감 있는 학교생활을 했을 텐데 말이다.

"거기, 두 사람."

너무 오랫동안 걸어서 지쳐버린 우리는 조금 쉬고 싶다는 생각에 근처 햄버거 가게로 걸음을 옮겼다. 그때 마치 찢어질 듯한 목소리가 거만한 어투로 우리를 불러 세웠다. 다치바나 사쿠라와 나는 목소리가 나는 쪽을 돌아보았다. 길가에 하얀색 천을 덮어씌운 책상이 있었고, 책상 안쪽에는 검정 일색의 옷을 온몸에 두른 사람이 앉아 있었다. 분위기로 봐서는 점쟁이가 틀림없었지만, 연령은 고사하고 성별조차 판단하기가 어려웠다.

다치바나 사쿠라와 나는 어리둥절한 표정으로 서로를 쳐

다보았다.

"그렇게 서 있지만 말고, 이리 좀 와보게."

그 또는 그녀, 아니 그 사람은, 책상 안쪽에 앉은 채로 우리에게 오라는 손짓을 했다. 나는 무시하려고 했지만 다치바나 사쿠라는 장난기 어린 미소를 지으며 그쪽으로 발걸음을 돌렸다. 나는 할 수 없이 그 뒤를 따랐다.

"으음."

그 사람은 우리가 순순히 자기 말을 따랐다는 것에 기분이 좋아진 듯 크게 고개를 끄덕였다.

"내가 자네들의 운세를 점쳐주지. 배꼽을 보여주게나."

"예?"

나는 어이가 없어 이렇게 되물었다.

"배꼽 말이야, 배꼽."

그 사람은 그렇게 말하면서 자신의 배를 툭툭 두드렸다.

"배꼽? 손이 아니라?"

나는 또다시 되물었다.

그 사람은 얼굴을 잔뜩 찌푸리며 말했다.

"손은 뭐하러 보나? 사람 몸의 중심이 대체 어딘가? 손은 말이네, 세상과 늘 접촉하니 더러움이 묻을 수밖에 없어. 얼굴도 마찬가지야. 그런 델 보고 뭘 알 수 있겠나? 기껏해야 그 인간의 표면밖에 볼 수 없어. 인간의 근본을 나타내는 곳은 바로 배꼽이야. 배꼽이 무엇 때문에 있다고 생각하나? 배꼽은 우리 인간에게 아무런 도움이 안 돼. 그럼 왜 배꼽이 있어야 만 하겠나? 그건 보기 위해 있는 거야. 내 말을 이해했다면 냉 큼 배꼽을 보여주게."

"죄송하지만."

많은 사람들이 큰 소리로 배꼽, 배꼽, 하면서 소리치는 검 정 일색의 점쟁이와, 그 앞에 서 있는 두 젊은이를 곁눈질로 흘끔흘끔 쳐다보았다. 나는 그 사람들의 시선에 신경을 쓰면 서 말했다.

"할머니가 돌아가시면서 다른 사람 앞에서는 절대로 배꼽 을 보이지 말라는 유언을 남기셨어요."

그 사람은 복잡한 표정을 지으며 팔짱을 꼈다.

"유언? 참 묘한 할머니로군."

"그것 말고도 여러 가지 있었지만요. 악어고기는 먹지 마 라, 도고(道後)온천(일본 에히메 현 마쓰야마 시에 있는 역사 깊은 온천 으로, 애니메이션 〈센과 치히로의 행방불명〉의 배경이기도 하다—옮긴이) 에는 10분 이상 들어가 있지 마라……."

"흐음, 유언이 그렇다면 뭐 할 수 없지."

"나는 보여줄 수 있어요."

다치바나 사쿠라는 그렇게 말하며 곧바로 교복 블라우스를 기운차게 들어 올렸다. 지나가던 양복 차림의 젊은이가 다치바나 사쿠라를 정신없이 쳐다보다가, 길가에 세워진 자전거에 걸려 넘어졌다.

"그만둬, 이 바보."

나는 주위를 둘러보면서 가슴 바로 아래까지 걷어 올린 블라우스를 재빨리 내려주었다.

"바보라고 할 것까진 없잖아."

"그렇지. 바보라고 할 것까진 없지."

다치바나 사쿠라의 말에 그 사람도 맞장구를 쳤다.

"길거리에서 무슨 짓이야. 다들 보잖아."

"뭐 어때? 보여준다고 닳아 없어지는 것도 아닌데."

"그렇지. 배꼽은 보여주기 위해 있는 거야."

나는 그만 귀찮은 생각이 들어, 다치바나 사쿠라의 블라우스에서 손을 뗐다.

"어때요?"

다치바나 사쿠라는 블라우스를 들어 올린 채 그 사람에게 물었다. 그 사람은 한참 동안 배꼽을 응시하더니, 이윽고 짧은 신음소리를 흘렸다.

"수라(修羅)의 배꼽이로세."

내 입에선 웃음밖에 나오지 않았다.

"인생이 곧 아수라장이야. 그것도 평생 동안. 그건 네 숙명이야."

그 사람은 비웃는 나를 완전히 무시하면서 진지한 목소리로 이렇게 말했다. 이에 다치바나 사쿠라는 으음, 으음, 소리를 내며 고개를 끄덕였다.

"혹시, 이미 수라를 만나지 않았는가?"

그 사람은 이렇게 말하며 배꼽에서 다치바나 사쿠라의 얼굴로 시선을 옮겼다.

"으음, 그게 보이나요?"

다치바나 사쿠라는 조심스레 입을 열었다.

"두말하면 잔소리. 배꼽만 보면 알 수 있다네."

"저기, 있잖아."

내가 끼어들었다.

"마음이 바뀌었나?"

그 사람이 말했다.

"그래. 한번 보여줘 봐. 어차피 공짜잖아."

다치바나 사쿠라가 말했다.

"고, 공짜?"

그 사람이 내는 괴상한 목소리를 완전히 무시한 채 다치바나 사쿠라는 계속 말을 이었다.

"아니, 그렇잖아. 이 사람도 설마 자기가 먼저 말을 걸어놓고서 돈을 달라고 하지는 않을 거 아냐. 바가지 쓰고 비싼 요금 물게 될까 봐 무서워서 안 본다고 했지? 그렇진 않을 거야.

서로 믿고 살아야지. 안 그래요?"

다치바나 사쿠라가 갑자기 뒤돌아보자, 당황한 그 사람은 황급히 고개를 끄덕였다.

"그래, 믿고 살아야지."

"적어도 너한텐 그런 말 듣고 싶지 않아."

나는 다치바나 사쿠라에게 말했다.

"나니까 이런 말을 할 수 있는 거야."

다치바나 사쿠라는 그렇게 말하며 내 셔츠를 잡고 얼른 들어 올렸다.

"봐주세요. 어떤가요?"

공짜라는 말에 완전히 의욕을 상실해버린 그 사람은 내 배꼽을 힐끗 쳐다보는가 싶더니, 별안간 눈을 크게 뜨고 몸을 앞으로 쑥 내밀었다. 그리고 환자의 엑스레이 사진을 보는 의사처럼 눈을 가늘게 떴다. 그렇게까지 심각한 얼굴을 하다니, 나도 슬슬 걱정이 되기 시작했다.

"나도 수라 배꼽인가?"

나는 조심스럽게 입을 열었다.

"아니, 이런."

그 사람은 작은 목소리로 중얼거리더니, 내 배꼽으로 손을 뻗었다.

"자네, 정체가 뭔가?"

그 사람은 내 배꼽의 윤곽을 더듬으며 말했다. 나는 간지러워 견딜 수가 없었다.

"무슨 말이에요? 뭐가 이상한가요?"

다치바나 사쿠라가 그 사람 앞으로 얼굴을 갖다 댔다. 그 사람은 다치바나 사쿠라의 얼굴을 쳐다본 다음, 내 배꼽을 다시 한 번 보더니, 마지막으로 내 얼굴을 보면서 한마디 툭 내뱉었다.

"자네 배꼽에서 죽을 상이 보여."

나는 흐음, 하는 소리를 내며 생각했다. 배꼽으로도 관상을 볼 수 있단 말인가?

"죽을 상이라니, 이 사람, 죽나요?"

"인간으로 태어났다면 언젠가는 죽게 마련이지. 그 정도라면 내가 이렇게 놀라지도 않겠다만."

그 사람이 다시금 내 배꼽으로 손을 뻗으려 했기 때문에 나는 재빨리 셔츠를 내려버렸다.

내 배꼽이 셔츠 속으로 숨어버리자, 그 사람은 아쉽다는 표정을 지었다.

"대체 뭐예요?"

책상 위에 손을 짚고 몸을 쑥 내미는 다치바나 사쿠라를 무시한 채 그 사람은 나에게 시선을 집중하며 물었다.

"이런 말 해서 미안하지만, 자네, 보통 인간인가?"

"예?"

"유령이라든지, 실체화된 사념이라든지, 아마쿠사 시로(天草四郎, 대형 농민반란인 시마바라의 난의 중심인물로, 당시 16세의 소년이었다. 신의 대리인으로서 여러 가지 신통력을 발휘했다고 한다─옮긴이)의 환생이라든지, 그런 건 아니지?"

"그렇게 물으니 자신은 없지만, 아마 아닐 겁니다."

"흐음."

그 사람은 팔짱을 끼고 생각에 잠겼다.

"빨리요. 도대체 뭐예요? 빨리 말하라니까요."

다치바나 사쿠라는 주먹으로 그 사람의 머리를 내리쳤다.

"나도 몰라."

그 사람은 자신의 턱을 문지르면서 말했다.

"자네 배꼽은 살아 있는 인간의 배꼽이 아닐세. 그런데 자네는 살아 있어. 아무래도 수행 부족인 게야. 나도 더는 모르겠네."

"뭐야? 대체."

다치바나 사쿠라는 입을 쑥 내밀었다.

"아무리 다그쳐도 모르는 건 모르는 거야. 용서하게나. 조금 더 수행한 다음에, 다시 만나도록 하세."

여전히 불만스러운 얼굴로 그 자리에서 움직이지 않는 다치바나 사쿠라의 손을 잡아끌며, 나는 햄버거 가게로 발길을 옮겼다. 그 사람은 문득 생각난 듯 이렇게 덧붙였다.

"내가 수행을 마칠 때까지, 자네, 죽지 말게나!"

그 사람은 내 등에다 대고 소리쳤다.

"피곤해."

다치바나 사쿠라는 햄버거 가게에서 밀크세이크를 마시며 말했다.

월요일 낮인데도, 가게는 다치바나 사쿠라와 비슷한 또래의 남자아이들과 여자아이들로 북적였다. 그들은 모두 친구들과 함께 즐거운 듯 떠들어대고 있었다. 잡지 하나를 가운데 펴놓고 깔깔거리는 아이들도 있었고, 화장이 너무 짙다는 둥 너무 촌스럽다는 둥 친구의 얼굴을 도마 위에 올려놓고 열심히 잔소리를 하는 아이들도 있었다. 이 아이들과 다치바나 사쿠라의 차이점은 무엇일까? 나는 생각해보았다.

"재밌었지? 수라의 배꼽과 죽은 사람의 배꼽."

"저런 말을 믿는 얼간이들이 있으니 점쟁이들이 설치고 다니는 거야."

나는 커피세이크를 마시면서 퉁명스럽게 말했다.

"재미로 보는 거지. 그렇게 화낼 만한 일도 아닌데 뭘. 이렇게 웃을 수도 있고."

잡지를 둘러싸고 있던 한 무리가 자리에서 일어났다. 그 아이들은 쟁반도 쓰레기도 재떨이도 치우지 않았다. 중년이라고 하기엔 조금 젊어 보이는 점원이, 그렇지만 인생에 지쳐버린 중년의 표정으로, 자식뻘인 아이들이 남겨놓은 흔적을 깨끗이 치우기 시작했다.

"쇼핑하러 자주 오니?"

그 점원과 눈이 마주친 나는 황급히 다치바나 사쿠라 쪽으로 시선을 돌리며 물었다.

"엄마가 살아계실 때는 그랬지. 그런 걸 좋아하는 사람이었으니까. 일요일만 되면 항상 날 데리고 쇼핑하러 다녔어. 전에 살던 집 근처에 교회가 있었는데, 매주 일요일에 그 교회 사람 부탁으로 엄마가 피아노를 쳐주기로 했었거든. 찬송가 반주말이야. 그게 끝나면, 항상 날 데리고 백화점으로 직행했어. 마치 정해진 스케줄처럼. 백화점에 가면, 입는 것 신는 것 쓰는 것 할 것 없이 닥치는 대로 사들이는 거야. 엄마가 나한테 이것저것 입혀보고 신겨보는 모습이 정말 즐거워 보여서 나는 참고 있었어. 지금 생각해보면 아무래도 정상이 아니었어. 정말이지 손에 닿는 건 뭐든지 살 정도였다니까."

"엄마 입장에선 즐거운 일이었겠지. 사이가 좋았나 보구나."

순식간에 다치바나 사쿠라의 얼굴에서 표정이 싹 사라져버렸다. 입 밖에 내선 안 될 말이었는지 생각해보았지만, 결국 알 수 없었다. 다치바나 사쿠라는 한동안 말없이 밀크셰이크를 마셨다. 여기서 한마디라도 더 해버리면 내 무덤을 더 깊이 파는 격이 될 것 같아, 나 역시 묵묵히 커피셰이크만 마셨다. 두 개의 빨대가 거의 동시에 꾸르륵꾸르륵하는 소리를 냈다.

"피아노, 그만뒀다고 했었잖아?"

다치바나 사쿠라는 빈 컵을 테이블에 올리며 말했다.

"응. 굉장히 잘 치는데. 그렇지?"

나도 컵을 손에서 놓으며 고개를 끄덕였다.

"굉장히 잘 치기 때문, 이야."

"응?"

"맨 처음 나에게 피아노를 가르쳐준 건 바로 엄마였어. 나는 엄마의 피아노 소리가 세상에서 제일 좋았어. 어떤 훌륭한 연주를 들어도, 엄마가 더 잘 친다고 항상 생각했어. 기술이라든지 감성이라든지, 뭐 그런 것을 모두 초월하는 그 무언가가 엄마의 피아노에 있다고. 엄마처럼 치고 싶다, 그런 생각으로 열심히 연습했었지."

다치바나 사쿠라는 어딘가 먼 곳을 쳐다보는 듯한 눈으로 말했다.

"응."

"봄방학 때, 유럽에 갔었어. 거기서 연주란 연주는 모두 듣고 다녔지. 굉장했어. 바탕부터가 달라. 음악이란 것이 인간에게 어떤 존재로 인식되는지부터가 우리하고는 전혀 다른 거야. 나는 흥분할 수밖에 없었어."

"응."

"많은 걸 느끼고 일본으로 돌아왔어. 이 느낌을 엄마에게 어떻게 전하면 좋을까 생각하면서, 집으로 들어갔어. 그런데 엄마가 피아노를 치고 있는 거야. 난 참을 수가 없었어."

"응?"

"아니, 처음에는 엄마가 아닌 줄 알았어. 내가 여행 가고 없는 동안, 미즈타니 씨가 피아노를 시작한 줄로만 알았지. 그 정도로 형편없었거든. 정말 듣기 민망할 정도로. 화가 머리끝까지 치밀어 올랐어. 그 피아노는 엄마랑 내 거야. 아빠가 좋다면 마음대로 해. 하지만 그 피아노에는 손대지 마. 죽어도 만지지 마. 그렇게 말해줄 생각으로 방문을 열었지. 그런데 그곳에 앉아 있는 건 미즈타니 씨가 아니라 엄마였어."

"아아."

나는 진심으로 안타까웠다.

엄마가 해주는 요리가 제일 맛있다고 믿었던 아이가 일류 레스토랑의 요리를 먹고 돌아왔을 때 느끼는 감정이 바로 이런 거겠지. 재능이 없었다면 좋았을 텐데. 하지만 그녀에겐 재능이 있었다. 그 맛의 차이를 분별할 수 있는 혀를 가지고 말았던 것이다.

"나, 아무 말도 할 수가 없었어. 유럽에 대해서 물어도, 그

저 그랬다고만 대답했어. 그런데 그 이후로, 엄마의 연주를 도저히 듣고 있을 수가 없는 거야. 뭐야, 저 터치는? 뭐야, 저 리듬감은? 뭐가 그렇게 즐거워서 피아노 따위를 치는 거야? 부탁이니 내 앞에서 그런 연주는 제발 하지 말아줘. 엄마의 연주를 들을 때마다 그렇게 말하고 싶어졌어. 아예 귀를 막아버리고 싶었지. 그걸 엄마가 눈치챘던 거야, 분명히. 그래서, 그래서 엄마가 그런 짓을…….”

다치바나 사쿠라는 입술을 세게 깨물었다. 입술이 찢어질 만큼 강하게. 나는 그녀의 입술에서 피가 흘러내리는 모습을 보고 싶지 않았다. 그러니 어떻게든 말을 시켜야만 했다. 단지 그 이유에서 나는 이렇게 물었다.

“엄마가 돌아가신 날 밤, 병원에 갔었다며?”

다치바나 사쿠라의 입 주위가 약간 씰룩거렸다. 소녀의 얼굴에 마치 노파와 같은 미소가 담겼다.

“정말 모르는 게 없구나.”

“뭐 하러 갔었니?”

“엄마를 죽이러. 불쌍했거든. 죽으려고 했는데 죽지도 못하고, 기계에 매달려서 억지로 살아야만 하는 엄마가 불쌍했거든. 엄마를 그렇게 만든 건 바로 나니까, 나에게 그럴 책임이 있다고 생각했어.”

다치바나 사쿠라가 말했다.

"네가 잘못한 건 없어."

내가 말했다.

"그럼 누구 잘못이야? 아빠? 미즈타니 씨? 아니면 엄마 자신?"

"그 누구의 잘못도 아냐. 그건 어쩔 수 없는 일이었어. 살다 보면 그런 경우도 있지."

다치바나 사쿠라는 고개를 끄덕였다.

"그래, 그럴지도 몰라. 아무도 나쁘지 않아. 그러니까 역시, 내가 나빴던 거야. 그래서 아무도 용서할 수 없는 거야. 모두 내 잘못이거든. 나쁜 사람은 처음부터 아무도 없었어."

다치바나 사쿠라는 한참 동안 빈 컵을 만지작거렸다. 나는 아무 말도 할 수 없었다. 이런 상황에서 변변한 위로의 말 한 마디 건넬 수 없는 나의 미숙함이 견딜 수 없을 만큼 싫을 뿐이었다. 다치바나 사쿠라는 손에 든 컵을 와그작 우그러뜨리더니 벌떡 일어섰다.

"고마워, 같이 다녀줘서. 먼저 갈게."

다섯 개의 종이봉투를 양손에 들고, 다치바나 사쿠라는 가게를 나갔다. 나는 우그러진 컵과 함께 그녀에게 버림받고 말았다. 그 사실에 대해 컵은 특별한 불만이 없는 것 같았고, 나는 불만을 가질 자격조차 없었다. 그리고 다치바나 사쿠라는 사라졌다.

방문자는 새벽 2시에 들이닥쳤다. 처음에는 무시하려 했지만, 현관문을 두드리는 노크소리에 심상치 않은 긴장감이 실려왔다. 나는 이불에서 빠져나와 문을 열었다. 그곳에 낯선 남자가 서 있었다. 그 남자는 내 어깨 너머로 방 안을 들여다보았다.

　"잠깐만요. 대체 무슨 짓입니까?"

　집 안으로 비집고 들어오려는 남자를 막으며, 나는 소리쳤다.

　"사쿠라, 여기 안 왔나요?"

　남자가 말했다. 그 어깨 너머로 미즈타니 씨의 얼굴이 보여, 나는 비로소 그 남자가 다치바나 사쿠라의 아버지라는 사실을 짐작할 수 있었다.

　"여기 있을 리가 없지 않습니까? 지금 새벽 2시예요."

　"그렇지요."

　남자는 안심했다는 듯, 그렇지만 여전히 걱정된다는 얼굴로 말했다.

　"사쿠라에게 무슨 일 있습니까?"

　"집에 없어요."

　미즈타니 씨가 말했다.

　"없다고요? 이 시간에 집에 없다뇨?"

　나는 깜짝 놀라서 물었다.

"그러니까 지금 이렇게 찾고 있는 것 아닙니까?"

남자에게서 불끈 화가 치민다는 표정이 느껴졌다.

"사쿠라 방에 여기 주소가 있어서 찾아온 거예요."

자칫 잘못하다간 언성이 높아질지도 모르겠다는 생각이 들었는지, 미즈타니 씨가 다급하게 끼어들었다.

"언제부터 안 보였습니까? 오늘 오후에는 저와 같이 있었습니다. 쇼핑을 했죠. 그러고는 집에 돌아왔습니까?"

"예, 4시 조금 지나서 들어왔어요. 그리고 저녁 시간까지는 있었어요. 저녁식사 준비가 끝나서 사쿠라를 부르러 갔더니, 그랬더니, 고양이가 없어졌다면서……."

"고양이를 찾으러 나간 거군요. 그렇게 나간 후에 안 돌아온 겁니까?"

"예. 그런데 우리는 고양이를 기르지 않거든요. 사쿠라가 말한 고양이라는 게 대체 뭔지……."

미즈타니 씨가 말했다.

고양이를 기르지 않는다고?

"어? 아니, 고양이를 기르지 않는다고요?"

나는 어리둥절한 표정으로 설명하기 시작했다.

"그때 말입니다, 사쿠라 방에 들어갔더니, 침대 위에 고양이 한 마리가 자고 있었어요. 새하얀 고양이였는데, 털이 유난히도 짧고 건방져 보이는."

내가 이렇게 말하자, 남자와 미즈타니 씨는 동시에 서로를 쳐다보았다. 두 사람 사이에 묘한 긴장감이 흘렀다.

"아무튼, 여기는 안 왔단 말씀이시죠? 알았습니다. 다른 델 찾아봐야겠습니다. 한밤중에 실례가 많았습니다."

남자는 나를 향해 돌아서며 말했다.

"저도 같이 찾아보겠습니다."

나는 위에 걸칠 만한 옷을 가지러 일단 방으로 들어가려 했지만, 남자가 제지했다.

"아닙니다. 그냥 집에 계시는 게 좋을 것 같습니다. 사쿠라가 이쪽으로 올지도 모르니, 만약 오면 연락 주십시오. 아니면, 혹시 짐작 가는 곳이라도?"

남자의 물음에 나는 고개를 저었다.

"아뇨, 없습니다."

남자는 뭔가를 묻고 싶은 표정으로 나를 바라보았다. 생각해보니, 우리는 자기소개조차 하지 않았던 것이다. 내가 뭘 하는 사람이고 자신의 딸과 어떤 관계인지, 남자가 궁금해하는 것은 당연했다. 하지만 남자는 지금 우선 해야 할 일이 무엇인지를 잘 알고 있었다.

"그럼 잘 부탁드리겠습니다."

남자는 그 말만을 남기고 미즈타니 씨와 함께 암흑 속으로 달려 나갔다.

7

"어이, 야나세."

내가 문을 열자, 구도 선생이 먼저 말을 걸어왔다. 구마가야는 슬쩍 시선을 다른 쪽으로 돌렸다. 나는 우선 마미야 선생에게로 다가갔다.

"지난번에는 정말 죄송했습니다. 제 발언이 지나쳤습니다."

마미야 선생은 바로 앞에 놓인 함정의 깊이를 재보려는 듯 나를 가만히 바라보았다.

"모성은 착각이라는 말 따위는 하지 말았어야 했습니다. 깊이 반성하고 있습니다. 아마도."

너무 교활한가 싶기도 했지만, 어차피 거짓말을 할 작정이라면 그럴듯한 이유를 덧붙이는 게 상대방도 이해하기 쉬울 거라는 생각으로 이야기를 계속해나갔다.

"아마도 어머니를 잃은 경험 때문에 쉽게 그런 말을 했던 것 같습니다."

"어머님을?"

마미야 선생이 되물었다. 조금이나마 경계심을 푼 듯한 얼굴이었다. 딱딱하게 굳었던 얼굴에 표정이 되살아났다.

"살해당했습니다. 제가 고등학교 2학년이었을 때, 제 아버지에게."

깜짝 놀라 숨을 멈춘 것은, 마미야 선생보다 구마가야 쪽이 먼저였다.

"그랬습니까?"

마미야 선생은 그렇게 말한 후 미소를 지었다. 여느 때와 다름없는 마미야 선생다운 미소였다. 모든 것을 감싸줄 것 같은 어머니의 미소. 그 웃음 띤 얼굴 뒤에 또 다른 얼굴이 있다 해도, 그 웃음이 거짓이라고는 할 수 없을 것이다.

"나야말로 미안하군요. 야나세 선생님의 사정을 알지도 못하면서, 그러면서……."

"아뇨, 제가 나빴습니다. 정말 죄송합니다."

"아니에요."

마미야 선생은 조용히 일어나더니 조금 부자연스러운 몸짓으로 나를 껴안았다. 생각보다 훨씬 자그마한 어깨였다.

"죄송합니다."

나는 그 어깨에 손을 올린 채 진심으로 사죄했다. 마미야 선생의 품 안에서 나오는 순간, 맞은편 책상에 앉은 구마가야와 눈이 마주쳤다. 하지만 내가 뭐라고 말을 걸기도 전에 구마가야는 내 시선을 외면했다.

"마미야 선생님."

와타리 원장이 자리에 앉은 채로 마미야 선생을 불렀다.

"오늘 오후 수업은 혼자 들어가 주셨으면 합니다."

마미야 선생이 고개를 끄덕였다. 와타리 원장은 자리에서 일어나, 나를 데리고 강사실을 나섰다.

맞은편에 있는 찻집에 들어가 주문한 커피가 나올 때까지 와타리 원장은 단 한 번도 입을 떼지 않았다. 주인아저씨는 우리 앞에 커피를 놓은 다음 다시 카운터 안으로 들어가더니, 지난번의 그 웨스트 코스트 재즈를 틀어주었다.

"다시 한 번 생각해주시지 않겠습니까?"

커피에 크림과 설탕을 넣고 숟가락으로 저으면서, 마침내 와타리 원장이 입을 열었다.

"무슨 말씀이십니까?"

"학원을 그만둘 생각이시죠?"

"어떻게 아셨습니까?"

나는 쓴웃음을 지었다.

와타리 원장 역시 쓴웃음으로 화답했다.

"어제 수업에는 무단으로 결근하고, 오늘은 쉬는 날인데도 점심시간에 갑자기 나타나 마미야 선생님에게 사과를 했어요. 그 행동을 달리 어떻게 해석할 수 있겠습니까?"

"죄송합니다, 멋대로 행동해서……."

"료지 군에 관해서라면, 야나세 선생님이 책임을 느낄 필요는 없습니다. 잘해주셨어요. 전 진심으로 그렇게 생각합니다."

"그것 때문만은 아닙니다. 제게 꼭 해야만 하는 일이 생겼습니다."

"꼭 해야만 하는 일? 학원 일과 병행할 수 없는 일입니까?"

"예. 죄송합니다."

나는 깊이 고개를 숙였다. 오늘 아침 전화해보았지만, 다치바나 사쿠라는 집에 돌아오지 않았다. 나를 찾아오는 일은 아마 없을 거라고 생각하면서도, 왠지 오전 내내 집을 떠나기가 꺼려졌다. 전화상으로 느껴진 사쿠라 아버지의 말투는, 딸을 찾는 일에 이미 완전히 지쳐버린 것 같았다. 교수가 자유롭게 움직일 수 없는 지금 상황에서, 그녀를 찾으려는 사람이 아무도 없는 것만은 분명했다.

"다른 사람이었다면 이렇게까지 부탁하진 않을 겁니다. 이 일은 억지로 할 수 있는 일이 아니니까요. 하지만 야나세 선생님, 당신은 특별해요. 억지로라도 붙잡고 싶어요. 야나세 선생님은 뭔가가 가능한 사람이에요. 처음에는 몰랐지만, 이젠 부러울 정도로 선명하게 느껴져요. 야나세 선생님이라면 내가 할 수 없는 무언가를 아이들에게 해줄 수 있다는 것을……. 그렇지요?"

아무 대답 없이 시선을 내리깐 내 모습에 초조함을 느낀 듯, 와타리 원장은 손가락으로 테이블을 톡톡 두드리기 시작했다. 서서히 빨라지기 시작한 두드림 소리는 마침내 와타리 원장의 짧은 한숨소리와 함께 멈췄다.

와타리 원장은 낮은 목소리로 중얼거렸다.

"대체 뭘까요? 야나세 선생님은 나쁜 사람이 아니에요. 그건 잘 압니다. 이 세상에는 야나세 선생님보다 더 착한 사람도 많겠지요. 하지만 아이들은 마음을 꼭꼭 닫고 있어요. 그런데 야나세 선생님에게는, 아니, 마음을 활짝 열고 있다고는 할 수 없지만, 그래도 당신은 그 아이들한테 완전히 다른 대우를 받고 있어요. 나하고도 마미야 선생님하고도 명백히 다르단 말이에요. 그 이유가 무엇인지 가르쳐주지 않겠습니까?"

"아마도."

나는 조금 생각한 후에 다시 말을 이었다.

"같은 냄새가 나기 때문이겠지요."

"같은 냄새? 그 냄새는 어디서 나오는 겁니까?"

나는 또 잠시 생각한 후에 머리에 떠오르는 대로 말했다.

"불완전성."

"불완전성."

와타리 원장은 내 말을 되풀이했다.

"그래요. 그럴지도 모르겠군요. 하지만 그건 우리 모두가 안고 있는 문제 아닐까요? 저 역시 불완전한 인간입니다. 뭐, 지긋지긋할 정도로요."

"지긋지긋할 정도, 일 뿐이니까요?"

"예?"

"지긋지긋할 '정도'에 그치지 않고, 그들은 벌써부터 지긋지긋해하고 있습니다. 물론 인간은 모두 불완전하지요. 그건 맞는 말입니다. 하지만 대다수 사람들은 자신의 불완전성과 어떻게든 타협하면서 살아가요. 바로 그 점이 이 아이들과 다른 점입니다. 이 아이들이 지닌 불완전성은 절대로 타협을 용납하지 않아요. 아이들은 자신의 그런 모습에 진저리를 치면서도 쉽게 벗어나지 못하고 있습니다. 이 아이들과 저에게 공통점이 있다면, 바로 그런 게 아닐까 하는 생각이 듭니다."

와타리 원장은 생각을 정리하는 듯 자신의 관자놀이 부근에 손가락을 갖다 댔다. 와타리 원장의 손가락은 그 지점에서 두세 바퀴 작은 원을 그리다가, 이윽고 손을 뻗어 커피 잔을 감싸 들었다.

"그래도……."

와타리 원장은 커피를 한 모금 마신 다음 말을 이었다.

"그래도 그 아이들을 구해내고 싶다고 말한다면, 야나세 선생님은 웃으실 겁니까?"

웃지 않을 겁니다. 나는 그렇게 말하려고 했다. 하지만 말할 수 없었다. 와타리 원장의 파장을 느꼈다. 느낀 그 순간, 내 파장이 동조하기 시작했다. 우리가 앉은 테이블만 조명을 어둡게 조절한 것처럼 주위가 옅은 그늘에 감싸였다. 주 멜로디를 연주하던 트럼펫 소리가 일그러졌다. 쨍그랑, 하며 카운터 안에서 유리잔 깨지는 소리가 들렸다. 죄송합니다, 라고 사과하는 주인아저씨의 목소리도 들려왔지만, 와타리 원장도 나도 그쪽으로는 눈길조차 주지 않았다.

"웃지 않습니다."

내 목소리가 조용히 말을 꺼냈다.

"단지 거짓이라고 생각할 뿐입니다."

아무런 억양도 느껴지지 않았다. 내 목소리는 허공에 나타난 글자를 그대로 읽는 듯한 착각을 일으켰다.

"거짓?"

와타리 원장은 내 말을 반복하면서 나에게로 시선을 던졌다. 그 시선은 어느덧 초점을 완전히 잃고 있었다.

"왜 학원을 시작하신 겁니까?"

내 목소리가 날카롭게 파고들었다. 틀림없이 동요했겠지. 와타리 원장의 파장이 가늘게 떨렸다. 내 목소리는 그 가느다란 떨림조차 놓치지 않았다.

"괜찮습니다."

내 목소리는 그 가느다란 떨림을 이용해 더 깊이 파고들어 갔다.

"여긴 학생도 강사도 아무도 없습니다. 나도 이제 곧 떠날 겁니다. 두 번 다시 원장님과 만나는 일은 없을 거예요. 원장님이 여기서 무슨 말을 하든, 그 발언이 앞으로의 인생에 영향을 미치는 일은 절대 없을 거라는 말입니다. 그러니까."

내 목소리는 와타리 원장을 완전히 감쌌다.

"그러니까 말씀하십시오."

와타리 원장은 도움을 요청하는 눈빛으로 가게 주인이 있는 쪽으로 고개를 돌렸다. 하지만 그녀의 시선은 결국 나에게서 떠나가지 못했다.

"학원을 시작한 것이 아마 4년 전이었지요?"

내 목소리가 말했다. 떨림이 격렬해졌다. 와타리 원장이 또다시 내 시선을 외면하려 했다.

하지만 내 목소리는 그녀의 시선을 놔주지 않았다.

"4년 전, 무슨 일이 있었습니까?"

"아버지와 어머니가."

와타리 원장은 말을 하려다가 고개를 세차게 흔들었다.

"아버지와 어머니가 어떻게 되었나요?"

"살해당했어요, 4년 전에. 대낮에 거리 한가운데서 지나가던 중학생에게."

와타리 원장은 마치 주어진 대사를 그대로 내리읽듯이 이렇게 말한 후, 크게 심호흡을 했다. 그러고는 커피 잔으로 손을 뻗으려다 말고 그 손을 무릎 위로 내렸다.

"가혹하군요."

내 목소리가 와타리 원장의 등을 부드럽게 밀기 시작했다.

"왜 그런 일이 벌어진 거죠?"

"시험 전날이라 상당히 초조하고 불안했답니다. 누구라도 좋으니, 행복해 보이는 사람을 해치고 싶었다고 진술했다더군요. 아버지와 어머니는 우연히 그 길을 지나가고 있었어요. 결혼기념일이었지요. 부부로 살아온 지 35년이 된 기념으로, 영화를 보고, 식사를 하고……."

와타리 원장은 다시 생각난 듯 커피 잔으로 손을 뻗어 한 번 들어 올린 잔을 곧바로 받침 접시 위에 되돌려놓더니, 이번에는 물이 든 유리컵을 입술에 갖다 댔다.

"행복해 보였다, 단지 그 이유만으로 내 부모님이 죽임을 당했어요."

마음이 조금은 안정된 것 같았다. 와타리 원장은 손에 든 유리컵을 유난히도 조심스럽게 테이블에 올려놓더니, 다시 말을 이어갔다.

"아버지는 등 뒤에서 난도질을 당했어요. 쓰러지는 아버지를 감싸 안으려던 어머니는 목을 베이고 말았고요. 범인은 열세 살, 형사처벌이 불가능한 나이였어요. 그 아이도 머지않아 이 사회에 나오겠지요. 아니면 이미 나와 있는지도 모르고요."

"용서할 수 없었던 겁니까?"

내 목소리가 살며시 물었다.

"그 아이가 한 짓을, 그런 사회를, 용서할 수 없는 건가요?"

"아니에요. 난, 단지…… 난, 단지, 두 번 다시 그런 사건이 일어나지 않기를 바랐을 뿐입니다. 그래서 아버지와 어머니가 남겨준 재산으로 이 학원을 시작한 거예요. 틀림없이 뭔가 좋은 방법이 있었을 겁니다. 아버지와 어머니를 죽인 그 중학생도 분명히, 그렇게 되기 전에 막을 수 있는 방법이, 틀림없이 있었을 거예요."

와타리 원장이 말했다.

"그럴까요?"

내 목소리가 반문했다. 와타리 원장은 침묵했다.

"그 중학생의 범죄를 막을 방법은 어딘가에 있었을지도 모릅니다. 하지만 그 아이가 아니더라도 누군가는 그렇게 했을 겁니다. 당신의 부모님이 아니었더라도, 누군가가 죽임을 당했을 테고요. 당신 혼자 힘으로 사회를 바꿀 수는 없습니다."

"그러니 팔짱을 끼고 보고만 있으란 말입니까? 개개인의 그런 무책임한 태도가 지금 이 사회를 만든 것 아닙니까? 우리 모두가 자신이 할 수 있는 만큼 조금씩 해나가면, 사회는 충분히 바뀔 수 있습니다. 중학생이 사람을 죽이는 일 따위는 일어나지 않는 사회를 만들어야 합니다."

"그건 정론일 뿐입니다. 인간은 정론으로 움직이지 않습니다. 당신을 움직이는 것도 정론이 아니지요. 만약에 그 정론이 유일무이한 이유였다면, 당신은 료지가 사건을 일으켰을 때 더 많이 동요해야 했습니다. 상처받아야 했습니다. 하지만 그 사건에 대해 알았을 때, 료지가 진범으로 경찰에 잡혀갔다는 사실을 알았을 때, 그때, 당신은……."

나는 내 목소리를 내 귀로 들으면서, 나에게 신문을 건네주던 와타리 원장의 얼굴을 떠올렸다. 그래. 그때, 와타리 원장은…….

"당신은 분명 안도의 한숨을 내쉬고 있었습니다."

와타리 원장의 파장이 격렬하게 흔들리기 시작했다.

"당신은 그 사건이 일어난 것에 마음속 깊이 안도하고 있었어. 그런 당신이 그 아이들을 돕길 원한다고? 거짓말. 당신에게는 그 아이들을 돕고 싶은 마음조차 없어."

"그럼 내가 왜 이 학원을 시작했다는 말입니까?"

와타리 원장이 반박했다.

그건 와타리 원장의 마지막 저항이었다. 필사적으로 버티며 발악하는 와타리 원장의 팔을 내 목소리가 다정하게 붙잡았다.

"자기 자신을 납득시키기 위해서지요."

내 목소리가 마치 어린애를 타이르는 것처럼 천천히 말했다.

"사회가 어떻든 주위의 어른들이 어떻든, 그런 중학생들은 어김없이 존재합니다. 그 사실을 스스로에게 납득시키고 싶었을 뿐이지요. 그렇게라도 하지 않으면 당신은 부모님의 죽음을 받아들일 수 없을 겁니다. 어쩔 수 없는 일이었다, 그 사건은 어차피 막을 수 없는 일이었다, 단지 그렇게 생각하고 싶기 때문에 당신은 이 학원을 운영하는 거죠."

"난⋯⋯."

와타리 원장의 파장이 나에게서 떨어져 나갔다. 창문을 통해 새어 들어오는 어슴푸레한 햇살이 와타리 원장과 나 사이에 있는 테이블을 비춰주었다. 트럼펫의 선율을 이어받은 피아노 소리가 경쾌하게 울려 퍼졌다. 내 앞에는, 온몸에서 힘이 다 빠져나가 버린 것처럼 의자 등받이에 기댄 채, 더는 말하는 것도 듣는 것도 거절하겠다는 듯 눈을 꼭 감은 와타리 원장이 있었다.

"만약 그렇다고 해도."

그런 위로의 말이 아무런 도움도 되지 않는다는 걸 잘 알면서도, 나는 그렇게 말해야만 할 것 같았다.

"원장님이 하고 계시는 일은 의미 있는 일이라고 생각합니다. 실제로 갈 곳이 아무 데도 없었던 아이들이 학원으로 모이고 있지 않습니까?"

와타리 원장은 더는 말하지 말라는 듯 고개를 가로저었다. 하지만 나는 강행했다.

"사회적인 의의에 대해 말하고 싶지도 않고, 원장님의 의사를 묻고 싶지도 않습니다. 그건 책임입니다. 원장님께는 끝까지 해내야 할 책임이 있습니다. 안 그렇습니까? 학원은 계속해주십시오."

와타리 원장은 난폭하게 느껴질 정도로 고개를 두 차례 아래로 떨어뜨렸다. 내가 여기에 머무르는 만큼 와타리 원장은 더 큰 고통에 시달리겠지. 나는 마지막 이별의 말조차 떠올리지 못한 채 할 수 없이 자리에서 일어났다.

"언젠가 다시 돌아오길 기대해도 될까요?"

와타리 원장은 자리에서 일어난 나를 올려다보며 말했다. 거짓이었다. 나에게 그럴 마음이 없다는 것을 와타리 원장은 이미 알고 있었다. 나 역시 와타리 원장이 더는 나를 원하지 않는다는 사실을 알고 있었다.

"아뇨, 돌아오는 일은 아마 없을 겁니다. 저를 대신해 일해 주실 분을 찾는 게 좋겠습니다."

"그렇습니까? 정말 유감이로군요."

와타리 원장은 그렇게 말한 후, 피곤하다는 듯 눈을 감았다.

내가 커피값을 낼 이유도 없었고, 그렇다고 얻어먹을 이유도 없었다. 나는 커피 한 잔 값을 테이블 위에 올려놓고 찻집을 나왔다. 유리창 너머로 입술을 꽉 깨물고 눈을 꼭 감은 와타리 원장이 보였다. 아마 두 번 다시 와타리 원장을 만나는 일은 없을 것이다. 적어도 와타리 원장은 결코 그렇게 되길 바라지 않을 것이다.

나는 역을 향해 걸으면서 멍하니 옛일을 떠올렸다.

너, 학교에, 친구…… 없지?

"예, 아버지."

나는 무심코 중얼거렸다.

우리는 저주받은 게 틀림없었다.

자다 깨다를 몇 번이나 반복했을까? 얕은 잠 속을 헤매던 나는 멀리서 들려온 구급차 사이렌 소리에 결국 몸을 일으켰다. 창밖으로 눈길을 주니 해는 벌써 서산 너머로 기울어가고 있었다. 나는 느릿느릿한 몸짓으로 일어나 불을 켜고 커튼을 쳤다. 냉장고를 열어보았지만 저녁거리가 될 만한 음식은 찾

을 수 없었다. 뭐라도 사러 나갈까 생각했으나 옷을 입는 것조
차 번거로워 그만 자리에 주저앉고 말았다. 냉장고에 등을 기
대고 얼마나 오랜 시간을 멍하니 앉아 있었던 걸까? 문을 두
드리는 소리에 나는 정신을 차렸다. 하지만 무시했다. 아무도
만나고 싶지 않았다. 누군가를 만나든 만나지 않든 나에게는
아무런 의미가 없었다.

"안에 있지?"

또다시 문을 두드리기 시작했다. 구마가야의 목소리였다.

"열 셀 때까지 안 열면 문을 부숴버릴 테니까, 알아서 해!"

하나아. 두울. 세엣.

구마가야가 큰 소리로 숫자를 세기 시작했다.

시끄러워.

이웃집에서 고함소리가 들려왔다. 하지만 구마가야는 개
의치 않았다.

네엣. 다서엇. 여서엇. 일고옵.

나는 일어나서 문을 열었다. 여더, 이라고 소리치던 구마가
야가, 어얼, 하고 얼버무리며 입을 다물었다. 우리는 잠시 서
로를 묵묵히 바라보았다. 이윽고 구마가야는 뽀로통한 표정
으로 약간 고개를 숙인 채, 내 다리를 살짝 걷어찼다.

"정말 제멋대로야."

밖에서 불어 들어온 바람에 구마가야가 늘 사용하는 샴푸

향기가 가득 배어 있었다. 집 안으로 들일 수도 없고 집 밖으로 내쫓을 수도 없어, 나는 단지 문 앞에 우두커니 서 있기만 했다. 이윽고 얼굴을 든 구마가야가 나를 밀어젖히듯 하며 집 안으로 들어왔다.

"그때 나한테 하고 싶은 말이 있다고 했지? 그 얘기였어? 부모님 이야기?"

나는 고개를 끄덕였다. 구마가야는 집 안으로 들어오기는 했지만 앉지는 않았다. 방 한가운데 서 있는 구마가야의 앞에 나도 할 수 없이 서 있었다.

"나한텐 말할 수 없었어? 너에게 난, 의지할 수 없는 존재였니?"

"자신이 없었어. 그런 말을 해서 너에게 버림받을까 봐 두려웠어."

"미안해. 나, 야나세가 그렇게 힘든 줄 전혀 몰랐어. 줄곧 혼자서 괴로워했구나. 정말 미안해."

"네가 사과할 거 없어. 너랑 함께 있는 것만으로도 나에겐 얼마나 위로가 되었는지, 넌 상상도 할 수 없을 거야."

"정말이야?"

"응, 정말이야. 난 너와 같이 있는 시간에만 편안함을 느꼈어. 그 순간만큼은 모든 것을 용서받을 수 있을 것 같은 느낌이었어."

구마가야는 나에게 살며시 다가와 나를 꼭 끌어안아 주었다. 너무나도 그리웠던 온기와 부드러움이 내 몸을 가만히 감쌌다. 할 수만 있다면, 전처럼 그 품 안에서 곤히 잠들고 싶었다.

그 품 안에서 빠져나오기 위해서는 엄청난 의지가 필요했다.

"구마가야, 그냥 돌아가."

내가 말했다. 더는 구마가야에게 기댈 수 없었다. 구마가야의 양어깨에 손을 올리고 조심스레 밀쳐내자, 그녀는 슬픈 듯한 표정으로 시선을 내리깔았다.

"화났어? 미조구치 군 때문에?"

"화 안 났어. 내겐 그럴 자격도 없어."

"그때, 야나세가 가고 난 다음에 말이야, 사실은 미조구치 군과 잘 생각이었어. 미조구치 군도 그럴 생각으로 왔었고. 하지만 안 되더라고. 내 몸이 그를 받아들이지 않았어. 애쓰고 노력했는데도 내 몸이 절대로 젖지 않는 거야. 미조구치 군은 좋은 사람이라, 아직도 그 사람을 사랑하는구나, 그렇게만 말하고 그냥 돌아갔어. 그 후로는 한 번도 만난 적 없어. 아마 앞으로도 만나는 일 없을 거야."

구마가야는 고개를 들고 내 눈을 가만히 들여다보았다.

"너하고 할 땐 내 몸이 항상 젖어 있었어. 하지만 미조구치 군하고는 젖지 않아. 사람들은 그런 걸 사랑이라고 하지 않니?"

마치 중심을 잃은 것처럼 구마가야의 몸이 내 품 안으로 쓰러졌다. 그 온기를, 그 부드러움을 거부할 수 있었던 내 의지가 대체 언제 사라져버렸는지, 나는 알 수 없었다. 내 다리는 구마가야의 무게를 지탱하기 위해서만 존재했고, 내 팔은 구마가야의 몸을 끌어안기 위해서만 존재했으며, 내 가슴은 구마가야의 이마를 받아들이기 위해서만 존재했다. 그리고 이 세상은 우리가 사랑하는 이 순간을 위해서만 존재했다.

"야나세."

구마가야는 양팔을 내 허리에 단단히 두른 채 속삭였다.

"불 꺼줘."

다음 날 아침 눈을 떠보니, 내 옆에 구마가야는 없었다. 나간 지 얼마 되지 않은 것 같았다. 그녀의 온기가 여전히 이불 속에 남아 있었다. 책상 위에 놓인 메모를 발견하고, 나는 이불에서 빠져나왔다.

아르바이트가 있는 날이라 학원에 가. 끝나면 바로 올게. 기다리고 있어.

나는 싱크대에 서서 세수를 하고, 옆에 걸린 수건으로 얼굴을 닦았다.

"결국 이런 식으로 대단원의 막을 내리는 겁니까?"

그 목소리에 아연실색하지 않을 수 없었다. 깜짝 놀란 나는 수건에서 얼굴을 들었다. 거울 속 남자와 눈이 마주쳐 재빨리 남자가 서 있는 쪽으로 고개를 돌렸다. 내 바로 옆에 어깨가 맞닿을 만큼 가까운 위치에 그 남자가 서 있었다. 그는 변함없이 우아한 미소와 무료한 눈빛으로 나를 보았다.

"미조구치 군하고는 젖지 않았다. 당신하고 있을 때만 젖는다. 아마 사실이겠지요. 하지만 그런 건 사랑도 뭣도 아닙니다. 단순히 익숙해져서 그런 거지요. 그녀는 자신이 생각하는 것보다 훨씬 예민할 뿐입니다. 당신하고도 처음에는 젖지 않았을걸요? 그렇죠? 그녀는 긴장하면 젖지 않는 체질, 단지 그런 것일 뿐, 그 이상도 그 이하도 아닙니다. 그게 사랑이라고요? 이제 그런 농담은 우습지도 않아요."

나는 말문이 막혔다. 혼란스러웠다. 그가 어째서 그런 것까지 아는 걸까?

"야나세 씨, 당신도 그래요. 온기? 부드러움? 그런 건 다른 사람을 안고만 있으면 누구한테라도 느낄 수 있는 거예요. 아니, 꼭 사람이 아니라도 되지요. 개도 괜찮고 고양이도 괜찮고, 아무튼 포유류라면 뭐든지 가능해요. 꼭 끌어안으면 온기 정도는 생기는 것 아닙니까? 그러니까 당신도 누굴 안든 상관없단 말입니다. 그녀가 지적한 대로, 당신은 그녀에게 아무런 관심도 없어요. 단지 그곳에 끌어안을 수 있는 개체가 존재한다면 그것만으로 충분한 겁니다. 안 그렇습니까?"

"나가."

내가 소리쳤다.

"어서 꺼지라고."

"뭐, 그렇게까지 말씀하신다면야 나가긴 나갈 텐데, 그보다 어떻게 하실 겁니까? 그 아이한테도 저주를 내릴 작정입니까?"

"저주? 무슨 얘기야?"

남자는 또 어이없다는 듯 고개를 가로저었다.

"아직 눈치 못 챘습니까? 아버님의 마지막 전화, 기억하나요?"

그건 저주야.

아버지가 그렇게 말했다. 아버지와 헤어지고 집으로 돌아와, 어머니의 시체 앞에 멍하니 서 있을 때였다. 전화벨이 울려서 받아보니, 방금 헤어진 아버지로부터 걸려 온 것이었다. 하행 열차가 들어오고 있다는 안내 방송이 수화기를 통해 들려왔다.

그러니, 절대로 사용하지 마라.

"지금 무슨 말을 하고 싶은 거야?"

"예, 말하죠. 어머님을 죽인 건 분명 아버님입니다. 하지만 아버님을 죽인 건 당신입니다. 그렇죠?"

"거짓말."

"거짓말도 아니고, 그게 거짓이 아니라는 걸 당신도 알고 있어요. 말해볼까요? 당신도 아는 것처럼 당신은 거울이에요. 그리고 또 아버님도 거울이었지요. 그날, 마지막으로 아버님을 만난 그날, 당신은 아버님을 비추고 말았어요. 그리고 아버님도 자신을 비추는 당신을 비추고 말았고요. 당신은 아버님을 비추는 자신을 비추는 아버님을 비췄고, 아버님은."

남자는 여기까지 말한 후 어깨를 으쓱했다.

"이제 알겠습니까? 허상을 비추는 실상은 그 허상 속에서 어느덧 자신의 모습이 허상이 되어 있다는 것을 깨닫지요. 서로 실상임을 주장하는 허상들이 끝없는 논쟁을 되풀이하는 셈이란 말입니다. 그리고 예로부터 전해 내려오는 말대로, 거울을 마주 놓으면 영원히 계속되는 허상의 밑바닥에서부터 그가 찾아오게 되어 있어요."

"그러니?"

"악마."

용서할 수 없었던 거예요?

내 목소리가 물었다.

용서했어, 라고 아버지는 대답했다. 그런데 용서한 그 순간, 모든 것이 허무해졌어.

모르겠어요, 라고 내 목소리가 말했다.

그러니까 결국 인간이라는 건, 거기까지가 한계라는 걸 깨달아버렸어. 네 엄마가 아무리 날 생각한다 해도, 내가 네 엄마를 아무리 생각한다 해도, 어차피 나는 나고 엄마는 엄마야. 우리 둘은 결코 하나일 수 없는 법이지. 네 엄마의 공포는 그 사람만이 짊어질 수 있는 것이고, 나는 그 일부조차도 공유할 수 없다는 것. 그걸 깨달은 순간, 우리가 함께 살아온 지난 25년이란 시간이 모두 허무해지고 말았어.

사랑한다면, 날 죽여.

엄마가 그렇게 말했다고 했다.

지금 여기서 죽여봐.

하나가 되고 싶었던 거야. 나도, 네 엄마도.

아버지가 말했다.

그래서 죽였어요?

으응.

정말 터무니없는 이유예요.

삶을 공유할 수 없다면 죽음을 공유하자고 생각했지. 나도, 그 사람도 말이야. 함께 살았던 25년 동안 그걸 이루지 못했다면, 죽는 그 순간을 공유해서라도 이루고 싶었단다. 사랑한다면 죽여달라고 부탁한 네 엄마의 마음을 나는 이해할 수 있었어. 그걸 원하는 그 사람의 마음이 내겐 너무나도 잘 보였어.

"그리고?"

남자가 말했다. 남자는 완전히 내 사고 속에 들어와 있었다. 내가 떠올리는 아버지와의 회상 속에 남자가 있었다. 조금의 착오라도 생기면 즉각 수정하겠다는 듯, 남자는 내 회상 과정을 유심히 지켜보았다.

"그리고 아버님은 무슨 말씀을 하셨습니까?"

지금 자수하러 간다. 마지막으로 널 만나고 싶어서……

"자수하겠다. 그래요, 그렇게 말했지요."

"그런데……"

"그래요. 아버님은 자살했어요. 왜 그랬을까요?"

"왜?"

"불리한 부분만 기억에서 지우는 건 교활한 짓이에요. 틀림 없이 기억할 텐데요."

거짓말이죠?

내 목소리가 말했다.

거짓말?

아버지가 되물었다.

그런 이유 때문에 사람이 사람을 죽이지는 않아요. 더구나 25년이나 함께 지내온 사람을 죽일 리가 없어요.

"그래요. 그 말이 맞아요."

남자가 말했다.

그렇다면, 하고 아버지가 물었다. 그렇다면, 왜 내가 네 엄마를 죽였다고 생각하니?

순간적인 착각이었겠죠.

내 목소리가 말했다. 비난 투는 아니었다. 내 목소리는 가벼운 미소마저 머금고 있었다.

25년이나 함께 지냈는데, 엄마는 아버지를 받아들이지 않았어요. 그리고 아버지도 엄마를 받아들이지 못했고요. 그 사실에 절망했지만, 다른 방법을 시도해볼 여유가 없었어요. 그래서 아버지는 그 말에 넘어갔던 거예요. 사랑한다면 죽여달라던 엄마의 말에, 그것이 진심이 아니라는 것을 잘 알면서도 넘어간 거예요. 죽이는 것만으로 애정을 표현할 수 있다면, 그것만큼 간단한 방법도 없다. 그게 모두 거짓이라는 걸 알면서도 엄마의 유혹에 빠져버렸어요. 그렇게 함으로써 스스로에게 증명해 보이고 싶었던 거겠죠. 아버지가 엄마를 사랑한다는 것을. 또 엄마에게 사랑받는다는 것을. 그런 행위 자체가 아무것도 증명할 수 없다는 걸 잘 알면서도.

난…….

아버지 생각은 틀리지 않았어요. 사랑이란 것에도 한계가 있어요. 그 이상을 요구한다면 그땐 상대방을 죽일 수밖에 없겠죠. 그래서 아버지는 엄마를 죽였어요. 존재하지도 않는 무언가를 얻기 위해 엄마를 죽여버렸어요. 그렇죠? 아버지도 이미 알고 있었죠? 거기엔 아무것도 없었어요. 아무것도 없는데 주먹을 꼭 쥔 채, 마치 손바닥 안에 뭔가가 있다고 믿어버리는 것과 마찬가지예요. 주먹을 펴고 손바닥을 쳐다봤으면 좋았을 것을. 거기엔 아무것도 없는데 말이에요. 그리고 아버지의 손안에 아무것도 남지 않은 것처럼, 엄마의 손바닥 위에도 아무것도 남지 않았어요. 엄마는 쓸데없이 죽어버린 거예요.

쓸데없이?

그래요. 한 치의 오차도 없는, 완벽하게 헛된 죽음이었어요.

아버지는 멍한 눈빛으로 나를 보았다. 그리고 난간에 올려둔 손을 느릿느릿 펴기 시작했다. 마지막 동전이 손가락 사이에서 미끄러져 떨어졌다. 나는 그 동전을 눈으로 좇았다. 강물 위로 잔잔한 파문이 일더니, 서서히 사라져갔다. 내가 얼굴을 들었을 때, 이미 아버지는 내 옆에 없었다.

"난……."

"그래요. 아버님을 저주한 것은 다른 누구도 아닌 바로 당신이었습니다. 아버님은 그 힘이 저주에 의해 부여된 거라고 말하려던 게 아니었습니다. 아버님과 당신이 지닌 힘, 그 자체가 저주라고 말한 것이었어요. 그래서 아버님은 죽음을 선택했습니다. 하지만 당신은 살아남았지요. 살아남은 당신은 지금도 그 저주를 여기저기 흩뿌리고 있어요. 료지 군의 어머님이 지금 어떻게 되었는지 알고 있습니까?"

남자는 안주머니에서 수첩을 꺼내 펼쳐 보였다.

"아들과 나는 별개의 인간이다. 아들이 한 짓에 대해 내가 사죄할 필요는 없다. 기자를 상대로 그런 말을 하는 바람에 엄청난 비난을 받고 있어요. 료지 군은 어떤지 아십니까? 매일같이 눈물로 지새운답니다. 날 죽여달라. 죽고만 싶다. 제발 부탁이니 날 죽여라. 울면서 그 말밖에는 하지 않는대요. 담당 형사가 이래서는 제대로 조사하기도 힘들다며 투덜거리기까지 하더군요. 미카 양의 아버지는 완전히 폐인이 돼버렸어요. 소비자금융에서 대출을 받아서는 유흥에 빠져 지낸다고 하더군요. 술에 여자에 노름까지, 완전히 건달이 돼버린 거지요. 게다가 와타리 원장. 어제 당신과 헤어지자마자 전화를 받았다고 합니다. 신규 학생의 등록 전화였나 본데, 거절했다더군요. 지금 있는 학생들이 모두 졸업하고 나면 학원을 접겠다면서요. 앞으로 어쩔 생각인지 모르겠네요."

"그게 내 탓이라고? 전부 다?"

"그럼 누구 탓인가요? 당신은 그들을 모두 해방시켰어요. 그건 인정합니다. 하지만 당신이 다른 사람에게 도움을 준 적은 여태까지 단 한 번도 없어요. 당신에게 해방된 저 사람들은 해방되기 전보다 더 형편없는 사람이 돼버렸어요."

"거짓말이야."

"거짓말이 아닙니다. 믿지 못하겠다면 직접 확인해보세요."

"아무리 그래도 그건 거짓이야. 당신이 하는 말은 전부 말도 안 되는 거짓말이라고."

"왜 그렇게 생각하십니까?"

"그건, 당신이……."

나는 남자를 향해 주먹을 흔들었다. 하지만 내 주먹은 허공을 헤매기만 했다. 남자의 모습은 이미 사라지고 없었다.

"당신이 존재하지 않으니까."

나는 무릎에 손을 짚고 눈을 감았다. 나 자신을 진정시키기 위해 크게 심호흡을 했다.

내가 어떻게 되었나 보다. 그래, 그걸 인정하면 된다. 난 정상이 아니다. 그뿐이다.

"그 반대예요."

등 뒤에서 소리가 들려 뒤를 돌아보았다. 남자는 변함없이 우아한 미소와 무료한 눈빛으로 그곳에 서 있었다.

"그 반대예요. 난 어디에나 존재합니다. 그래서 마치 존재하지 않는 것처럼 보일 뿐이지요."

"꺼져."

나는 소리쳤다. 목이 쉬어 있었다.

"좋습니다. 꺼져드리지요."

남자는 아무래도 상관없다는 듯 그렇게 말했다.

"내가 사라져도 마찬가지입니다. 눈에 보이든 보이지 않든, 나는 항상 존재하니까요. 당신이 살아 숨쉬는 한. 그러니까 결국 마찬가지란 말입니다."

"썩 꺼지라고."

나는 쉰 목소리로 다시 한 번 소리쳤다.

"분부대로 하지요."

우아한 미소를 여운으로 남기고, 남자는 사라졌다.

얼마나 오랫동안 눈을 감고 있었을까? 전화벨 소리에 눈을 떴다. 시계를 보니 12시가 지나 있었다.

"점심시간."

구마가야가 말했다.

"으응."

내가 대답했다.

"여태 자고 있었어?"

"설마. 벌써 일어났지."

"3시에 끝나니까, 4시 조금 넘으면 도착할 수 있을 거야. 아참, 시장 봐서 가려면 조금 더 늦을지도 모르겠다. 저녁에 맛있는 거 만들어줄게. 뭐 먹고 싶어?"

"저기, 구마가야."

"응?"

나는 두 눈을 꼭 감았다. 그때까지도 남자의 우아한 미소는 사라져주지 않았다.

"오늘, 일이 좀 있어."

수화기 저편에서 구마가야가 꽤 긴 시간을 침묵했다. 내가 한 말의 의미를 곰곰이 생각하는 것 같았다.

"오지 말라는 뜻이니?"

마침내 구마가야가 입을 열었다. 언젠가 들은 적이 있는 담담한 목소리였다.

"꼭 해야 할 일이 있어. 그 일이 끝나면 구마가야, 내가 널 찾아갈게. 반드시 갈게. 기다려줘."

구마가야는 또다시 침묵했다.

"난."

구마가야의 목소리는 여전히 담담했다.

"얼마나 오래 기다려야 하는 걸까?"

"오늘 중으로 처리될지도 몰라. 내일이 될지도 모르고, 조금 더 오래 걸릴지도 몰라. 지금으로선 아무것도 알 수가 없어. 하지만 틀림없이 끝낼 거고, 그 일이 끝나자마자 널 찾아간다는 것만은 분명해. 달리 갈 만한 곳도 없어. 그러니까 기다려주지 않겠어?"

세 번째 침묵은 길었다. 이대로 전화를 끊어버릴지도 모른다는 생각마저 들었다. 하지만 구마가야는 전화선을 통해 짧은 한숨소리를 보냈다.

"5년씩 기다릴 순 없어."

구마가야는 가볍게 웃으며 그렇게 말했다.

"5년 뒤에는 미조구치 군하고 해버릴 거야."

"구마가야, 여자라면 말을 좀 조심하는 게 좋을 것 같은데? 자버릴 거야, 정도는 참아줄 수 있지만."

나도 웃으며 말했다.

구마가야도 웃었다.

"그렇구나. 그 일이 끝나면, 바로 와줄 거지? 내 방에서 하루 종일 자보는 거야."

"정말 기대되는데?"

내가 말했다.

"나도."

구마가야의 대답을 듣고 나서 나는 전화를 끊었다.

현관문을 열어준 것은 미즈타니 씨였다. 거실로 안내를 받고 잠시 소파에 앉아 기다리니, 사쿠라의 아버지가 담담한 표정으로 나타났다. 평일 낮에 집에 있다는 것은 회사를 쉬고 있다는 뜻일 게다. 그는 거실에 나오는 것조차 귀찮다는 듯한 얼굴로 내 맞은편 소파에 털썩 주저앉았다.

"아직도 아무 소식 없습니까?"

내가 물었다.

남자는 머리카락을 매만지며 고개를 끄덕였다.

"예. 갈 만한 곳을 속속들이 잘 알지는 못하지만, 일단 생각

나는 곳은 모두 찾아봤습니다. 도대체 어디 있는 건지……."

짐작조차 할 수가 없어요, 라고 남자가 말하자, 그 슬픔에 동감한다는 듯 미즈타니 씨가 고개를 끄덕였다. 그 말을 마지막으로 두 사람 다 입을 열지 않았다. 이젠 다치바나 사쿠라가 스스로 돌아오기만을 기다릴 수밖에 없다, 라고 누군가가 선언하기를 기대하는 듯한 침묵이었다. 역할로 따지자면 내가 적임자일 테지만, 공교롭게도 나는 그럴 생각이 전혀 없었다.

"고양이 말입니다."

이윽고 내가 말을 꺼냈다.

"사쿠라가 몰래 길렀던 게 아닐까요? 아이들에겐 흔히 있을 수 있는 일입니다. 부모님 몰래 버려진 고양이를 주워 오기도 하고."

남자가 고개를 한 번 까딱했다. 하지만 그건 머릿속으로 생각하던 다른 일에 스스로 동의한 것 같은 느낌을 주는 몸짓이었다.

미즈타니 씨가 말했다.

"하지만, 제가 청소하러 거의 매일 사쿠라 방에 들어가거든요. 그런데 여태까지 고양이를 본 적은 단 한 번도 없었어요."

"그럴 수도 있지 않을까요? 인기척이 느껴지면 재빨리 숨는 습성을 가진 고양이일지도 모르고."

"그래도 정말 단 한 번도 본 적이 없는걸요."

그녀의 말투에서 왠지 나를 나무라는 듯한 기색마저 느껴졌다. 남자가 헛기침을 하면서 미즈타니 씨와 나의 대화에 끼어들었다.

"야나세 씨, 점심식사는 하셨습니까?"

"아뇨."

"그럼 같이 드시지요, 괜찮으시다면."

배는 고프지 않았지만 남자가 의미 있는 눈짓을 보내는 듯해 그의 제안을 수락했다.

"폐가 되지 않는다면요."

"저도 슬슬 먹으려던 참이었습니다."

남자는 이렇게 말한 후, 미즈타니 씨의 무릎을 가볍게 토닥이며 부탁했다.

"간단하게 먹을 걸 준비해주지 않겠나?"

미즈타니 씨는 고개를 한 번 까딱한 후 일어섰다. 남자는 바지 주머니에서 담배를 꺼내더니 나에게 내밀었다.

"저는 피우지 않습니다."

남자는 고개를 끄덕이며 나에게 권한 담배를 입에 물고는 불을 붙였다.

"미안합니다."

남자는 담배 연기를 내뿜으며 말했다.

"조금 예민해져 있어요. 나도, 저 사람도."

"괜찮습니다. 이런 상황이라면 당연히 그렇겠지요."

"아뇨, 그런 게 아니라."

남자는 이렇게 말하고는 그다음 말을 망설였다.

"고양이 말입니다."

"고양이요?"

내가 물었다.

"실은 예전에 고양이를 기른 적이 있어요. 야나세 씨가 말씀하신, 새하얗고 털이 짧고 건방져 보이는 고양이를요."

"예전에, 말입니까?"

"사쿠라의 엄마가 아직 살아 있을 때 이야기입니다. 그 사람이 세상을 떠남과 동시에 그 고양이도 사라졌어요. 사쿠라가 많이 찾아다녔지만 결국 찾지 못했지요. 사쿠라 엄마가 아끼던 고양이였으니, 주인의 죽음을 알아차리고 스스로 모습을 감춰버렸는지도 모르겠습니다. 그런 경우도 종종 있지 않습니까?"

동물이 죽을 시기를 예측하고 모습을 감춘다는 이야기는 자기 자신의 임종이 다가왔을 때를 뜻하는 것이었지만, 나는 일단 동의한다는 기색을 비쳤다. 내가 모르고 있을 뿐 세상에는 그런 경우도 있다며 일반적으로 이야기될지도 몰랐다. 그보다 남자의 표현 방식이 이상하게 마음에 걸렸다. 남자는 단한 번도 '아내'라고 말하지 않았다. 끝까지 '사쿠라의 엄마'라고만 표현했다.

"그래서 고양이가 없어졌다고 했다는 걸 들었을 때, 사쿠라가 괜히 트집 잡는 줄로만 알았어요. 저 사람과 나에 대해서 말이죠. 저 사람도 아마 그렇게 생각했을 겁니다. 그런데 야나세 씨는 그 고양이를 분명히 봤다고 말했어요. 대체 뭐가 뭔지 모르겠단 말이지요."

남자는 무릎 위에 깍지를 끼고 나를 가만히 바라보았다.

"야나세 씨, 진실을 말해주십시오. 고양이가 있었다는 게 정말입니까?"

남자는 내 표정을 살피면서 말했다.

"정말, 이라고 하시는 건?"

"기분이 상하셨다면 죄송합니다. 하지만 우리 입장에서는 사쿠라와 당신이 우리를 속인다고밖에 느껴지지 않습니다. 말해주십시오. 고양이가 정말로 있었나요? 그리고 당신은 정말로 사쿠라가 어디 있는지 모릅니까?"

"고양이는 틀림없이 있었습니다. 그리고 전 사쿠라가 있는 곳을 정말로 알지 못합니다."

나는 단호하게 말했다. 남자는 한참 동안 내 안색을 살폈지만, 마침내 포기한 듯 힘없이 고개를 저었다.

"그렇습니까? 공연한 의심을 품었군요. 죄송합니다."

"다치바나 씨."

부엌에서 물소리가 들리는 동안에 물어보는 게 좋을 것 같아, 나는 얼른 입을 열었다.

"사쿠라의 실종은 어머님의 사건과 어느 정도 관련이 있다고 생각합니다. 가르쳐주시지 않겠습니까? 사쿠라의 어머님은 어떤 분이셨습니까?"

"어떤?"

"다치바나 씨는 가정부였던 미즈타니 씨와 불륜에 빠졌어요. 다치바나 씨, 미즈타니 씨, 사쿠라, 그리고 사쿠라의 어머님. 이 네 사람이 어떻게 한집에 살 수 있었던 겁니까? 사쿠라는 그렇다손 치더라도, 부인께서 어떻게 그런 상황을 받아들일 수 있었나요? 받아들여야만 했던 사정이라도 있었습니까?"

남자의 눈에 어두운 그늘이 드리워졌다. 그건 네가 알 필요 없다, 그렇게 말하고 싶다는 듯, 남자는 입을 굳게 다물고 열지 않았다. 하지만 유감스럽게도 남자를 회유할 시간이 없었다. 물론 남자와 나에겐 그럴 만한 여유가 있었지만, 다치바나 사쿠라에게도 있으리라고는 장담할 수 없었다.

그렇다면 그 방법밖엔 없었다.

"다치바나 씨, 말씀하셔야 합니다. 당신은 사쿠라를 찾고 싶은 생각이 없어요. 당신이 사쿠라를 찾는 건 순전히 의무감 때문이지요. 아버지니까 찾아야 한다, 그런 의무감 때문에 당신은 사쿠라를 찾고 있을 뿐이에요. 나는 회사를 쉬면서까지 딸을 찾고 있다, 그렇게 생각함으로써 자신이 져야 할 죄책감으로부터 벗어나려는 것 아닙니까? 딸을 찾고 싶다는 건 아마 진심이 아닐 겁니다. 아니, 당신은 사쿠라가 돌아오지 않기를 바라고 있어요. 지금 당장이라도 내팽개치고 싶지요? 그렇게 하세요. 내팽개치세요. 사쿠라는 내가 찾습니다. 당신을 그 의무감에서 해방시켜드리지요. 그 대신!"

남자가 얼굴을 들었다.

"저주를 받으세요."

남자는 그 의미를 물어볼 기회조차 갖지 못했다. 우리 두 사람은 이미 세상으로부터 차단되고 있었다. 방 전체가 어두워지면서, 부엌에서 들려오던 물소리가 한층 멀어져 갔다. 사방이 막힌 작은 상자 속에서 내 의지가 홀연히 사라진다. 중심을 잃은 내 파장이 남자의 파장을 모방한다. 남자의 파장이 내 파장을 유혹한다. 그리고…….

"가르쳐주십시오. 사쿠라의 어머님은."

내 목소리가 남자 곁으로 가만히 다가갔다.

"어떤 분이셨습니까?"

남자는 굳게 오므렸던 입술을 살짝 열었지만, 금세 다시 다물고 말았다. 산소가 결핍된 금붕어 같은 표정을 두어 차례 지어 보이더니, 비로소 남자는 저항하기를 포기했다.

"사쿠라의 엄마는, 그 사람은…….."

굳게 닫혔던 남자의 입술이 움직였다.

"예술가였어요."

아직도 망설여지는 듯, 남자는 일단 입술을 둥글게 오므리면서 꽉 다문 다음 천천히 열기 시작했다.

"그 사람이 피아노를 쳤었다는 말은?"

"예, 들었습니다."

"음대에서 피아노를 전공했습니다. 재능이 상당했는지, 훌륭한 선생님들로부터 인정도 받았지요. 대회에서 우승한 적도 있고, CD를 제작한 적도 있다더군요. 처음 만났을 때 그 사람은 음대 학생이었고 나는 이류 사립대 학생이었어요. 아는 사람 소개로 만났죠. 우리는 만난 지 얼마 안 돼 결혼했어요. 내가 스물세 살, 그 사람은 스무 살 때였습니다."

남자는 내 질문을 기다리는 듯 이쪽을 쳐다보았다. 내 목소리가 남자의 요구에 응했다.

"결혼을 무척 서두르신 것 같군요."

"아이가, 사쿠라가 생겼습니다."

"그런데 결혼하고 아이까지 낳으면……."

"예, 그 사람은 피아니스트의 길을 깨끗이 포기했습니다. 학교도 그만두고 출산에 전념하기로 했지요. 그 사람은 성장 환경이 그리 좋지 않았기 때문에 행복한 결혼생활에 대한 동경이 남보다 강했던 것 같습니다. 부모님이 어렸을 때 이혼하는 바람에 그 사람은 편모슬하에서 자랐거든요. 가정형편도 굉장히 어려웠던 것 같고요. 학비는 모두 장학금으로 충당했습니다. 게다가 그 무렵부터 자신의 재능에 회의를 느끼기 시작했습니다. 재능이란 자신의 능력을 완전히 믿을 수 있는 능력이라는 말이 있지요. 그 사람에게는 그런 능력이 부족했어요. 그 사람은 자신의 능력을 믿지 않았습니다. 다행히도 우리 집은 경제적으로 여유가 있어서, 부모님에게 목돈을 빌려 그 사람과의 결혼생활을 시작할 수 있었습니다. 물론 부모님은 노발대발하셨지만, 우리는 반대를 무릅쓰고 결혼을 강행했어요."

남자는 그때의 결단을 후회하는 것 같았다.

"당신은 반대하지 않으셨나요? 아기를 낳겠다는 말에."

내 목소리가 물었다.

"어떻게 반대할 수 있습니까?"

남자가 말했다. 남자의 얼굴 위로 경멸에 찬 미소가 스쳐 지나갔다.

"사랑하는 사람에게 아이가 생겼답니다. 그녀는 낳고 싶답니다. 반대할 이유가 어디 있단 말입니까?"

남자는 천천히 숨을 뱉어냈다. 그 숨과 함께 빠져나가 버린 듯, 남자의 얼굴에서 웃음기가 사라졌다.

"생활은 순조로웠습니다. 그 사람은 무사히 사쿠라를 낳았고, 나는 대학을 졸업하고 취직도 했습니다. 결코 넉넉하지는 않았지만, 우리 세 사람이 그럭저럭 살아갈 수 있을 만큼은 벌었습니다."

"그런데요?"

"결혼해서 1년이 지나고 2년이 지나자, 내 마음속에 의심이 생기기 시작했습니다. 사쿠라가 성장함에 따라 그 의심은 자꾸 커져만 갔습니다."

"의심? 어떤 의심입니까?"

"사쿠라는 날 전혀 닮지 않았어요."

남자는 최대한 감정을 억제한 목소리로 말했다.

"그렇지만……."

그다음 말을 재촉하기 위해, 내 목소리가 조용히 반론했다.

"딸이 꼭 아버지를 닮으라는 법은 없지 않습니까?"

"사쿠라는 다른 남자를 닮았어요."

"누굴?"

"마에가와 요이치로."

"그게 누굽니까?"

"지휘자였습니다. 장래가 촉망되는 지휘자였죠. 나하고는 고등학교 동창이었고, 그 사람과는 같은 대학에 다녔어요. 그 사람과 나를 소개해준 장본인이기도 합니다."

"그 사실을 부인에게 확인하셨습니까?"

"확인할 수 있을 리가 없지 않습니까? 어떻게 물으란 말입니까? 사쿠라가 정말 내 아이인가? 마에가와의 아이가 아닌가? 그렇게 물을까요?"

"예."

내 목소리는 더할 나위 없이 거칠어진 남자의 목소리를 손쉽게 받아쳤다.

"그렇게 물었어야 했습니다."

일순 숨을 죽이고 생각에 잠겼던 남자는 이윽고 괴로운 표정으로 고개를 끄덕였다.

"그렇군요. 그래야 했었군요. 하지만 나는 그렇게 물을 수 없었어요."

남자는 부엌 쪽을 쳐다보며 힘없이 고개를 저었다.

"저 사람이 처음이 아니었습니다. 점점 커져만 가는 의혹을 주체하지 못한 채, 나는 셀 수 없을 만큼 많은 여자를 만났습니다. 처음엔 죄책감을 갖기도 했지만, 그런 감정은 서서히 사라져갔지요. 내가 다른 여자를 만나고 다닌다는 걸 알면서도 그 사람은 아무 말도 하지 않았어요. 질투조차 하지 않았어요. 단지 무시하기만 했습니다. 그 대신, 사쿠라에게 모든 애정을 쏟아부었어요. 어릴 때부터 한시도 곁을 떠나지 않고 피아노를 가르쳤지요. 학교에 들어간 후로는 유명한 피아니스트에게 레슨을 받게 했어요. 그때도 그 사람은 항상 사쿠라를 따라다녔지요. 사쿠라와 함께 그 피아니스트의 집에 가서 레슨을 받는 동안 뒤에서 지켜보다가, 사쿠라와 함께 집으로 돌아온 후에는 바로 그날 받은 레슨을 복습하는 식이었어요. 나한테는 눈길조차 주지 않았습니다. 예, 정말 그랬어요. 내기라도 할까요? 그 사람은 내가 바람을 피우든 말든 아무 상관도 없었습니다. 저 사람에 관해서도 전혀 신경을 쓰지 않았고요. 오히려 자기를 대신해서 나를 상대해주니 고마워했는지도 모르지요."

남자는 이것으로 자신의 이야기를 마무리 짓고자 했다. 하지만 내 목소리는 아직 보이지 않는 깊숙한 곳까지 이미 손을 뻗치고 있었다.

"다치바나 씨, 당신은 정말로 그 사실을 몰랐습니까? 사쿠라가 당신 딸이 아니라는 걸 정말로 몰랐나요?"

"알았을 리가 없잖아요?"

남자는 마치 당연하다는 듯 말했다.

"알면서 어떻게 결혼할 수 있습니까?"

"과연 그럴까요?"

"무슨 말을 하고 싶은 겁니까?"

남자가 물었다.

"당신은 알고 있었어요. 부인의 뱃속에 있는 아기가 당신의 아이가 아니라는 것을요. 그래도 당신은 포기할 수 없었겠죠.

이용당한 건 당신이 아니라, 오히려 당신의 부인이었어요. 당신은 그녀가 임신했다는 사실을 이용했어요. 당신을 이용하려고 하는 그녀를 똑같이 이용했단 말입니다. 그래야지만 그녀를 당신 것으로 만들 수 있다고 생각했겠죠. 그때를 놓쳐버리면, 그녀는 결코 당신에게로 오지 않을 테니까요. 당신은 모두 알고 있었어요. 그렇죠?"

남자는 세차게 저항하려다 말고, 그만 힘없이 고개를 떨어뜨렸다.

"난, 그 사람을 사랑했어."

남자는 신음소리를 흘렸다.

"그렇겠지요."

내 목소리가 그를 위로하듯 말했다.

"그리고 그녀에게 사랑받을 수 있을 거라 생각했겠지요. 하지만 그녀 안에 당신이 들어갈 곳은 없었습니다. 그녀와 보낸 시간은 당신에게 그 사실을 확실히 각인시켰을 뿐이에요."

"그건……."

"그게 아니라면, 당신이 들어갈 곳이 있었나요? 그녀 안에 당신이 들어갈 곳이? 한순간이라도 있었나요?"

남자가 침묵했다.

"그녀는 왜 자살을 시도했습니까?"

내 목소리가 물었다. 남자의 파장이 떨리기 시작했다.

"모릅니다."

남자의 목소리도 파장과 마찬가지로 심하게 떨렸다.

"갑작스러운 죽음이었습니다. 마치 잊고 있었던 일을 해치우는 것처럼 자살을 시도했어요."

"거짓말이에요."

내 목소리가 말했다.

"다치바나 씨, 말씀하십시오."

그래도 남자는 망설였다.

"지휘자였다. 마에가와 요이치로를 그렇게 표현하셨죠?"

벼랑 위에서 주저하는 남자의 등을 내 목소리가 살짝 밀었다.

"왜 과거형입니까?"

내 목소리가 말했다. 말해버리면 편해진다. 그렇게도 말했다. 어차피 여기까지 오지 않았습니까? 마지막 한 걸음 남았을 뿐입니다. 그렇게 유혹하고 있었다. 그리고 남자는 그 마지막 한 걸음을 내디뎠다.

"죽었기 때문입니다. 자살했어요."

한 걸음 내디디니, 이제 여분의 힘은 필요할 것 같지도 않았다. 중력의 힘에 이끌리는 대로, 남자는 담담히 이야기를 이어나갔다.

"젊었을 땐 장래를 촉망받았지만, 나이가 들어서는 그리 눈에 띄는 활동을 하지 못했던 것 같습니다. 차세대를 짊어질 새로운 인재라며 지나치게 떠받들려지는 바람에, 자기 자신을 똑바로 보지 못했는지도 모르지요. 20년에 한 번 나올까 말까 한 인재가 이젠 5년마다 한 명씩 나오는 세상이 되었어요. 그의 존재는 점점 잊히고 말았습니다. 그리고 그 역시 자신의 재능을 믿지 않았어요. 사람들이 지켜보는 가운데 건널목에서 철로로 뛰어 들어가, 저만치서 달려오는 열차를 향해 질주했다더군요. 정말 그 자식다운 방법이었어요. 사쿠라의 엄마가 자살하기 3일 전에 일어난 일이지요. 아니."

남자는 거기까지 단숨에 말한 후, 깊은 한숨을 토해냈다.

"그 일이 있고 사흘이 지난 후에 그녀가 자살을 시도했다고 말하는 게 더 타당하겠군요."

남자가 품었던 응어리는 그게 다였다. 나는 남자의 파장에서 떨어져 나왔다. 거실로 빛이 들어왔다. 부엌에서 들려오던 물소리는 어느덧 잠잠해져 있었다. 남자는 내 앞에서 눈을 꼭 감은 채 손가락으로 눈썹 사이를 문지르고 있었다.

"정말 가혹하군요. 하지만……."

내가 말했다.

남자는 내 말을 듣고 있지 않았다. 아무 말 없이 훌쩍 자리에서 일어나더니, 힘없는 몸짓으로 거실을 나가버렸다.

다치바나 씨, 라고 나는 남자를 불렀다.

그게 사실이라면 정말 가혹하다고 생각합니다. 피아니스트와 지휘자가 사랑에 빠져 둘 사이에 아이가 생겼다. 피아니스트는 엄마가 되고 싶었지만 지휘자는 아버지가 될 수 없었다.

그래서 두 사람이 짜고 경제적으로 풍족했던 당신을 아버지로 만들었다. 그런데 지휘자는 멋대로 죽어버렸고, 피아니스트 역시 그의 뒤를 따라 죽어버렸다. 당신도, 아이도, 그리고 세상 모든 것을 다 버리고. 그게 사실이라면, 정말 가혹한 일이라고, 예, 저도 그렇게 생각합니다. 하지만, 다치바나 씨.

"사쿠라가 잘못한 건 아무것도 없지 않습니까?"

미즈타니 씨가 쟁반 위에 샌드위치를 담아 가지고 왔다.

"다치바나 씨는 저쪽에서 드신다고 하는데, 야나세 씨는 어떻게 하시겠습니까? 여기서 드시겠어요?"

나는 미즈타니 씨를 바라보았다. 그녀는 남자의 마음속에 맺힌 응어리를 이해할까? 그래도 그녀는 남자를 사랑할까? 아니면 단지 동정할 뿐일까? 직접 물어보고 싶은 충동에 휩싸였지만, 나는 참을 수밖에 없었다. 아무려면 어떻습니까? 그녀가 그렇게 말한다면, 나는 뭐라고 대답해야 좋을지 알 수 없었던 것이다.

"아뇨, 사쿠라의 방에서……. 괜찮겠습니까? 단서가 될 만한 것이 있는지 찾아보고 싶습니다."

나는 말했다.

"예, 물론이에요."

사쿠라의 방까지 샌드위치를 가져다주겠다는 미즈타니 씨의 친절을 마다하고, 나는 양손으로 쟁반을 들고 홀로 계단을 올라갔다.

다치바나 사쿠라의 방은 전에 왔을 때와 거의 모든 것이 똑같았다. 피아노도 있었고, 책상과 침대와 책장도 있었으며, 어항에는 여전히 물고기가 하나도 없었다. 단지 이 방의 주인과 침대 위의 고양이가 사라졌을 뿐이다. 하지만 전에 왔을 때 느끼지 못했던 점이 하나 있었다.

"그런데 말이야, 이 방은 왜 이렇게 추운 거지?"

나는 다치바나 사쿠라에게 물었다.

아무도 대답해주지 않았다. 책장에 있는 오르골 인형이 지금 당장이라도 웃음을 터뜨릴 것 같은 얼굴로 나를 바라볼 뿐이었다.

나는 샌드위치를 입에 넣고 우물거리면서 방 안을 탐색하기 시작했다. 책상서랍을 열어보고, 침대 밑을 들여다보기도 했다. 다치바나 사쿠라에게 실례가 되는 행위이긴 했지만, 예의를 차릴 생각은 눈곱만큼도 없었다. 다치바나 사쿠라를 찾을 인간은 이 세상에 단 한 사람, 나밖에 없었다. 그것만은 확실했다. 다치바나 사쿠라가 자기 발로 돌아오는 일은 없을 것이다. 그것도 확실했다. 나는 옷장을 열어보고, 쓰레기통을 뒤졌다. 책장에 있는 책을 한 권씩 꺼내서 모조리 들춰보기도 했다. 더는 찾아볼 곳이 없어 그만 포기하려던 순간, 피아노 위에 놓인 사진틀이 눈에 들어왔다. 사진틀은 원래 있던 곳에 세워져 있었으나, 그 안에 있던 사진은 사라지고 없었다. 나는 그 사진틀을 들고 계단을 내려왔다.

남자와 미즈타니 씨는 멍하니 식탁에 앉아 팔꿈치를 괴고 있었다. 두 사람 앞에 놓인 샌드위치에는 손을 댄 흔적조차 없었다. 내가 사진틀을 눈앞에 내밀자, 남자는 조건반사적으로 그것을 받아 들었다. 사진틀을 한동안 바라보던 남자는 의아하다는 눈빛으로 나를 올려다보았다.

"거기 들어 있었던 사진, 기억하십니까?"

남자는 모르는 것 같았다. 그는 천천히 고개를 가로저었다.

"사쿠라가 어머님과 같이 찍은 사진이었습니다. 낡은 피아노, 그리고 이상한 빛이 들어가 있는 사진이었어요."

"아아, 예, 기억해요."

미즈타니 씨가 거들었다.

남자도 그제야 생각난 듯 고개를 끄덕였다.

"생각나는군요. 그런 사진이 있었지요. 오래전, 벌써 10년도 더 된 사진일 거예요. 사쿠라가 그 사진을 방에 걸어두고 있었습니까?"

"거기가 어디였죠?"

"옛날에 살았던 마을의 교회예요. 내 아버지가 돌아가시고 여기로 이사 오기 전에 살았던 마을이죠. 근처에 교회가 있어서, 그 교회 부탁으로 사쿠라의 엄마가 일요일마다 피아노를 치러 갔었어요. 찬송가 반주 말입니다. 사쿠라도 데리고 갔으니, 아마 그때 찍은 사진일 겁니다. 그럼, 사쿠라가 그곳에?"

"모르겠습니다. 하지만 그럴 가능성도 있지 않을까요? 장소를 가르쳐주십시오."

"가주시겠습니까? 거기까지?"

"예, 가겠습니다."

"애써주시는군요. 감사합니다."

남자가 고개를 숙였다. 나는 남자에게서 배턴을 이어받았다는 사실을 깨달았다. 또한 남자가 배턴을 넘겨준 이상 미즈타니 씨가 그 배턴에 미련을 보일 리도 없었다.

"그럼, 잘 부탁드리겠습니다."

미즈타니 씨도 깊이 고개를 숙였다.

그 마을은 다치바나 사쿠라의 집에서 전철로 1시간 정도 걸리는 곳에 있었다. 큰 신사를 에워싼 형태로 낡은 집들이 나란히 줄지어 있었고, 그 사이사이를 좁은 골목길이 마치 거미줄처럼 얽혀 있었다. 사쿠라의 아버지가 메모지에 적어준 예전

집 주소를 찾아가 보았지만, 낡은 아파트가 서 있어야 할 그곳은 이미 주차장으로 변해 있었다. 지나가는 사람에게 물어보니 교회는 아직 있다고 했다. 그 사람은 교회까지 가는 길을 친절하게 가르쳐주었다.

"건물이 아직 있긴 하다만, 그 교회, 벌써 문 닫았지, 아마?"

산책을 나온 듯 어슬렁어슬렁 걷던 그 노인은 쓰고 있던 헌팅캡을 벗고 머리카락 하나 없는 머리를 벅벅 긁어댔다.

"응, 그러고 보니 그곳 주지도 요즘 잘 안 보이더구먼."

그 주지가 목사인지 신부인지는 모르겠지만, 여하튼 나는 그 노인에게 고맙다는 인사를 하고 가르쳐준 대로 걷기 시작했다.

교회는 금방 눈에 띄었다. 예스러운 일본풍 가옥이 늘어선 마을 안에, 서양풍의 뾰족한 지붕이 주위 경치에 어울리지 못하고 홀로 떠 있는 것처럼 느껴졌다. 주위의 다른 건물에는 몇 세대에 걸친 역사가 구석구석 감돌았지만, 그 건물은 그리 오래돼 보이지 않았다. 또한 주위의 건물들은 강인하게 살아남았지만, 그 건물은 이미 숨이 끊어져 있었다.

나는 높다랗게 치솟은 철문을 세게 밀어보았다. 문은 불쾌한 소리를 내지르면서 힘겹게 열렸다. 밖에서는 보이지 않았는데 문을 열고 들어가니 건물 앞의 나지막한 목제 계단에 남자가 한 명 앉아 있었다. 남자는 고개를 떨어뜨린 채 꼼짝도

하지 않았다.

죽었나?

순간적으로 그런 생각이 들었다. 그러나 내가 계단에 한 발을 올려 삐걱거리는 소리가 나자 남자는 얼굴을 들고 나를 쳐다보았다.

"안녕하세요."

내가 먼저 인사했다.

남자가 입을 우물거리며 뭐라고 말한 것 같았다. 그러나 그 목소리가 내 귀에 닿을 즈음에는 이미 아무 의미 없는 소리의 나열일 뿐이었다. 남자의 머리 위에서 파리매가 기둥 모양으로 춤을 추고 있었다. 해가 떨어져 어스레한 교회 마당에서 파리매 떼는 왠지 모를 불길함을 뿜어냈다.

"교회 분이십니까?"

내 물음에 남자는 고개를 끄덕이다가, 다시 고개를 옆으로 세차게 흔들어댔다. 그리고 또다시 입속으로 뭔가를 말했다. 나는 그의 말을 알아들을 수가 없어, 남자 옆에 다가가 앉아 다시 한 번 물었다. 생기 없는 모습에 나이가 꽤 많을 것이라 예상했지만, 가까이에서 본 그의 피부는 아직 중년을 앞둔 정도로밖에 보이지 않았다.

"뭐라고요?"

"여기 살아요. 그뿐이에요."

남자가 말했다.

누군가에게 무언가를 변명하는 듯한 말투였다. 그뿐이니 그냥 눈감아달라고 말하고 싶은 모양이었다.

"사람을 찾고 있습니다. 중학생 여자아이인데, 여기 오지 않았나요?"

"글쎄요. 여기 계속 앉아 있었지만, 찾아온 사람은 단 한 사람밖에 없었어요. 중학생 여자아이는 아니었습니다."

"확실합니까? 건물 안은요? 안에도 없습니까?"

"문이 잠겨 있어요."

남자가 대답했다. 뒤를 돌아 건물 입구를 쳐다보니, 두 문짝의 손잡이에 체인이 단단히 감겨 있었다. 그 순간 격심한 피로감이 내 몸을 덮쳐왔다.

내가 잘못한 걸까? 어디에서 무엇을 잘못하고 말았단 말인가? 이제 와 생각해보면, 내가 다치바나 사쿠라를 찾아낼 수 있으리라는 근거는 어디에도 없었다.

일어설 기력조차 없었다. 일어선다고 해도 달리 갈 만한 곳도 없었다. 무슨 사정인지 물어볼 생각도 않은 채 남자는 여전히 시체처럼 그곳에 앉아 있었다.

"여기서, 무엇을 하십니까?"

내가 물었다.

"아무것도."

남자가 대답했다.

"다른 사람에게 알릴 만한 건 아무것도."

"여기……."

이렇게 말을 꺼내긴 했지만 정확히 판단할 수 없었던 나는 노인이 한 말을 그대로 빌리기로 했다.

"주지이신가요?"

주지?

남자는 이렇게 되물은 다음, 음울한 미소를 지으며 고개를 끄덕였다.

"예. 예전엔 그랬지요."

"폐쇄된 지 얼마나 됐습니까?"

정말로 궁금했던 건 아니었다. 이 자리를 뜨지 않으려면 뭔가 핑곗거리가 필요할 테고, 지금 당장 내 주위에 도움이 될 만한 핑곗거리는 이 남자밖에 없다는 걸 깨달았을 뿐이다.

"1년. 이제 곧 1년이 됩니다. 작년 여름이었으니."

대화에 굶주렸던 것 같진 않았지만, 남자는 처음 보는 낯선 사람의 질문에도 별 경계심 없이 대답했다.

"작년 여름에 무슨 일이 있었습니까?"

도가 지나쳤는지, 남자는 대답하지 않았다. 그 대신 남자의 파장이 호소해왔다. 남자의 조용한 모습과는 정반대로 굉장히 격렬한 파장이었다. 그걸 알아차렸을 때, 이미 우리는 세상으로부터 차단되어 있었다. 땅거미보다도 더 깊은 어둠이 남자와 나를 덮쳤다. 습기를 품은 공기 냄새가 별안간 멀어져 갔다. 그리고 내 파장이 평탄하게 가로누운 남자의 파장과 겹쳐졌다.

"한 가지 여쭈어도?"

내 목소리는 스스럼없었다. 하지만 남자는 주저했다. 내 가치를 헤아리고자 이리저리 탐색하던 그의 시선은 이윽고 나에 대한 관심이 엷어지는 듯 초점을 잃어갔다.

"신은……?"

남자가 말했다.

"예?"

"믿습니까?"

"모르겠습니다. 있을지도 모르고, 없을지도 모르지요."

"불가지론자이군요. 그게 가장 무난하지요. 가장 무난하면서 가장 교활해요."

자신의 말에 비난의 색채가 담겨버렸다는 사실이 애석한 듯 남자는 입을 굳게 다물었다. 그리고 남자의 파장은 내 파장의 무게에 부담을 느끼고, 몸을 쉴 새 없이 비틀어대기 시작했다.

"그렇군요."

내 목소리가 남자의 내면에까지 들어가 위로해주었다.

"그럴지도 모르겠군요. 당신은요? 신을 믿습니까?"

"난⋯⋯."

남자의 파장이 실룩거렸다. 남자는 자신의 손을 가슴팍으로 뻗어, 셔츠 아래에서 목걸이를 꺼내 보여주었다. 그리고 목걸이에 걸려 있는 은색 십자가를 꽉 움켜쥐었다.

"나는 믿었습니다. 신을요. 신은 존재해야만 한다고 생각했습니다. 신이 없다면 어떻게 인간이 인간으로서 살아갈 수 있겠습니까? 인간은 짐승이 아닙니다. 개체 유지. 종족 보존. 그런 단순한 규칙밖에 없다면, 어떻게 인간으로서 살아갈 수 있단 말입니까? 신이 없다면 도대체 누가 우리를 규제할 수 있겠습니까?"

신은⋯⋯.

남자가 말했다

"절대적 실재입니다."

"그건 신앙이 아니라 신념 아닐까요?"

내 목소리가 유혹했다. 내 말에 저항할 만한 힘이 남자에겐 남아 있지 않았다.

"그래요, 그럴지도 몰라요. 그래서 나는 간절히 바랐습니다. 신비 체험을 말이죠. 신에게 당신의 존재를 어렴풋이나마 보여달라고, 나는 계속 기도해왔습니다."

어느 여름날이었어요, 라고 남자가 말했다.

"많은 사람들의 환호성 소리에 무슨 일인가 싶어 교회에서 나와보니, 마쓰리(무속신앙에서 비롯된 일본 고유의 축제로 제사를 올리거나 혼령을 모신다는 의미가 포함되어 있다─옮긴이)가 한창 진행되고 있었어요. 미코시(신위를 모시는 가마─옮긴이)를 어깨에 짊어진 사람들이 교회 바로 앞길을 막 지나고 있었습니다."

　어여차, 어여차…….

　물론 그건, 이라고 남자가 말했다.

　"물론 그건 신앙이 아닙니다. 단순한 연중행사일 뿐이지요. 아무도 그걸 신앙으로 생각하지 않아요. 하지만…… 아니, 그래서일까요? 나는 그 모습에 강한 질투를 느꼈어요. 그게 내가 믿는 것과 다른 종교라 해도 신을 위한 행위였다면, 그런 감정이 싹트지 않았을지도 모릅니다. 일심불란으로 아무런 대가도 없이, 그렇게 무거운 것을 모두 함께 짊어지고 있었어요. 그리고 모두 나와서 그 모습을 지켜보았죠. 짊어진 사람들도, 보는 사람들도, 모두 행복한 얼굴로 눈을 반짝이면서……. 신앙에서 비롯되었지만 신앙은 아니에요. 나는 그 풍경에 질투를 느꼈는지도 모릅니다."

　손에서 핏기가 가서 허옇게 변할 정도로, 남자는 가슴팍의 십자가를 꼭 움켜쥐었다.

　"그때 한 남자가 내 옆에 섰어요."

　부럽습니까?

"그 남자는 미코시를 바라보며 나한테 이렇게 물었어요. 한 번도 만난 적이 없는 낯선 남자였죠. 처음 만난 남자가 내 마음을 꿰뚫어 보았다는 사실에 나는 적잖이 당황했습니다."

설마요.

"나는 그렇게 대답했어요."

단순한 축제일 뿐이에요. 저건 신앙이 아닙니다.

지당하신 말씀입니다.

"남자는 내 말에 수긍하는 듯했어요."

하지만 그게 바로 종교지요. 내 말이 틀렸습니까?

무슨 말을…….

"나는 그렇게 말했어요. 그 남자가 무슨 말을 하는 건지, 정말로 알 수가 없었습니다."

종교가 바로 마쓰리예요. 그러니까 당신 생각은 본말이 전도된 거란 말입니다. 마쓰리가 종교적 색채를 띠는 게 아니라, 종교가 원래 마쓰리와 같은 것이었어요. 넋을 잃을 정도의 고양감, 그때 느끼는 일순의 도취감. 그것이야말로 종교가 아니고 무엇이겠습니까?

"지금 나를 우롱하는 겁니까? 나는 그렇게 말했어요. 하지만 그 남자는 거리낌이 없었지요."

그 도취감에 의해 구원받으려는 사람이 신자입니다. 그걸 납득할 수 없다면, 그 사람은 철학이라는 미로에서 헤맬 수밖에 없어요. 출구가 없는 미로 말입니다. 그러니까…….

"열띤 어조로 말하는 것도 아니었습니다. 오히려 지루하고 따분하다는 듯한 말투였어요."

그러니까 종교를 가지고 설득하려 해서는 안 됩니다. 종교는 단지 내려주는 겁니다. 상대방이 필요없다고 하는데 억지로 믿으라고 하는 건 아무런 의미가 없습니다. 아시겠습니까? 종교는 오래전에 없어졌습니다. 마음으로 받아들여지지 않는 가르침은 원리를 내세워서 설득하려 하지요. 때로는 권력이라는 후원자를 등에 업기도 하고요. 그게 바로 당신들이 말하는 종교입니다. 도취감에 호소하는 것이 아니라, 강박관념에 호소하지요.

"당신이 주장하고 싶은 게 뭔지 잘 알겠습니다. 나는 비웃으며 이렇게 말해주었어요."

아니, 당신은 아직도 몰라.

"남자가 나를 보고 있었어요. 가엾다는 듯이. 그 눈에 깃든 건 명백한 동정심이었어요."

그러니까 지옥이 탄생한 게 아닙니까? 도취감 속에는 지옥이 없어요. 지옥은 바로 강박관념 속에 있습니다. 권위를 등에 업고 원리를 내세워 설득하려 할 때, 종교는 비로소 지옥을 얻게 되는 거지요. 믿어야만 한다. 신의 뜻에 따르는 생활을 해야만 한다. 그렇지 않으면…….

"나는 물었어요."

지옥에 간다?

"남자가 대답했지요."

그렇습니다.

그 말은……?

그래요.

"남자가 갑자기 내 눈을 응시했습니다."

당신이 사람들을 이끌어가는 곳은 구원이 아니라 지옥입니다. 당신이 일깨우는 건 사랑이 아니라 공포예요.

"나는…… 도대체 여태까지 뭘 한 걸까? 그런 생각이 들었습니다. 아무 대답도 할 수가 없더군요. 내 머릿속의 뇌가 축 늘어져버린 것만 같았지요. 그때 신은 내 안에 없었습니다. 정신을 차리고 보니 남자는 어디론가 사라지고 없더군요. 참 어이가 없었어요. 그렇게도 원했던 신비 체험을 처음 경험했는데도, 난 기뻐할 수가 없었습니다. 신을 부정하는 기적이었으니까요."

남자의 손이 십자가에서 떨어졌다.

"교회를 닫기로 했지요. 지금의 나는 아무 존재도 아닙니다. 신을 믿을 수도 없고, 버릴 수도 없고, 죽을 수도 없고, 사는 목적도 없고, 그냥 단지 여기에 있을 뿐입니다."

남자는 다음 말을 어떻게 이어야 할지 생각하는 듯 잠시 한

숨을 돌렸다.

"여길 찾아온 사람이 한 명 있었다고 했지요?"

"예."

"그 남자였어요."

"무얼 하러 왔습니까?"

"아무것도. 그냥 거기에 앉아 있었습니다."

남자는 내가 앉아 있는 바로 그곳을 쳐다보았다.

"그리고 단 한마디. 또다시 여름이 찾아오겠지요, 라고, 그 말만 남기고 사라졌어요."

그랬죠, 라며 남자가 고개를 끄덕였다.

"또다시 여름이 찾아오겠지요."

격렬하게 흔들리던 남자의 파장이 바로 그 지점에서 툭 끊어져버린 듯 평탄하게 가로누웠다. 나는 남자에게서 파장을 떼어냈다. 내가 처음 봤을 때와 똑같은 자세로, 남자는 고개를 푹 숙인 채 꿈쩍도 하지 않았다.

원하신다면, 내가 죽여드릴까요? 여름이 찾아오기 전에.

그 말을 내뱉지 못한 이유는 무서웠기 때문이다. 만약 남자가 내 말을 받아들였을 때, 그 상황에서 벗어날 수 있는 힘이 나에게는 없었다.

나는 무거운 몸을 일으켰다.

"그 남자라면."

그리고 일어서서 말했다.

"저도 잘 압니다."

남자가 유유히 고개를 들어 나를 바라보았다.

"또 올까요? 그가 나를 또 찾아올까요?"

그렇게 될까 봐 두려워하는 것 같기도 했고, 그렇게 되기를 바라는 것 같기도 했다. 용서를 구하는 듯, 벌을 기다리는 듯, 남자는 죄인의 얼굴로 내 대답을 기다렸다. 남자는 자기만의 믿음을 쌓아 올렸던 것이다. 그러나 한층 더 완전한 것을 바라면 바랄수록 마음속 구멍이 커질 뿐이었다. 이제 남자가 믿었던 신도, 나도, 이 세상 어느 누구도, 남자를 구해낼 수는 없을 것이다. 만약 그를 구할 수 있는 사람이 있다면, 그건 그를 찾아왔었다는 그 남자 한 사람뿐이겠지.

"올 겁니다. 당신이 살아 있는 한, 몇 번이고 다시 찾아올 겁니다."

나는 말했다.

"그럴까요?"

내 말에 절망했다는 듯, 혹은 안도했다는 듯, 남자는 깊은숨을 뱉고는 다시 눈을 감았다.

어디선가 들려오는 동물 울음소리에 나는 주위를 두리번거렸다. 언제부터 그곳에 있었는지 새하얀 고양이가 건물 앞에 서서 이쪽을 보고 있었다. 내 시선을 기다리던 고양이는 마침

내 천천히 움직이더니 문짝 사이로 빨려 들어갔다. 나는 문 앞에 섰다. 양쪽 문손잡이 사이에 묵직한 체인이 여러 겹으로 단단히 감겨 있었다. 하지만 그뿐, 그것을 고정시키고 있었을 자물쇠가 발밑에 떨어져 있었다. 나는 체인을 풀고 두 개의 문짝을 활짝 열어젖혔다. 남자는 이쪽을 보려고도 하지 않았다. 나는 교회 안으로 발을 들여놓았다.

정면으로 보이는 곳에 제단이 있고, 그 옆쪽으로는 사진에서 보았던 낡은 피아노가 있었다. 좌우로 나란히 놓인 긴 의자를 보면서, 나는 제단까지 이어지는 통로를 천천히 걸어갔다. 다치바나 사쿠라는 제단에서 가장 가까운 의자 위에, 머리를 이쪽으로 하고 누워 있었다. 자는 것 같았다. 다치바나 사쿠라의 손은 자신의 배 위에 웅크린 고양이 등에 놓여 있었다. 잠든 다치바나 사쿠라를 깨우고 싶지 않다는 듯, 고양이가 야옹, 하고 작은 소리로 말했다.

"안녕."

나도 작은 소리로 속삭여주었다.

나는 다치바나 사쿠라의 머리 옆에 살며시 앉았다. 제단 뒤편에는 스테인드글라스가 있었다. 아기를 가슴에 안은 엄마와 그녀를 둘러싼 세 명의 노인, 그리고 두 천사가 평온하고 행복한 무언가를 상징하고자 헛된 노력을 반복하고 있었다.

으응, 하는 콧소리를 내며 다치바나 사쿠라가 눈을 떴다.

그리고 위에서 바라보는 나를 발견하고는, 방긋 웃었다. 천진난만한 미소였다. 다치바나 사쿠라가 아직 열네 살 소녀라는 점을 나는 새삼스레 떠올렸다.

"안녕."

"으응."

내가 인사하자 다치바나 사쿠라가 대답했다.

그리고 다치바나 사쿠라는 몸을 느릿느릿 일으켰다. 고양이가 다치바나 사쿠라의 몸에서 일단 뛰어내리더니, 그녀가 자세를 고쳐 앉자 다시 그녀의 무릎 위로 뛰어올랐다.

"찾았구나."

나는 그 녀석의 머리를 토닥거리며 말했다.

"응. 찾았어."

불만스러운 듯 나를 올려다보는 고양이의 턱 밑을 쓰다듬으며, 다치바나 사쿠라는 고개를 끄덕였다.

우리는 스테인드글라스에 그려진 일곱 사람을 바라보며 한동안 묵묵히 앉아 있었다. 그 일곱 명은 변함없이 공허한 노력을 계속했다. 그 뒤편에서 들어오는 빛이 한낮의 밝은 햇살이었다면, 그들의 노력에서 조금이나마 흐뭇함을 느꼈을는지도 모른다. 하지만 저물어가는 태양의 엷은 빛을 받은 그들의 모습은 어쩐지 구슬프게만 느껴질 뿐이었다.

"저런 게, 사랑이야?"

다치바나 사쿠라는 그 일곱 명을 바라보며 물었다.

"글쎄, 알 수 없지."

나는 대답했다.

다치바나 사쿠라는 주머니에서 사진을 꺼냈다. 과거와 현재를 이어보려는 듯, 자신의 시야 속 피아노가 있는 위치에 사진 안의 피아노를 올려놓았다.

"결국, 엄마는…… 날 사랑하지 않았어."

다치바나 사쿠라는 이렇게 말하며 손끝에 있는 사진을 바라보았다.

나는 대답하지 않았다. 그녀는 그녀 자신도 깨닫지 못하는 사이에 파장을 풀어놓고 있었다. 그녀의 파장에 다가가려는 나의 파장을, 나는 필사적으로 억눌렀다.

"엄마가 사랑한 건 마에가완지 뭔지 하는 남자뿐이었어."

다치바나 사쿠라는 사진을 다시 주머니 속에 넣었다.

"엄마의 옛 애인."

"아버님한테 들었어."

"그래?"

다치바나 사쿠라는 힘없이 고개를 떨어뜨렸다.

"엄마는 날 사랑한 게 아니었어. 내 안에서 그 남자의 모습을 보고 있었던 거지. 단지 그것뿐이었어. 그래서 엄마는 나를 그토록."

그렇게 말한 후, 다치바나 사쿠라는 다음 말을 망설였다.

"붙잡아뒀지."

내가 말을 받았다.

다치바나 사쿠라는 고개를 끄덕이며 인정했다.

"그래, 붙잡아뒀지. 나도 알고 있었어. 그래서 필사적으로 피아노 연습을 했던 거야. 엄마가 기뻐해주길 바랐으니까. 엄마에게 칭찬받길 원했으니까. 기뻐하고, 칭찬해주고, 그렇게 날 사랑해주길 원했으니까. 그런데."

다치바나 사쿠라가 말을 이었다.

"그런데 나 역시 엄마를 사랑하지 않았어. 엄마의 사랑을 받고 싶었을 뿐이야. 그래도 날 사랑해주지 않는 엄마를, 난 정말이지 마음속 깊은 곳에서 증오했어. 그렇게 미워하는 것으로 끝냈어야 했는데. 유럽에서 돌아온 후로, 난 그때부터 엄마를 경멸하기 시작했어. 엄마는 알고 있었던 거야. 그래서 자살한 거야."

"너 때문이 아니야."

내가 나섰다.

"알아. 나 때문이 아니었어. 사실은 다 알아. 엄마는 내 안에 있는 그 남자에게 미움을 받고 경멸당한다는 사실을 견뎌내지 못했던 것뿐이야. 나 때문에 엄마가 자살 따위 할 리 없어. 그래서 죽이러 간 거야. 적어도 마지막은, 의식조차 없어진 마지막 목숨 정도는 나에게 넘겨달라고, 그렇게 말하고 싶었어."

"그래, 그래."

"한밤중에 병원에 숨어 들어갔어. 너무나도 쉽게 들어가서, 또 너무나도 쉽게 엄마가 있는 병실로 갔지. 목 안 깊숙이 튜브를 끼운 채 엄마가 자고 있었어. 튜브의 끝부분이 기계에 연결되어 있었지. 기계에 다이얼이 하나 있는데, 그 다이얼을 네 개의 눈금 중 가장 왼쪽으로 돌리면 기계가 멈춘다는 걸 이미 들어 알고 있었어. 가사이 선생님한테 넌지시 물어봐 뒀거든. 지금 왼쪽에서 두 번째 눈금을 가리키고 있는 다이얼을 단 한 번, 찰칵하고 왼쪽으로 돌리는 것만으로 엄마는 죽는 거야. 나는 다이얼을 잡았어."

다치바나 사쿠라는 소녀다운 미소를 지었다. 행복해 보이는 미소였다. 그대로 유리창에 옮겨놓고 뒤에서 빛을 비추고 싶어지게 만드는 미소였다.

"다이얼에 손을 댄 순간, 내가 얼마나 기뻤는지 알아? 이렇게 쉽게 엄마를 죽일 수 있어. 내 손을 조금 비트는 것만으로 엄마는 죽는 거야. 정말 통쾌했어. 얼마나 좋은지 오줌을 지릴 정도였으니까. 엄마와 나는 비로소 하나가 되었다. 난 그 감각을 즐기고 있었는지도 몰라. 언제까지나 그렇게 있고 싶었어. 그런데."

다치바나 사쿠라의 행복한 듯한 미소가 흔들리기 시작했다.

"갑자기 뒤에서 누군가가 손을 뻗었어. 그 손은 내 손을 다이얼에서 떼어냈지. 가사이 선생님이었어. 왼손으로 내 오른손을 붙잡은 가사이 선생님은 그대로 오른손을 뻗어 다이얼을 돌렸어. 정말로 아무렇지도 않은 듯. 떨어뜨린 펜을 줍는 것처럼 그 정도는 별일 아니라는 듯. 찰칵, 하는 소리 다음에, 휴우, 하는 엄마의 숨소리가 들렸지. 마치 내가 아니라서 다행이라고 말하는 것처럼. 내 손에 죽지 않아서 정말 다행이다, 그렇게 말하는 것처럼."

다치바나 사쿠라는 위태로운 미소를 얼굴에 드리운 채 눈물을 흘렸다.

"가사이 선생님은 한마디도 하지 않고 병실을 나갔어. 난, 그냥 멍하니 있을 수밖에 없었어. 한참 동안 아무것도 생각할 수 없었지. 퍼뜩 정신을 차리고 엄마의 심장에 귀를 대어봤어. 이미 멈춰 있었어. 손목에 손을 대보기도 했지. 맥박도 뛰지 않았어. 온 병원을 돌아다니며 가사이 선생님을 찾아다녔어. 죽여버릴 테야. 반드시 죽여버리고 말 테야. 겨우 기회를 얻었는데, 내가 엄마를 죽일 수 있었는데, 그게 마지막 기회였는데. 그런데 그 기회를 빼앗아가다니."

눈물이 다치바나 사쿠라의 볼을 타고 내려왔다.

"하지만 찾을 수가 없었어. 날이 밝아질 무렵에 난 집으로 돌아왔어. 하지만 잠을 이룰 수 없었지. 아침 뉴스를 봤는데, 뉴스에 나오지 않는 거야. 엄마에 관한 이야기는 아무도 하지 않았어. 정말 거짓말 같았지. 가사이 선생님과 내가 힘을 합쳐 엄마를 죽였는데, 그래서 정말로 엄마가 죽었는데, 아무도, 아무 말도 하지 않는 거야. 꿈이었나 싶을 정도였어. 그런데 조금 있으니 병원에서 전화가 걸려 오더라. 엄마가 죽었다고. 난 아빠 손에 이끌려서 병원으로 갔어. 엄마는 물론 죽어 있었지. 침대 옆에 서 있는 몇 명의 의사 중에 가사이 선생님도 있었어. 가사이 선생님은 날 가만히 바라보고 있었지. 언젠가 반드시 죽여버릴 테야. 그렇게 생각하면서 나도 가사이 선생님을 노려보았어."

"지금도 죽이고 싶다고 생각하니? 만약 그때로 다시 돌아갈 수 있다면, 지금도 그때처럼 엄마를 죽이러 갈까?"

아마도 교수가 묻고 싶었을 유일한 질문을, 나는 교수 대신 물었다.

"갈 거야."

다치바나 사쿠라는 단호하게 대답했다.

"그렇구나."

나는 고개를 끄덕였다.

"하지만 정말로 죽일지는 모르겠어. 한 번 더 그 다이얼에 손을 뻗었을 때, 죽일 것 같기도 하고 죽이지 않을 것 같기도 해. 하지만 죽이고 싶다는 그 마음은 앞으로도 변하지 않을 것 같아."

"그래. 아무려면 어때? 그 마음은 평생 동안 바뀌지 않을지도 몰라. 그리고 그 마음과는 전혀 다른 또 하나의 마음이 생길 때도 있을 거야."

다치바나 사쿠라는 그것에 대해 생각하는 듯 한참 동안 내 얼굴을 바라보았다.

"가사이 선생님은, 내 손으로 엄마를 죽이게 하지 않으려고 나 대신 엄마를 죽인 걸까? 날 위해서였을까?"

마침내 다치바나 사쿠라가 입을 열었다.

"그건 나도 몰라. 널 위해서였는지도 모르고, 엄마를 위해서였는지도 몰라. 하지만 어느 쪽이든 네가 신경 쓸 필요는 없어. 그분은 성직자거든. 그렇게 해야 할 의무가 있다고 생각하면, 가시밭길이라도 맨발로 걸어갈 분이지. 그러니까 걱정하지 마. 널 위해서였다고 해도 그게 사랑은 아니니까."

"그래?"

다치바나 사쿠라는 고개를 숙였다.

그러고 나서도 한참 동안 다치바나 사쿠라는 묵묵히 스테인드글라스를 바라보았다. 조용한 그녀가 염려되는 듯 고양이가 무릎 위에서 몸을 뻗어 다치바나 사쿠라의 턱을 혀로 핥아주었다.

"나, 여자였어."

다치바나 사쿠라는 고양이의 머리를 어루만지며 불쑥 이 한마디를 중얼거렸다.

"내가 엄마와 똑같은 여자라는 사실을 한 번도 생각한 적이 없었어. 그런데 그날 치한을 만났을 때 문득 깨달았지. 내가 엄마와 똑같은 여자이고, 그러니까 언젠가는 나도 엄마가 된다는 걸. 바보 같지?"

나는 대답하지 않았다. 고양이가 야옹, 하고 울며 아양을 떨었다.

"그땐 괜찮았어. 너랑 이야기를 나눈 후에 힘을 얻어서 다시 씩씩하게 살아갈 수 있을 것 같았어. 여자로 살자. 그게 뭐가 그리 힘든가? 엄마도 돼보는 거야. 그렇게 생각했어. 그래서 여성스러운 옷도 사고 팬티까지 샀지. 그런데 집에 돌아오자마자 갑자기 생리가 시작된 거야. 처음이었어. 열네 살인데, 아직도 없었거든. 그런데 갑자기 시작된 거야. 정말 놀랐어. 여자라는 걸 의식했더니, 내 몸이 별안간 반응했다고나 할까? 담담하게 받아들이기가 힘들었어. 언젠가 나도 엄마가 된다는 것, 그것이 너무나도 현실적으로 느껴지는 거야. 다시 힘을 내서 씩씩하게 살아보자고 결심했던 내 마음이 어디론가 달아나버렸어. 무서웠어. 먹은 걸 다 토해낼 정도로 무서웠어. 참을 수 없었어. 그런데 이 녀석이."

다치바나 사쿠라는 고양이의 머리를 톡톡 두드리며 말을

이었다.

"사라진 거야. 그래서 찾으러 나왔지."

"걱정했어."

"날 찾아주는 사람이 있으리라고는 생각도 못했어."

다치바나 사쿠라는 웃었다.

"아니, 글쎄…… 어쩌면 기대했는지도 모르지. 하지만 아무래도 좋았어. 이 녀석 뒤를 따라가는 동안 갑자기 어디론가 사라져버리고 싶다는 생각이 드는 거야."

"유감스럽게도 인생은 그렇게 만만치가 않아."

내 말에 다치바나 사쿠라는 고개를 까딱하며 웃었다.

"그런 것 같아."

"같까?"

"응."

우리는 일어섰다. 다치바나 사쿠라의 무릎에 앉아 있던 고양이가 바닥으로 훌쩍 뛰어내리더니, 무언가를 확인하려는 듯 다치바나 사쿠라를 올려다보았다.

"난 괜찮아. 아직 괜찮지 않을지도 모르지만, 어떻게든 살아볼 거야. 그러니까 넌 이제 엄마한테 가."

다치바나 사쿠라가 말했다.

고양이는 다치바나 사쿠라를 향해 한 번 고개를 숙이고는, 나에게도 야아옹, 하며 길게 울어주었다.

"안녕."

나도 인사를 했다.

늠름한 모습으로 꼬리를 세우고 제단으로 걸어간 고양이는 제단 위로 한 번 뛰어오르더니 공중으로 훌쩍 날아올랐다. 내 눈에는 스테인드글라스 속으로 뛰어 들어간 것처럼 보였다. 우화 속으로 들어간 고양이는 그때를 마지막으로 내 시각 세계에서 사라졌다.

"그만 가자."

내가 말하자 다치바나 사쿠라가 고개를 끄덕였다.

"응."

다치바나 사쿠라를 집까지 무사히 데려다 준 다음, 나는 전철에 올랐다. 전철 안에는 나 외에 승객이 세 사람밖에 없었다. 나는 자리에 앉았다. 벌써 늦은 시간이라 창밖은 완전히 깜깜해져 있었다. 나는 반대편 창문에 비친 내 모습을 바라보았다. 역 세 군데를 지나는 동안 승객 두 명이 차례로 내렸고, 창밖에는 비가 내리기 시작했다. 수많은 빗방울들이 유리창을 두드렸다. 그리고 네 번째 역에서 내 반대편 구석에 앉아 있던 승객이 내렸다. 문이 닫히고 전철이 덜컹거리며 달리기 시작했을 때, 유리창 속에 남자가 나타났다.

"수고하셨습니다."

남자는 내 바로 옆에 앉아서 조롱하듯 나를 쳐다보았다.

"잘 참으셨어요. 언제 그 힘을 사용할지 유심히 지켜보았습니다. 어떻게 견뎌내셨나요?"

"닥쳐."

나는 창문에 눈길을 고정시킨 채, 그곳에 비친 남자에게 소리쳤다.

"어떻게 할 겁니까? 이제부터."

"아침까지 침대에서 뒹굴 생각이야. 그러니까 방해하지 마."

남자는 어이없다는 듯 고개를 저었다.

"설마 평생을 그렇게 참을 수 있을 거라 생각하는 건 아니겠죠? 언젠가는 당신도 그녀를 저주할 거예요. 아버님이 그랬던 것처럼 말입니다. 생각해보세요. 아버님도 참아내지 못한 일이에요. 당신보다 훨씬 힘이 약한 아버님조차 이겨내지 못했다고요. 그런데 어떻게 당신이 이겨낼 수 있을 거라 생각하죠?"

"정말로 귀찮게 하는군. 어떻게든 할 테니까 잠자코 지켜보기나 해."

"설마 또 사랑이니 뭐니 그런 말을 하는 건 아니겠죠? 미리 말해두지만 그런 건 환상일 뿐이에요. 존재하지도 않는 환상이라고요."

남자는 이렇게 말하며 웃었다.

"알아. 환상이겠지, 당신과 똑같은."

나는 말했다.

"역시 그렇게 연결시키는군요. 그렇지만."

남자는 이렇게 말하면서 우아한 미소를 얼굴에 담았다. 그러고는 내 귀에 얼굴을 바짝 갖다 댔다.

"그렇지만 다른 건 몰라도 이 환상만큼은 당신을 구해낼 수 있어요. 내가 당신을 구해주지요. 그게 가능한 건 나밖에 없으니까요."

"그것도 알아."

"그 힘을 지니고 있는 한, 당신은 그 사람이 당신 자신이 아니라는 점을 영원히 저주하면서 살아가게 될 거예요. 그러니까."

유리창에 비친 남자의 모습이 변했다. 내 옆에 있는 건 바로 나였다.

"그러니까 가지 않겠나? 나와 함께."

"꺼져버려."

"정말로 그래도 괜찮단 말인가?"

나는 유리창에서 시선을 돌려 옆에 있는 나를 바라보았다. 얼굴이 맞붙을 정도로 가까운 거리에서, 나는 나를 정면으로 쳐다보았다.

"영원히 그 사람을 저주하면서 살아가겠지. 아마 그렇겠지. 그렇다면 난 그것을 능가할 만한 기도를 그 사람을 위해 바치

겠어. 그 기도가 저주에게 졌을 땐 어디든지 날 데려가. 그땐
아무 말 않겠어."

나의 웃음이 느껴졌다.

"강해졌구나."

"글쎄, 그럴까?"

"또 올 거야."

"알고 있어."

전철 안에는 아무도 없었다. 텅 빈 전철이 서서히 속력을
늦추기 시작했다. 내가 내릴 역이었다. 플랫폼에 내려서서 개
찰구를 빠져나와, 쏟아지는 빗속을 공중전화 박스까지 한달
음에 달려갔다.

"끝났어. 지금 막 끝났어."

나는 전화를 걸었다.

"그래? 지금 어디야?"

구마가야가 물었다.

"아파트 근처야. 이제 곧 만날 수 있을 거야."

"우산 있어?"

"아니, 없어."

"마중 갈게. 지금 어디야?"

"괜찮아. 뛰어가면 돼. 금방 갈 거야."

"정말 괜찮아?"

"응."

"그럼 기다릴게."

"응."

전화를 끊고 밖을 보니 비가 더 많이 내리고 있었다. 하지만 난 주저 없이 밖으로 뛰어나왔다. 5분만 달리면 구마가야의 아파트에 도착하겠지. 구마가야는 겹겹이 걸어 잠근 열쇠를 열고, 흠뻑 젖은 나를 따뜻하게 맞아주겠지. 그리고 나는 구마가야에게 안긴 채 지금까지의 일을 하나도 빠짐없이 들려주겠지. 그리고 내 옆에서 자는 구마가야의 꿈이 조금이라도 행복하기를, 나는 내 꿈속에서 간절히 기도하겠지.

Epilogue 에필로그

초인종을 눌렀다. 하지만 아무리 기다려도 대답이 없었다. 나는 이마에서 미끄러져 내려오는 땀을 닦으며 집 안을 기웃거려보았다. 교수가 체포 20일 후에 기소되고, 보석으로 석방되었다는 작은 기사를, 오늘 아침 신문에서 읽었다. 나는 허락도 없이 문을 열고 들어가, 건물을 돌아 뒷마당까지 걸어갔다. 교수는 좁은 툇마루에 걸터앉아 멍하니 나무들을 보고 있었다. 나는 숨 막힐 듯한 여름풀 냄새를 맡으며 교수의 옆에 다가가 앉았다. 교수가 나를 흘끗 쳐다보고는 미소를 지었다.

"재판은."

나는 셔츠 자락을 아래위로 흔들며 바람을 일으켰다.

"어떻게 될까요?"

"오래 걸릴 거예요. 피고가 끝까지 입을 열지 않기로 마음먹었으니……."

내가 살짝 웃으니 교수도 살짝 웃었다. 자기가 태어난 이 계절이 지긋지긋하게 싫다는 듯, 매미가 짜증 섞인 목소리로 시끄럽게 울어댔다.

"다치바나 사쿠라는 잘 지내고 있습니다."

나는 정원수의 초록 속에서 매미의 모습을 찾으며 말했다.

"어제도 만났습니다. 수영을 시작했다더군요. 헤엄치고 싶어서 수영부에 들어갔는데, 육상 트레이닝만 지겹도록 시킨다면서 투덜거렸어요."

"그렇습니까?"

교수는 고개를 끄덕였다.

"그런데 아직도 교수님을 죽이겠다는 말을 합니다. 보석으로 풀려나셨다는 말은 하지 않는 게 좋겠습니다."

이번에는 교수가 큰 소리를 내며 웃었다.

"신문을 보면 알게 되겠지만 아마 괜찮을 겁니다. 세상이 어떻게 돌아가는지에는 별로 관심이 없는 아이니까요."

집 뒤쪽에서 날아온 벌이 하얀 꽃잎 속으로 숨어 들어갔다. 짜증 내는 일조차 짜증이 나는지, 매미가 울음을 멈췄다. 어딘가에서 바람이 휙 불어오자 처마 끝에 달린 풍경이 귀찮다는 듯 딸랑딸랑 소리를 냈다.

"내가 잘못한 걸까요?"

그 풍경 소리에 희미한 웃음을 지으며 교수가 말했다.

"늘 그 생각뿐이에요. 하지만 아직도 모르겠군요. 내가 한 일이 과연 옳았는지."

"그 사람을 죽인 건 그 사람을 위해서였습니까, 아니면 다치바나 사쿠라를 위해서였습니까?"

"그것도 모르겠어요. 아니, 그건 아마 사쿠라 양의 어머니를 위해서였을 겁니다. 자식이 부모를 죽인다, 그건 그렇게 될 수밖에 없는 일입니다. 누구든지 나이가 들어 어른으로 성장하면 결국 자신의 부모를 마음속에서 죽이게 됩니다. 그렇게 하지 않으면 스스로의 힘으로 살아갈 수 없기 때문이지요. 하지만 그 살의가 증오나 경멸로 지탱되고 있다면, 죽임을 당한 부모 입장에서는 너무나도 슬픈 일이에요. 그날 사쿠라 양을 만난 건 우연이었습니다. 논문을 쓰다 막혀서 잠시 바람이나 쐴 요량으로 병원 안을 걷고 있었지요. 논리가 단순한 논리로 끝나버리지 않도록, 가끔 그런 식으로 숨을 돌립니다. 지금 현재 병으로 고통받는 환자들을 보면서, 내가 하는 일의 의미를 확인하는 겁니다. 그러다 사쿠라 양을 보게 되었어요. 이 시간에 왜 병원에 있을까, 조금 이상한 생각이 들어서 뒤를 밟았지요. 사쿠라 양은 모친이 누워 있는 병실로 곧장 걸어가더니,

인공호흡기 스위치에 손을 뻗더군요. 그때 사쿠라 양의 얼굴에 나타났던 것이 다른 종류의 표정이었다면, 난 아마 손을 내밀지 않았을지도 모릅니다. 그리고 환자는 애원하고 있었어요. 그런 눈으로 나를 죽이지 마. 그런 얼굴로 날 죽이지 마. 내 눈에는 환자가 그렇게 애원하는 것처럼 보였습니다. 문득 정신을 차리고 보니, 내가 손을 뻗고 있더군요. 어쩌면 내가 그렇게 한 건 내 자신을 위해서였는지도 모릅니다. 사쿠라 양을 위한 것도, 환자를 위한 것도 아니란 말이지요. 죽임을 당하는 그 사람과 같은 세대 사람으로서, 조금은 따뜻한 눈길과 따뜻한 손길로 죽여주길 바랐는지도 모릅니다."

교수는 이렇게 말한 후 가볍게 고개를 저었다. 결코 떨쳐버릴 수 없을 피로감이 그의 어깨 위에 고스란히 남아 있었다. 벌이 꽃잎에서 빠져나와 어딘가 멀리로 날아갔다.

"그만두었던 피아노를 다시 시작했다고 합니다."

나는 벌의 행방을 눈으로 좇으며 말했다.

"여태까지 들인 노력이 아까워서라는 둥 취미로 다시 시작한 것뿐이라는 둥, 본인은 그렇게 말하지만."

"예."

"얼마 전에 집에 가봤더니, 피아노 위에 새 악보가 놓여 있더군요. 레퀴엠이었어요. 어머니를 위해서 칠 생각인 것 같아요. 언젠가, 지금은 아니더라도 언젠가는."

무릎 위에 놓인 자신의 손바닥을 바라보는 듯 교수는 머리를 숙였다.

"사쿠라 양은 이제 괜찮을까요?"

교수의 물음에 나는 솔직하게 대답했다.

"모르겠습니다. 지금 친구가 되기 위해 노력하는 중입니다. 서로서로."

"노력, 해야 하는 겁니까?"

"우리에겐 우정도 애정도 싹트는 것이 아니라 만들어내는 것이니까요. 힘들여 만들어냈다면, 그때부턴 소중하게 소중하게 지켜가야 하죠."

"어렵군요."

"할 수 없죠, 뭐."

교수는 얼굴을 들고 빙긋이 웃었다.

"차라도 마십시다."

교수가 양 무릎을 짚으며 일어서려고 했다.

"아뇨, 그만 가야 합니다. 오늘도 만나기로 했거든요."

"그렇습니까?"

"예, 여기서 실례해야겠습니다."

"그럼 붙잡지 않겠습니다. 그동안 고마웠습니다."

교수가 깊숙이 머리를 숙였고, 나 역시 깊이 고개를 숙여 인사했다.

나는 문 밖으로 나와 손목시계를 보았다. 이제 곧 종업식을 마칠 다치바나 사쿠라와 만나기로 했다. 과연 약속 시간에 맞춰 도착할 수 있을지 미묘한 시간대였다. 만나기로 한 장소에서 너무나도 어울리지 않는 교복을 입고 기분 나쁘다는 얼굴로 서 있을 그녀를 생각하니, 왠지 웃음이 나왔다. 기다리게 할 순 없어.

활짝 갠 하늘을 보며 숨을 깊이 한 번 들이쉰 다음, 나는 약속 장소를 향해 걸음을 재촉했다.

『미싱(MISSING)』에 이은
두 번째 만남

    혼다 다카요시는 내게 아주 고마운 사람이다. 내 손을 거쳐 나온 첫 소설이 바로 그의 단편 『미싱(MISSING)』이었고, 그때 그는 외국어로 된 소설을 우리말로 옮기는 작업이 얼마나 매력적인지를 가르쳐주었다. 그리고 얼마 뒤, 그의 첫 장편소설 『얼론 투게더(ALONE TOGETHER)』를 원서로 읽고, 나는 또 욕심을 부리지 않을 수 없었다. '내가 번역하고 싶다'라고.

    내가 그의 글에 이렇듯 푹 빠져드는 이유는—물론 푹 빠져들어야만 번역이란 걸 할 수 있겠지만—그의 글은 소설이 아니라 철학이기 때문이다. 누가 죽였는지를 알기 위해 책 한 권을 꼬박 읽어야 하는 추리소설도 아니고, 주인공들의 연애놀음에 혼자 가슴 벌렁거리는 연애소설도 아니다. 그의 글에서 느껴지는 삶에 대한 고뇌는, 인간의 본질을 꿰뚫을 정도로 예리하다. 책장 사이사이에서 날선 칼이 툭 튀어나와 인정사정 없이 찔러대다가, 또 대여섯 장이 지나면 어김없이 따스한 온기가 새어 나와 나를 감싸는 식이다. 번역하는 내내 아팠지만, 그래도 감사했다. 외피를 한 겹 벗겨놓은 인간의 모습을, 이 책을 통해 보았다고나 할까? 혼다 다카요시와의 두 번째 만남을 주선해주신 소담출판사에 고마움을 전하고 싶다.

마음속 깊은 곳에 꼭꼭 감춰둔, 누구에게도 들키고 싶지 않은 생각이 겉으로 드러날 때, 우리는 과연 어떻게 될까? 솔직한 마음을 적당히 감추며 살아가야 하는 이 사회에 몸을 둔 한 인간으로서, 저자의 하나하나 정성껏 고른 듯한 글귀에 의해 인간의 본질이 파헤쳐지는 과정은 그야말로 충격이다. 그래서 아주 조금, 가치관이 흔들리는 경험을 하게 될지도 모른다. 무서울 정도로 순수한 책이다.

미(美)와 추(醜), 선(善)과 악(惡)이라는 대극에 위치하는 개념을 한 점에 모음으로써, 저자는 우리에게 절망과 희망을 동시에 안겨주고 있다. 이 책을 통해 절망을 얻을지 희망을 얻을지, 그것은 오로지 독자 여러분의 몫이다.

"의사는 성직자입니다."

소설 속 의대교수인 가사이가 한 말이다.

신과 악마가 뇌에 들어앉아 그 뇌를 지닌 개체를 조종하게
될 가능성, 누군가의 저주가 무의식의 영역 속에 정보로 입력
되어 내 인생을 조종하게 될 가능성, 가사이는 그럴 가능성이
아주 없진 않다고 했다. 의사가 하기엔 너무나 대담한 말이지
만, 뇌의 작용이 100퍼센트 해명되지 않는 한, 아무도 그의 말
을 부정할 순 없을 것이다.

가사이 교수를 보면서 나는 내 아버지의 모습을 떠올리지
않을 수 없다. 의술로 환자의 몸을 돌보기에 앞서 항상 그들
의 마음을 먼저 챙겨주시는 아버지, 늘그막에 부산 근교의 한
어촌으로 병원을 옮기고 그곳에서 환자들의 친구가 되어주고
계시는 아버지, 가끔 손질되지 않은 미역이나 홍합 등을 잔뜩
들고 와서 어머니를 당황스럽게 하기도 하지만, 의사는 성직
자라는 것을 몸소 보여주시고 계신 내 아버지, 이성호 님께 이
책을 가장 먼저 선사하고 싶다.

이 책에서 다루어지진 않지만, 나는 가사이 교수가 법정에
선 모습을 한번 상상해본다. 힘없이 축 늘어진 어깨가 아닌,
앞을 똑바로 응시하는 그의 맑은 눈빛이 느껴지는 듯하다. 법
이 금지하지만 그래도 인간으로서 해야 할 일을 한 자의 당당

함을, 이 책 바깥에 있을 가사이에게 기대해본다. 그에게 유죄를 선고할 자격이, 과연 누구에게 있을까?

마치 빙하기 같은 2010년 1월의 추위 속에서

이수미